有度文化

天堂唢呐
TIANTANG SUONA

王祥夫 著

山西出版传媒集团 北岳文艺出版社
·太原·

目录

天堂唢呐 / 1

电影院轶事 / 13

我就是我自己的茶几 / 25

眉毛记 / 38

狼尾头 / 52

老唱机 / 72

杀死姨妈 / 88

明年没有夏天怎么办 / 108

滑着滑板去太原 / 123

感情怎么还会这么丰富 / 141

等待父亲 / 160

镜子　／178

护工牛秋丽　／193

朋友　／205

芝士店　／212

劳动妇女王桂花　／223

"噗"的一声细响　／240

地下眼　／249

交界处　／262

天堂唢呐

从早上到现在,一阵又一阵、一阵又一阵的唢呐声就没停过。

不能让他再吹了,再吹也许真要出事了,都快吹一整天了。宝树媳妇对宝树说。宝树媳妇有些担心,她望着上边,山坡上是竹丛,竹丛后边还是竹丛,她想自己应该上去看看。能劝他们下来就把他们劝下来,人们的耳朵里现在都是唢呐声。可别吹了。宝树媳妇又对宝树说。

宝树的车停在山脚下,天气已经开始暖和了,道边的杏花早都谢了,枝条上已经长出了星星点点的嫩叶。有人在采茶,虽然很远,但宝树能看出来采茶的是又瘦又高的李家梁,他是宝树的同学,在河南信阳那边当过几年兵,背着个竹篓正在那里采茶。李家梁对宝树说要采些新茶给宝树的伯伯喝。李家梁说这事光听着就让人伤心死了,六岁离家,四十多年后回来,结果父母都不在了,这也太让人伤心了,所以说什么也得让他喝一点今年的新茶才是。说这话的时候李家梁的眼圈儿也红了,他现在正在那里采茶,然后就该回去炒茶了。现在炒茶都用电锅,很方便的。

从宝树站的这个地方可以看到山坡上的动静。父亲此刻正坐在那里抽烟,父亲的哥哥也就是那个瞎子在吹唢呐,背对着这边,所以只能看到他的背,有点驼,不知为什么瞎子的背都会有点驼。

宝树对宝树媳妇说，我真的想不起他来了，宝树说还是很早很早的时候听父亲说过这件事，他们昨天还算了一下，真的都有四十多年了，这可不能算短，谁都不会想到他会突然回来，怎么说呢，这事让几乎是所有的人都觉得有那么点伤心，得到信儿的亲戚们都三三两两地赶过来了，人们差不多都快要想不起他来了，突然间，他回来了，就这么回事。不少人眼睛都红红的。

站在宝树和宝树媳妇待的地方听唢呐声，一阵高一阵低，怎么听都像是在哭。

真够可怜的，远天远地地赶回来却没见上。宝树媳妇说。

我想他心里现在是要多难过就有多难过。宝树说。

听说瞎子的耳朵都特别好使。宝树媳妇说。

他是用唢呐在哭。宝树说，就让他哭吧。

其实那会儿找个人就说是你奶奶哄哄他也好。宝树媳妇又说了，他离开家都四十多年了，村里找个岁数大的老奶奶，反正他也看不到，拉拉手，说说话，就说是他的亲妈，他就不会这么伤心了，再说，他也记不起小时候的事。

唉。宝树叹了口气。你说的也许有道理，反正他也看不见。

山坡上边现在没有什么人了。上午的时候，人们都跟着上了山去了坟地，都以为会像往常那样很快就下来，但到了中午的时候，人们才陆陆续续地下来，只是随便吃了一些东西，先垫补垫补，到了晚上，人们才会好好吃一顿庆祝一下。庆祝什么？庆祝宝树的瞎子伯伯从外边回来。因为宝树的这个瞎子伯伯，因为这个时隔四十多年才从外边回来的人，村里要办一次大宴，杀了两头肥猪，蔬菜和鱼还有别的东西也都买了回来，当然还有酒。做饭的是本村的李本希，把饭菜差不多都已经做好了，不少女人在那里帮忙，香味已经传出好远。这顿饭是宝树父亲操办的，宝树对父亲说这花不了多少钱，好好操办一下，这些钱我都出了。

宝树说话的时候眼圈儿都红了,宝树的父亲的眼圈儿也红了。

你奶奶活着该有多好,她等啊等啊。宝树的父亲小声对宝树说。

我奶奶真是应该多等几天。宝树也是想不起别的什么话了。

真没几天,她就等不下去了。父亲说。

鞋呢?宝树的父亲忽然想起那双鞋了,站起身忙去找鞋子了,这里翻翻,那里翻翻,那双鞋是宝树的奶奶给宝树的这个瞎子伯伯做的。鞋马上被宝树的父亲找到了,就放在柜子的顶上,用毛巾包着,鞋里放着一些枣。

早上上山之前,宝树看着瞎子伯伯把那双鞋穿在脚上了,还正好。

正好,妈做的鞋。宝树的父亲在一边说。

正好,妈做的鞋。瞎子伯伯用手摸着鞋。

宝树看见瞎子伯伯的眼里开始流泪,他不停地流泪,不停地用手摸鞋子。

村子里现在是很少办这种大吃事了,村子里把这种全村人参加的宴叫作大吃事。桌子也从祠堂里搬了出来,这些桌子平时都放在祠堂里边,刷了明漆,办大事的时候才会被搬出来。现在它们又被搬出来了,被放在河里洗刷干净了,在村街上被摆成了一排。这就让村子里有了某种过节的气氛。不少人都从外边回来了,除了宝树家的亲戚,远远近近的乡邻们也都赶了回来,其实他们才都刚刚离家不久,因为春节刚刚过去。虽然忙,但他们都想回来看看四十多年前被人贩子拐走的天堂。

宝树的瞎子伯伯名字叫天堂,这好像不是人的名字,但不少人还记着这个名字。天堂的名字是怎么起的呢?因为村子里原来有个教堂,天堂的名字是那个比利时神父给起的,比利时神父的坟还在教堂的后边,是个很大的土堆,不过教堂现在不在了,只有四堵高墙在那里立着,墙可真是太高了,上边平时总是落满了野鸽子。这个教堂的西边还有个石头砌的酒窖,神父的葡萄酒就放在里边。神父当年种的葡萄现在可是都没了,那片地荒着。

不息的唢呐声从山坡那边传了过来。

这会儿,宝树的父亲还陪着他的哥哥天堂在上边,陪着他在父母的坟前吹唢呐,宝树的父亲不说话,一根接着一根抽烟,天堂也不说话,他在不停地吹,有时会停下来擦一下眼泪。包括宝树的父亲,人们都不知道天堂怎么会变成了个瞎子,人们还都记着他小时候可爱的模样,大大的眼睛,水灵灵的招人喜爱。他怎么就瞎了呢?他怎么就瞎了呢?人们知道他身上肯定会有不少故事,一个人在四十多年的工夫里没有故事才怪呢。人们都想知道这些。都想知道他被卖到了哪里?那家人待他好不好?那家人除了他之外还有些什么人?河南那边的人听说都很好。天堂待的那家人家是开响器班子的,所以天堂从小就学会了吹唢呐。

还是在春节前,有人到家里来给宝树的奶奶采血,是两个公家人。宝树,还包括别的那些人都不知道公家人采血做什么。后来才知道是为了匹配,和什么人匹配呢?和当年被人贩子拐卖的一个人匹配,公家的人说,那个人也许就是宝树父亲的哥哥天堂。公家的人这么一说,人们就再次想起了六岁上被人贩子拐走的天堂。但人们谁也想不到天堂过了春节竟然就突然回来了,人们去车站接他,一路上都发愁该怎么告诉天堂他娘刚刚去世的消息,谁也没主意,这太突然了,也让人太伤心了。

宝树对宝树媳妇说,他肯定以为奶奶还活着,所以才急着往回赶。

当年,人们都知道天堂的父亲,也就是宝树的爷爷,为了寻找六岁上被拐走的天堂出了车祸,当时就没了命。那是很多年前的事了。而宝树的奶奶是年前才去世的,采完血,当人们告诉了她采血是为了找她六岁上被拐走的天堂,要是对,天堂马上就可以回来和家人团圆了。宝树的奶奶激动得当时就大声哭开了。并且开始着手打铺衬做那双布鞋。人们都说宝树的奶奶是不应该做那双鞋的,是累坏了,现在村子里谁还做鞋?而她执意要做那一双布鞋,做完鞋,她突然就去了,没病没灾也像是不难受,忽然就去了。鞋子就放在柜子的顶上,被一条干净毛巾包着。宝树还记着奶奶往鞋里放枣子的情景,奶奶一边往鞋子里放枣一边还说放几个枣在鞋里天堂就会早早地回来了。

回来吧天堂,你给娘赶快回来吧。宝树的奶奶对着那双鞋说。

那天,去车站的人们着实都吃了一惊,想不到从车上下来的天堂会是个瞎子。在此之前,没人告诉过人们天堂是个瞎子。天堂出现了,摸摸索索地在车厢门那里出现了,手里拄着根棍。摸摸索索,摸摸索索。

怎么回事?不知谁在下边说。

怎么瞎了?又有人小声说。

让宝树吃惊的是,他原以为自己的父亲不会哭了,因为他已经老了,虽然还不算太老,刚到五十岁。还因为他的哥哥天堂毕竟是六岁那年就消失了,宝树以为他们也许谁都不会记起对方了。但太让宝树吃惊了,那个叫天堂的人,也就是宝树的伯伯,当他被两个人搀着从车上摸摸索索地走下来时,宝树看见父亲忽然就冲了上去,一把就把他的哥哥抱住了,而且,突然就爆发出了哭声。父亲的哭声从来都没那么响亮过,那是多么响亮的哭声啊,虽然火车站人声嘈杂。他这么一哭呢,不少人也就都跟上抹眼泪。

你眼睛怎么啦?你眼睛怎么啦?天堂你的眼睛呢?

宝树听见父亲在大声问,大声问,然后哭得就更厉害了。

我真想不到他会哭。宝树对宝树媳妇说,这我真没想到。

你说,六岁的模样能和现在有一点点联系吗?宝树媳妇说。

宝树说这就是亲人,亲人与亲人之间有时候是很奇怪的,真的很神秘。

想不到你当时也哭了。宝树媳妇说。

宝树说我根本想不到我会哭,我怎么也一下就哭了起来,我都没见过他。

这么说话的时候,宝树的眼圈就又红了起来。

唢呐声,不停的唢呐声,被风从山坡那边哀伤地吹了过来,不绝的风,不绝的唢呐声让下边的人们心里都很难受,这是多么好的春天啊,不冷也不热,有几个还能记起天堂的老人用很低的声音在说话,他们都在努力回忆他们小时候的事。他们小时候都跟天堂玩过。其实他们也都不能算老,也都才五十岁左右,是既能抽又能喝还能做点别的什么的岁数。他们知道,此刻天堂是在用唢呐跟地下的父亲和母亲说话,他有说不完的话。问题是,天快黑了啊,该吃饭了,吃完饭再说啊。

天堂根本就不应该回来,他还以为他娘活着。有人说。

就应该事先告诉天堂他娘也不在了。又有人说。

他两眼什么都看不到,回来可太不容易了。

早知道这样应该找个人哄哄他,李家奶奶就可以。不知谁又在说,就对他说是他的娘,他又看不到,也许心上会好过点。

那边的人在说话,宝树和宝树媳妇站在这边也在说话。说实在的,宝树媳妇看看旁边,小声对宝树说,他跟你爸可一点儿都不像。

宝树说,你什么意思?

宝树媳妇说,没什么意思,就是长得一点都不像。

有的兄弟长得一点都不像,但他们就是兄弟。宝树说。

这么多年他都做了些什么,是不是一直在吹唢呐?宝树媳妇说。

你说瞎子还能做什么?宝树说,还能做什么?

宝树媳妇不再说什么,她跟别人一样,希望唢呐的声音马上停下来,希望宝树的父亲和天堂从上边慢慢走下来,亲戚们都等着呢,饭菜也都差不多做好了,天毕竟快黑了,当然天黑对一个瞎子来说和天没黑没什么两样。

他中午就什么也没吃,就这么一直吹。宝树媳妇说。

我得上去看看。宝树说。

宝树媳妇跟在宝树的后边。

他是太伤心了,出点什么事也不好。宝树说。

他眼睛到底是怎么回事,怎么瞎的?宝树媳妇说。

他也许会告诉咱们。宝树说我伯也真是太可怜了,六岁被拐卖,现在又都什么也看不见,人好不容易回来了,我奶奶又不在了。宝树停下来又不走了。

唢呐声从山坡那边传过来,不绝的唢呐声,嘀嘀嗒嗒,嗒嗒嘀嘀。

宝树的父亲和他哥天堂终于被人们从山坡上扶了下来,他们从上边下来了,人们这才发现天堂的背真是很驼,好像不驼他就不会走路了,好像不驼他就不会在那儿站立了。他的一只手里拿着他的唢呐,不吹唢呐的时候,他的脸上就挂着笑。有人想帮他拿一下唢呐,他坚持要自己拿,手把唢呐攥得更紧了。他的另一只手里是一根竹棍,是宝树的父亲给他在山坡上临时砍的,天堂原来手里的那根光溜溜的棍子留在了宝树奶奶的坟上,天堂说,我把它插在这里就是我陪着我娘。和所有人的想象不一样的是宝树的伯伯天堂一点都不瘦,而且有点胖,但印象中一般的瞎子都应该比较瘦,胖瞎子一般还真是少见。人胖了就显得年轻,天堂和他弟弟也就是宝树的父亲站在一起就好像他比他弟弟还要小好多岁。瞎子天堂现在是满嘴的河南话,因为他六岁上就被卖到了河南信阳,他知道自己是四川这边的人还是前几天的事。

我是四川人吗?天堂像是很吃惊。

那两个公家人说，你当然是四川人，你还会是哪里的人？

现在，怎么说呢，天堂周围的人都在说四川话，这是他的乡音，但他却听不太懂。不少和他小时候一起玩过的这个那个都过来争着和他说话，他是一点都记不起来了，他不吹唢呐的时候脸上就笑得很灿烂。他说，在他的记忆里，是有一条河的，他说那条河的味道是腥腥的，在太阳下是亮亮的。这条河当然还在。有人马上就说了，河就在边上，比原来都宽了。村子呢，原本就是挨着这条河，那条前几年才修的村街也就紧靠着河，晚上的长桌宴就摆在这条河边。有人马上就牵着天堂的手要他去看看河了，其实他是看不见的，既然他说到了河，说到了太阳下亮亮的河，人们就都有些莫名的激动，就想让他看看河了，但天堂是看不见的，可是人们还是把他带到了河边。河的两边，前几年政府都给修了石条砌的河坝，当然有台阶，人字形的。女人们会从台阶上下到河边洗衣服或洗菜。那些鸭子也都会从台阶上上来或下去。

宝树的父亲，拉着哥哥天堂的手把他带到了河边。

然后是宝树，站在下边，把伯伯天堂的手从父亲的手里接过来，退着，一下一下把伯伯天堂从台阶上带下去，就这样来到了河边。不少人都跟在后边，他们都想看看天堂到河边会做些什么。村边的这条河原是碧静碧静的，流淌的时候像是连一点点声音都没有，所以它才有了"哑河"这个名字，前几年有人说"哑河"不好听，才把它改成了"雅河"，此刻是黄昏时分，有鸭子在河里游动，白的、花的，还有黑的，黑的那种鸭是红脸红冠，毛真是黑，脸儿和冠子可真是红，所以人们都叫它们"红脸儿鸭"，它们刚才还在河边啄来啄去，现在来了人，它们就都忽地一下子游到对岸去了。一边游一边大惊小怪地"家家家家"乱叫。宝树把伯伯带下了台阶，带到了河边了，宝树两手搀好了伯伯让他在水边站定了，然后再让他慢慢蹲下来，河水沁凉沁凉的气息从水面上一下子就漫了上来，瞎子天堂的手已经探到了河水，河水是温暖的，它在太阳下流啊流啊，从很远的地方流过来，太阳的温暖就都在这水里了。河水从天堂的十指间哗哗流过，河水也好像是知道是天堂回来了，它们流着流着就把天堂的整个手都给淹没了，不是它们把天堂的手给淹没，是天堂把手整个都伸到水里了。天堂想起来了，想起自己小时候在这条河里游泳、摸螺蛳的情景。天堂又用手摸旁边的石头台阶，几乎把每一级台阶都摸遍了。那些鸭子，此刻又都游了过来，这里啄啄，那里啄啄，态度像是极其专注、极其认真，其实它们什么也没有啄到。这些鸭子，也都马上要从水里出来了，天黑它们是不会待在水里的，它们也要回家，它们也各自有它们的家。

鸭子？天堂说。

对，鸭子。宝树说。

谁家的鸭子？天堂又说。

咱们家也有。宝树说。

什么颜色的鸭子？天堂说。

白的、花的、黑的。宝树说。

我记着鸭子。天堂说。

宝树扶着天堂伯伯从河边的台阶上来了，有人这时已经接好了灯，长桌宴要有一长串一长串的灯照着才好看，那一长串一长串的灯有红有绿也真是好看。宝树的父亲，又把哥哥天堂的手从儿子宝树的手里接了过来，他要把他引到应该他坐的座位上去。而瞎子天堂却又突然说起了钟声。

我想起来了，我还记着钟声。天堂说。

那时候神父还活着，天天敲钟。宝树的父亲说。

我想起来了。天堂又说。

所以你才叫天堂，神父给你起的，你叫李天堂。宝树的父亲对天堂说。

天堂呢，是前几天才知道自己的真名叫李天堂。而他在河南那边的名字却是叫褚建美，这是他的大名，小名叫玉米棒子。

你叫李天堂。宝树的父亲对哥哥说。

我叫李天堂。宝树的瞎子伯伯说。

生你那天教堂正在敲钟。宝树的父亲说。

那你叫什么？天堂问弟弟。

我叫李主在。宝树的父亲小声说，我的名字也是神父给起的。

宝树的父亲又把嘴凑近到天堂的耳边，小声说，咱们的名字都是神父给起的。

我要去看教堂。天堂说。

马上要吃饭了。宝树的父亲说。

我要去。天堂说。

天堂坐不住了，他摸索着站起来，他想要马上就去看看教堂，他说一定要看看、看看，一定要看看、看看。但他能看到吗？好在教堂就在村北边，走不多远就到了。宝树的父亲只好又拉着天堂的手，领着他往北走，先是经过了那个小邮电所，那个邮电所还是比利时神父的前任神父给建的，民国年间就有了，都多少年了，现在已经是一个让人们参观的观光点，过了邮电所是一小片一小片的菜地，有人正在地里做着什么，是在施肥，把长柄子粪水斗里的粪水一斗一斗地浇在碧绿的菜上。菜地里的人看到宝树的父亲了，他直起腰来，把粪水斗放下，和宝树的父亲打招呼，他亲切地说，你回来了啊，你回来了啊。

回来了，回来了。天堂却抢先回答了。

你唢呐吹得好，你唢呐吹得好。这个人又亲切地说。

不好，不好。天堂说。

这个人，放下了手里的粪斗，弯下腰，又直起来，递过来好大几棵菜非要让宝树的父亲拿着。

吃吃家乡的菜，吃吃家乡的菜。这个人说。

不用了，不用了。宝树的父亲说。

拿着拿着，拿着拿着。他一直说。

过了这一小片一小片的菜地，就是那个长方形石头砌的池子了，人们都知道这是过去神父游泳的池子，池子的底部是一头深一头浅。现在池深的那一头里边还有点水。过了池子，就是教堂了。此刻太阳已经落了下去，但天光显得就更红了，红红的天光照在教堂那已经没了顶子的四堵墙上，忽然间那四堵墙像是要放出光来。鸽子原已经落定在上边，此刻又一下子飞了起来，一只飞，其他的都跟上飞，几十只鸽子在教堂上空绕着圈子飞，鸽子在天上飞的时候总是兜圈子，往东飞，飞着飞着又转向了北，往北飞，飞着飞着又转向了西，转向了南。它们是要飞就都飞，要落就都落。它们现在又都落了下来，它们落在教堂那四堵墙的上边，它们居高临下地看着下边，咕咕咕咕不安地叫着，看着下边宝树的父亲和天堂在慢慢慢慢绕着教堂走，还有几个人跟在他们后边。一边走一边说着什么。

天堂走得相当慢，他一边走一边用手抚摸着教堂的墙，慢慢地摸，慢慢地摸，好像是，他要把教堂的砖一块一块都摸到。

走在天堂旁边的宝树的父亲小声告诉天堂，也就是告诉他的哥哥，那口钟，前几年，被乡里拉走了，现在还放在乡政府的院子里。

河边长街上的长桌宴开席的时候天已经黑了下来，天一黑呢，那些彩灯就显得更好看了，就像是，刚刚过去的春节又回来了。酒啊菜啊的香气已经弥漫开来。天堂呢，自然是被请到最最重要的那个位置坐下了。他虽看不见什么，但他的耳朵或许能感受到更多的东西，能感受到这远别了四十多年的人情爱意，种种样样的欢喜和亲情在这一刻像是一下子又都回到了他的身上。说话声和笑声，朦胧之中的光亮和稀薄的色彩，他好像又都感受到了。有人过来敬酒，这个过来，那个过来，都天堂天堂地叫着。天堂的眼睛虽看不见，但他的耳朵看见了，耳朵难道可以说看见吗？怎么不可以！

　　天堂站起来了，他是要向他别离了四十多年的人们和这块土地敬酒了，按规矩，他是要先洒杯酒在地下敬一下生他养他的土地，然后再把乡亲们人人都敬到。但他的手举起来的时候，人们发现天堂举的不是酒杯，而是他的唢呐。是与他时时刻刻须臾不分的唢呐。唢呐声突然响起来的时候，长桌宴上的人都一下子静了下去。人们都往这边看，坐的远一点的人都站了起来朝这边看，人们都看着这个六岁上离开这个村子，四十多年后又回到这个村子的天堂。

　　天堂用足了劲在吹着一支十分欢快的曲子，这曲子的节奏真是欢快极了，真是好听的曲子，是一个高潮刚下去，又把另一个高潮马上带了起来。有人知道天堂吹的这支曲子的名字原是叫《百鸟朝凤》。人们都听着，把杯半举着，都看着天堂，唢呐曲子真是欢快，但天堂的脸上却早已是泪流满面，满脸都是泪，天堂的泪水决了堤，从天堂那双什么都看不见的眼里流出来、流出来、流出来……

电影院轶事

情人节这天，电影院发生了一件事。

这个小城一共有两家电影院，一家在西门外，一家在市中心，还有一家剧院，在北门那一带。小城呢，也就是这么个普普通通的小城，四个城门，东南西北各一个，四条大街，分别叫作东街、南街、西街、北街，中心地带是一座鼓楼，鼓楼那一带的街叫作"大十字"，因为它本来就是个十字街，是四条街交汇的地方。因为这样，这地方就特别热闹，这里还开了一家金店，金店是卖金子的地方，但却叫了"银星金店"，不少人看了那个大招牌会在心里想，你就是叫"金星金店"也不会有什么问题啊，怎么偏偏叫了个"银星金店"。这是怎么回事？金店对面是这个小城里边最大的一家超市，超市为了吸引顾客还特意修了一条观光桥，站在观光桥上，这个小城就可以一览无余了。站在观光桥上的人有时还会看到银星金店那个老头儿在喂小鸟，他在窗台外边放了一个很大的碗，每天定时会在碗里放上小米，然后对着窗外树上的小鸟一边挥手一边说，你们都来吃啊，你们都来吃啊，你们肯定都饿了。这个小城的东边是条河，因为这条河，城市就只好向着北边发展。北边呢，是山，现在是冬天，站在观光桥上还可以看到北边山上的积雪，雪还皑皑的没化，而小城东边的那条河却已经是流水汤汤了，水鸟也已经飞了回来。已经是六九了，春打六九头，春节说来就来了，春节一来，小城里照例是热闹，腊月和正月本来就是一年四季最热闹的两个月。腊八，人们腌腊八蒜、吃红豆粥，小年，人们吃麻糖、送灶王爷，之后便是春节了，春节的讲究就更多，初一怎么过、吃什么，初二怎么过、吃什么，初三一直到初五吃什么、做什么都有各种讲究。再之后呢，忽然情人节就来了，中国人原是不过情人节的，情人也不是什么好听的词，情人节一来，电影院可就热闹了，情人们最爱去的地方之一当然是电影院，在电影院里看电影的好处首先是黑，谁也看不清谁，黑咕隆咚，这样一来呢，情人们就可以有小动作，或者是大动作，反正是谁也看不清谁。情人节这一天电影院放的电影又都与爱情分不开。广告是早早就打了出来，电影院内部关于在情人节放什么影片都认真研究过。女主任王桂英说找那些有接吻的，或者是有床上镜头的，这样的镜头越多越好、越吸引人。其实电影院的女主任是自己跟自己研究，电影院因为日子不好过，现在只剩她一个人了，她既是主任又是电影院里唯一的工作人员，她既负责卖票，又负责把门、打扫卫生，这真够她忙的，但一般情况是，放电影的时候她男人会过来帮一把手，帮她放放电影。

就这样，情人节闪闪发光地来了。

怎么说呢，电影院是个好玩的地方，别说是里边，就是电影院外边，也与别的地方不太一样，很是热闹。有人在那里卖水果，各种水果花花绿绿的，卖水果的对路过的人说他们的水果最好，世上再也没有比他们更好的水果了。还有人在那里卖饮料，大桶小桶的，冰激凌和雪糕的颜色真是艳丽，卖饮料的对前来吃雪糕和冰激凌的说他们的雪糕和冰激凌保证没有任何色素和添加剂。除了卖水果的和卖饮料的，电影院门口还有一个卖香烟的，不是整盒整盒地卖，而是一支两支地零卖。各种牌子的香烟都放在那里，你想抽哪种都可以，你买一支也可以，买两支也可以，随你买什么牌子的。这真是让那些喜欢吸烟的人们高兴。他们根本就不用在口袋里鼓鼓囊囊地放一盒烟,喜欢吸什么烟来这里买一支吸吸就行,两毛钱一支的"紫云",一毛钱一支的"大婴孩",最贵的"中华烟"也就五块钱一支。这可太好了,太方便了。卖香烟的那个年轻人白白净净,喉结很大,一说话就动,一说话就动,手指像是格外的长,没事的时候他总是在那里安安静静地织毛衣,这就显出了他与别人的不同,像是有点娘,他的毛衣织得真好,针法好,变化也多,特别粗的针加上特别粗的毛线,凭空就有了一种粗粝的美。他是只织男人穿的毛衣,半个月织一件,据说一件卖两千块都有人抢。有人认识这个年轻人,知道他们家里原来就都是织毛衣的,是织毛衣的世家。人们知道他的父亲就是靠织毛衣把两个孩子拉扯大的。他父亲织的毛衣在这个小城特别出名。这个年轻人从小就跟他父亲学织毛衣,织毛衣是个安静活儿,坐在那里织就行,但他却不肯安静,他在网络上开了"快手"账号,专门展示他怎么织毛衣,网名就叫了"毛衣哥",有时候还会来个直播,这无疑是给他做了很好的宣传。他现在的事可真不少,卖香烟、织毛衣、上快手,三件事同时做。冬天天气太冷的时候,他会偶尔不出来,会在家里睡个懒觉,算是给自己放一天假。他会从晚上一直睡到第二天的中午,用他的话说是"睡透了,这下可睡透了"。但平时他几乎是天天都出来,偶尔一天不出来还会有人问他是不是生病了,是不是有什么事了。

昨天怎么没出来啊?有人问了,发短信。

天太冷了呀。毛衣哥也发短信,说,出去也不会有什么人。

你可以到我这里坐呀。发短信的是个开镶牙馆的,比毛衣哥大。

在家里我还可以织织手里的活儿。毛衣哥在短信里说。

起吧,起吧,该起来了,别老勃在床上。镶牙馆牙哥用了一个"勃"字。

能睡懒觉就是我的幸福了,让我再幸福幸福吧。毛衣哥的短信。

好羡慕你啊。牙哥的短信。

那你赶快过来，我把被子撩开啦。毛衣哥的短信。

那我过去了，你可得小心，我可不是一般的厉害。牙哥的短信。

来，来钻，看看咱们谁厉害。毛衣哥的短信。

在这个小城里，人们一般都习惯把镶牙馆的人叫师傅，镶牙师傅或拔牙师傅，但当着面就不好这么叫了，都"医生医生"地叫。而毛衣哥却有他自己的叫法，叫他牙哥。就这个牙哥，其实比毛衣哥大不了几岁，刚刚结了婚，他经常会跑到毛衣哥这里吸支烟、说说话，他俩像是特别合得来，总有说不完的话。牙哥长得和别人不太一样，是一字眉，眉毛几乎通了，所以他经常要把眉毛刮一刮，好让它们分开，不让它们连在一起。他从医学院毕业出来，大医院进不去，只好自己开了一家镶牙馆，除了镶牙，牙科的病他也都能对付得了。他的镶牙馆就在电影院南边。是去年，就这个毛衣哥和那个牙哥，他们两个，不知怎么就约好去了一趟西藏，他们是骑着自行车出发，为了去西藏，他们各自买了一辆山地车。他们先是去了成都，然后从成都再进藏，他们每人还背了睡袋，尼龙面料军绿色的那种，他们商量好了，两个睡袋是单人的，一个是双人的，这样一来呢，平时他们可以各自睡各自的，要是天气实在太冷他们就可以钻到同一个睡袋里去相互取暖。他们还准备了红景天，当然还有些别的必需品，比如午餐肉和压缩饼干，还有奶粉什么的。帐篷却只有一顶，晚上他们会睡在同一个帐篷里边，这样安全一些。他们去西藏，一路上总是期待着发生点什么事，比如碰到狼，或者是雪豹，或者是棕熊，但他们什么都没碰到过，一切都很正常，一切都很平静，他们在拉萨的酒吧里喝啤酒，一喝就喝到后半夜，还去蹦迪，一蹦就蹦到天快亮。他们在西藏待了差不多有一个月，转山、磕长头、敬香、转经筒几乎什么都做了。后来他们还是恋恋不舍地回来了，直到回来，他们才明白这次出去最大的收获其实就是两个男人在一起也会很快乐。回来之后，他们各自忙各自的事，有好一阵子没见面，虽然他们住在同一个城市，虽然他们离得不远。忽然呢，怎么说呢，他们居然都很想念对方，这种想念简直是来势汹汹，他们都想着赶快见面，其实他们离得真是不远，走路十多分钟就到了。而他们忽然又都有那么点害羞，为什么害羞，这只有他们自己知道。而一见面，他俩马上明白自己的所有快乐居然就是想和对方在一起。而且，他们都喜欢上了喝奶茶。还是奶茶好喝。牙哥说。奶茶真好喝。毛衣哥也说。他们喝奶茶，吃一点从西藏带回来的牛肉干，那些待在西藏的日子就好像又突然回到了他们的身边，这真是让人激动。所以他们马上又制订了再次出去的计划，这次他们要去新疆昌吉，他们在那里有一个共同的朋友叫马昌生，他们计划先去看他一下，然后再走一趟大奇高速，他们把路线都看好了。最关键的是他们都想去看一看那个胡杨林。

据说每一棵都够他妈几千岁。毛衣哥说。

那咱们还不赶紧去？牙哥说。

六月咱们就行动。毛衣哥说。

好，我听你的。牙哥说。

毛衣哥虽然比牙哥小几岁，但牙哥事事都听毛衣哥的。

毛衣哥，我们就叫他毛衣哥吧，虽然看上去多少有那么点娘，但他特别有主意，他现在已经是这个小城的一个名人了，许多人通过快手认识了他，好像他现在想做别的什么事也都不可能了，他不能改行了，他只能这样，也乐于这样，坐在那里一边织毛衣一直播一边一支两支地卖他的香烟。他现在的收入也不错，事实证明他把卖烟的地方选在电影院门前是对的。看电影的人们，在进电影院之前差不多都会抓紧时间过来抽那么一两支，电影散了场，人们从电影院里一出来，又都会急匆匆赶过来再抽那么一两支过过瘾。所以他的生意好极了。

情人节到了，闪闪发光、充满欲望的情人节到了。

因为过了情人节马上就是元宵节，电影院对面的群众文化馆也热闹开了，元宵节要闹元宵，闹元宵就要扭秧歌，所以要把人集中起来排练，怎么走、怎么跳、怎么扭，整天地练，锣鼓喧天地练，每人每天还能得到五十块钱的补助，其实不少人是抱着减肥和打发时间的念头来这里玩儿的。会扭秧歌的这些人一般都上了岁数，描了眉、抹了红嘴唇，穿红着绿，两手各拿一把红绿扇子，这么一翻，那么一翻，想着法儿让自己无比妖娆，远看花花绿绿，近看却像是一群活妖精。

情人节来了，情人节不像是别的什么节，没什么大动静，好像这又不是什么节日，是半隐秘、半地下的，有那么点神秘兮兮，还好像有那么点见不得人。钟点房在这一天也都普遍降了价，花店也比平日热闹，玫瑰是单枝单枝地卖，咖啡馆也会热闹一阵子，推出了情侣咖啡和情侣蛋糕，也不过是两块心形的蛋糕，被一支巧克力做的箭洞穿着。而最热闹的地方还应该是电影院。电影院里边的黑咕隆咚，最适宜情人们的各种花枝招展和各种胆大包天。

因为过情人节，电影院里安排了两个日场，上午一场下午一场，再加上一个夜场，这个夜场是通宵，一晚上不停地放片子，而且都是爱情片，观众看累了可以靠在那里睡一下，醒来了再迷迷瞪瞪接着看。放电影的当然是王桂英的男人，王桂英专门负责卖票、把门，他们俩也真是够拼的，带了饭，一人一个大饭盒，米饭、红烧肉，还有那么几片绿菜叶子，还烧了两暖瓶开水，这整整的一天一夜他们根本就不能回家。电影院的事，其实也没什么好说的，不过是收票、把门、倒片、换片。因为是情人节，按理说来看电影的应该是成双成对，但今天却恰恰相反，竟然都是一个一个地往电影院里边走，手拉手的很少，勾肩搭背的也不多，一个一个地进去，找到座位坐下，副片演过，灯一黑，人们才会活动开，该做什么做什么，波澜起伏地抱在一起。电影院的习惯，正片放映之前是一定要放副片的，好让人们有个心理准备，都赶快坐好，放完副片，人们也差不多都坐好了，副片都是动画片，上边都是些漫画人物，宣传不要随地吐痰，宣传要注意防火灾，宣传人人都要绿化，宣传计划生育，宣传怎么用避孕套，总之是上边让宣传什么他们就宣传什么，那些副片都是王桂英的男人亲自手绘的，王桂英的男人的正式工作其实是美工，专门画电影广告，那种很大的广告，现在早已经看不到这种手绘的电影广告了，人们不需要了。放副片之前，电影院里照例还要放音乐，音乐无一例外都是广东音乐，《步步高》《彩云追月》《采茶扑蝶》，都是十分欢快而又老掉牙的曲子。上年纪的人听了这种曲子一时会有不少感慨，年轻人听了这曲子只觉得鼓点和节奏都不对，很别扭。

王桂英此刻正坐在电影院的门口，人进得差不多了，她也该歇一歇了，如果可以，她想自己可以迷糊一会儿。白天两场，晚上又是个通宵，不睡会儿不行，她想好了，要是犯困，她就靠着椅子迷瞪一会儿，但她现在不困。茶缸子里边的水有点凉了，凉就凉吧，她喝了几口水，又打开了手机，现在许多人都离不开手机，王桂英也一样，是一会儿也离不开，看一会儿，关上，才关上，又打开，打开，又关上。不像以前，在电影院门口把门找本书看看就行，把时间打发了就行。电影院把门这个工作其实是最烦人了，又不能把门锁上走人，有一年，有人这么做过，电影一开演，他就把门锁上去干别的事去了，结果电影院里边失了火。关于那一次失火，到现在都查不出是怎么回事，里边的人想跑跑不出来，结果死了二十多个人。人们还记着那天放的那部电影，是个印度片，主人公叫什么拉兹，电影的名字是《流浪者》，电影里的那首歌直到现在不少人还会"阿吧拉咕"地唱。出了那件事之后，电影院内部立下了铁打的规矩，那就是电影院把门的在放电影的时候一刻都不能离开，不许离开。

王桂英坐在那里看手机、吃瓜子，对面群众文化馆还在锣鼓喧天地排练扭秧歌，这倒让人不寂寞，其实让人不寂寞的是手机而不是对面的锣鼓声。手机真是个好东西,既可以和什么人说说话,又可以让人看到不少新鲜事,比如什么工地挖出了一条大蛇,光蛇尾巴尖儿就有三米长;比如什么地方发现了外星人,已经和当地的一个男人发生了关系,可能过几年会在不知道哪颗星星上生下人类的孩子;比如有一百零三岁的老太太靠拾破烂儿养活着她的残疾儿子,为社会减轻着负担;还有没有手用脚吃饭的奇人,吃饭的整个过程像演杂技。反正各种新鲜事手机上都有。就在女主任王桂英看手机的时候,一个女人出现了,这是个年轻的女人,衣着很入时。一件米黄色的很厚很短的那种呢子上衣,下边的黑色裤子看上去也是高档货,问题是她手里拿着一把菜刀,这可真是十分少见,而且让人害怕。

王桂英被这个手里拿着菜刀突然出现的女人吓了一跳。

这个年轻女人要往电影院里冲,能看得出她是相当激动,脸色都变了。

王桂英站起身,她当然要把这个女人拦住,她不知道这个女人要做什么,但肯定不会有什么好事,刀这种东西一般来说和好事没什么联系。

这个女人就那么提着把明晃晃的菜刀,要进电影院。

你不能带刀进去。王桂英很和气地对这个女的说。

气死我了。这个女人说。

那你也不能进,你带把刀算什么?

王桂英心里有点怕,她怕弄不好这个女人会给自己来一下子,她又怕这个女人是个精神病。王桂英想问问这个女人出了什么事,王桂英说,你这样带把刀,弄不好会被保安抓起来。王桂英在那一瞬间脑子转得很快,但她忘了今天是情人节,人一急就会忘掉许多事,她只想知道这个女人是不是遇到了什么事,所以才带着把刀来了。这可不是好玩儿的,一是也许她真会砍人,二是也许她是要吓唬吓唬谁,但这总不是什么好事。王桂英知道只要自己大声一喊，附近的保安和公安就会跑过来，但王桂英知道自己一喊也许就会被这个女人砍那么几刀。

你进去干啥？王桂英听见自己小声问这个女的。

进去砍了他。这个女人说。

谁？砍谁？王桂英不知道她要砍谁，她想知道是怎么回事。

这个女的也是乱了方寸，她说要砍她的男人，还有跟她男人在一起的那个骚货。砍了那个骚货！

王桂英还是没反应过来，脑子有点蒙了。

把他们两个都砍了，让他们过情人节！这个女人又说。

王桂英算是反应过来了，也想起这天是情人节了，心里也不那么害怕了。这种事，在电影院算不得什么稀奇事，发生过也不是一次两次。有家室的男人带上女朋友来看电影，被老婆发现打了过来，或者是有家室的女人约了另外的男朋友来电影院，被自己男人堵在电影院里大打出手，这种事太多了，但一般都是当事人进去找，找到了，把人拉出来恶吵一顿或者动手把对方抓个满脸花，很少见到手里提着把刀的女人。电影院这样的故事很多，电影院里边的故事还不仅仅是这些，还有更吓人的故事。据说有一年，一连好几个晚上，一到后半夜电影院里自己就演起电影来了，电影院里空空荡荡没有一个人，但人声不绝，放映机会不停地自动换片，还会自动倒片，但就是没有一个人，这可真是太吓人了。

我进去把他们砍了。这个女人又说。

那你就更不能进去了。王桂英对这个女人说，里边那么黑，你进去一时也找不到人，就是找到人，他们就那么好让你逮？里边那么黑，你还不是抓瞎？你从外边进去，你看不到他们，他们可是能看到你。

气死我了！这个女人说她不想活了，活着没意思！

你进去还不是抓瞎？又不能给你开灯照着让你找。王桂英又说。

这个女人不说话了,看着王桂英。

你说是不是,你进去还不是抓瞎?王桂英又说。

这个拿着一把刀的女人也许觉得王桂英说得对,她往旁边走了走。王桂英紧跟在她后边,她想再劝她两句,回去吧,有什么事回家好好说。

我不回,我等他,让他们过情人节!什么情人节,流氓节!这个女人说。

我等他,等他们一出来我就劈了他们。这个女人说,让他们再过流氓节!

电影院门口现在没什么人,王桂英忙给这个女人从里边拿了一个凳子要她坐,电影才演了半场,离散场还早着呢。王桂英突然有主意了,她回到门口坐下,用手机给她男人发短信。她男人此刻正在上边放电影,一边放一边嗑瓜子、喝茶。她通过短信把门口的事告诉了她的男人。发完了短信,做好了安排,王桂英的男人也马上回了短信,说他马上就下来,他不放心,他要和她对换一下,他下来把门,让他爱人王桂英上去继续放电影,他是个大男人,出点什么事也能抵挡得了。王桂英回了短信,说这就上去,上去前她会把那个西边的安全门打开,好让那两个人悄悄溜出去。那两个人真要是在电影院里被砍了,往后谁还敢再来电影院看电影。

王桂英工作的这个电影院,是坐南朝北,电影院的正门朝北,正对着群众文化馆。从正门进去,是一左一右两个门,单号座在左边,双号座在右边。再进去,当然是一排又一排的座位,正面呢,当然是挂幕布的舞台。电影院里边左手有一个门,是男女厕所,也就是东边,右手还有一个门,是安全门,朝西,平时锁着,散了电影才会开一下让人们从这里出去。安全门西边是一条大街,这条大街往南通向人民公园,往北通向火车站,往西又是一条大街,是这个小城最繁华的商业街,一家商店连着一家商店，街名还挺好听：永宁街。据说这地方原来有座很大的寺庙，名字就叫"永宁寺"，但现在这个寺庙早已荡然无存了。就在这个电影院西边的安全门门口，有一个两米来高的大石头狮子，还有一棵挂满了红布条的老槐树，那棵老槐树真是很粗，要三四个人才可以合抱过来。据说人们当年扩修马路，修到这棵老槐树的时候，有人看到了这棵老槐树在后半夜的时候忽然在街上乱跑，跑来跑去，跑来跑去，后来又回到了原来的地方，居然开口说话了，说，还是我这地方好，我什么地方都不去！而又有些人说，在街上跑来跑去的不是那棵老槐树，而是那头石狮子。我什么地方都不去！有人说听见这头石狮子在大声说。

王桂英安排好了，知道自己男人接下来会怎么办了。王桂英又看了一下坐在那里的那个女人，然后进到里边去了，她去里边，直接就到了安全门那里把安全门的插销打开了。然后上了楼，把她的男人换了下来，让她男人下去把门，她在上边继续放电影。而且，她男人已经把那个字幕卡片写好了，她会把这个字幕打在银幕旁边的墙上。这个字幕卡是这样写的：

    大家注意了，门外有一女子，手里拿着菜刀在找她老公，说她老公在陪情人看电影，请这位先生尽快从西边的安全门离开，不得延误。

王桂英希望自己男人下去的时候，那个女人不见了，她不见了最好，但那个女人还在那里坐着。王桂英的男人又很快给王桂英发了一条短信，说这个女人原来是镶牙馆的，她男人就是那个镶牙哥。

原来王桂英的男人到那个镶牙馆镶过牙，一颗牙差不多花了一千多块钱。

我去！是他女人。王桂英的男人在短信里说，钱挣多了就没什么好事！

　　离她远点，她手里有刀。王桂英发短信说。

　　其实这也太正常了。王桂英的男人忽然又在短信里这么说。

　　这条短信让王桂英突然很不高兴。

　　那你也去找个相好的！王桂英在短信后边加了几把刀，一刀一刀又一刀。

　　王桂英和她男人互相发短信的时候，他们并不知道电影院里边发生了什么事。王桂英在放映室里根本看不到下边的观众席，王桂英她男人在电影院北边的正门那边当然也看不到西边安全门那里的情况。那个字幕一打出来，电影院里好一阵骚动，这会儿离电影散场差不多还有三分之一的时间，但不少观众已经从西门涌了出去。不是一个两个，而是一下子涌出许多人，这些人一出门就马上消失掉，他们没有成双成对，也没有勾肩搭背，他们好像谁跟谁都不认识，他们保持着距离，又好像谁都跟谁不相关，他们从电影院的西门一出来就马上消失了。好像是秋天里的落叶，被风一下子吹散了，被风一下子吹得无影无踪。

　　因为过了情人节马上就是元宵节，电影院正门对面的群众文化馆的院子里还在锣鼓喧天，那里边的人也不知道电影院这边发生了什么事，他们正随着鼓点扭得高兴，一上一下地舞动着手里的红绿扇子，而且互相挤眉弄眼放出他们自认为很妖娆的妖娆……

我就是我自己的茶几

外卖小哥有皮强家的钥匙,他"哗啦哗啦"开了门,听见皮强在里边说,你来了,拿进来吧。

这是快到中午的时候,也就是说快到了人们吃中午饭的时候。

皮强就是不这么说,外卖小哥也会把皮强点的外卖给他拿进去。已经三年了,谁都不可能指望皮强从他的那把椅子上站起来自己去把外卖拿到手中,他现在实在是太胖了,如果往起站他随时都有摔倒的可能。谁都想象不出皮强要是不小心摔倒后会怎么站起来,他实在是太胖了。皮强现在走路是两边晃,这边晃一下那边晃一下人就过来了。大胖子一般都这样,他们根本就不可能是直线前行,而是朝两边晃。

来了来了。外卖小哥在换鞋。

是在换鞋?皮强在心里想。你在换鞋吗?皮强问。

你说的对。外卖小哥在外面说。

我现在不用换鞋了。皮强笑了一下,我以前是44码,现在47码。

哥你是有福气的人。外卖小哥说。这话听起来像是有那么点幽默感。

咱们都是有福气的。皮强说。

我碰到哥就是有福气。外卖小哥又说。

皮强就笑了起来,我这里是不是还不错?

别处找不到你这样的地方,在屋子里搭个帐篷。外卖小哥说。

皮强笑了一下,合了一下眼,说自己昨天没睡好,看电视看得太晚了,那个人已经徒步走过瓦伊瓦什山脉了,用了十一天,走了八十公里。人家才幸福,走遍全世界了。

外卖小哥知道皮强在说什么,他在说电视上的户外徒步者。

十一天八十公里山路。皮强又说,问题那是山路,而且是在秘鲁。

路不能算太远吧?外卖小哥说。

我只能服气。皮强说,要不是我这条腿,要不是我现在这体重。他没接着往下说。

怎么说呢,三年前,皮强的腿受了一点伤,他当时就认为不过只是受了一点轻伤。没什么,他对旁边的朋友说,真没什么,你们别担心。那天开车的是位绿衣女士,她穿了件很漂亮的绿色衣服。大家喝完了酒,那天他们可真是没少喝,但那位绿衣女士没喝,所以她才坚持要把皮强他们送回去,别人已经上了车,皮强也正在上车,风从侧面吹过来,真猛,看样子要下雪了。可能是因为喝了酒,皮强的动作有些迟缓,他的半个身子进了车里,但另半个身子还在车外,这时候车就开了,皮强大声说我还没上车呢,我还没上车呢,但那个绿衣女士好像根本就没有听到皮强在说什么,车还在继续开,皮强当时是既上不了车又无法让自己从车上下去,所以一下子就从车里掉了出来,左腿的膝盖一下子就撑在了地上,但另外半个身子还在车上挂着,就这样车子又开出了两米多才停下来。车停之后,皮强发现自己的裤子膝盖那地方已经被磨出了一个洞,但腿好像没什么大事,起码当时觉得骨头没受到影响。

那个绿衣女士自始至终没说话,皮强觉得她是不是害怕到已经说不出话了。

没事没事。皮强还对那位绿衣女士说。

那位绿衣女士始终没有一句话。

第二天,他们继续活动,昨晚的那点雪早已经化掉了。皮强真的觉得自己的腿好像没什么大事,只不过走的时候有点疼,他走在大家的后面,他觉得自己应该忍一忍,不要因为自己的事扫了大家的兴。虽然走路很吃力,接下来的几天皮强还是努力让自己不要流露出什么,几天的活动搞完后,皮强回到了家里才觉得自己的腿是真有问题了,走路很困难,很疼。虽然这样,但皮强还是没有去医院,去医院可太麻烦了。但让谁都想不到的是,那条腿不久紧跟着又出了一回事,这下可厉害了,皮强一下子就走不了了,上楼下楼根本就不行,一晃三年就这么过去了,皮强现在不但走不了路,而且人还一天比一天发胖。

人们都说皮强是因为走不了路所以才会胖成个这样子,但另外不少人都说三年的时间一个人胖成这样真是一个奇迹。也有人说是因为皮强的女朋友离开了他,他才会胖成这种样子,女朋友以前跟他同居的时候总是管他这管他那,不让他吃这不让他吃那。皮强是个肉食主义者,他太喜欢吃肉了,还有奶酪什么的,还有培根,还有香肠,还有腊肉,还有午餐肉罐头、红烧肉罐头,皮强就是不爱吃水果和蔬菜,但女朋友在的时候限制了他对肉类的狂热,限制了他这方面的热情,女朋友说她喜欢一个肌肉十分健美的男人,所以皮强在和她同居的时候几乎每顿饭都吃得很少,皮强那时候人真是很瘦,但整个人看上去还很精神,虽然皮强总是时时刻刻感觉到饥饿,可是他那时候穿衣服真是很好看,瘦人穿衣服一般都会很好看。

皮强的手机里存了不少自己过去的照片,但每次看到这些照片他心里都很难受。

喘口气,不急。皮强又对外卖小哥说。

就这会儿最忙。外卖小哥在一进门的那地方说。垃圾又满了。

我的垃圾还不算多。皮强说。

你应该吃两顿饭才对，你从来都不听我的。外卖小哥说，他开始收拾。

你说得对，也许以后我会只吃两顿。皮强说，我现在正努力少吃。

我感觉你昨天晚上又吃了，是不是？外卖小哥说。

听响声，皮强知道外卖小哥是在开冰箱的门往里边放东西，是自己昨天吩咐他买的那种马苏里拉奶酪球，很好吃的东西，很软、很有弹性的那种，可以直接吃，也可以放在锅里炸着吃，炸着吃口味更好些。皮强很爱吃这种东西，吃面条的时候他也会放大量的这种奶酪，当然要切成碎丁。

我昨晚只喝了一点东西，不多。皮强说，就一点饮料，我没睡好。

饮料还有几瓶，喝完再说。外卖小哥说。

你知道我从不多喝。皮强说。

我认为你现在不喝酒倒是个好事。外卖小哥说。

我根本就不喜欢酒。皮强说。

这我相信。外卖小哥说。

外卖小哥在收拾，他的时间十分宝贵，所以他必须在最短的时间里把自己要做的事抢着做完。因为他还要接单，所以从一进皮强家开始他就手脚不停。皮强现在的生活在外人看来是过得单调极了，但皮强却觉得自己的日子过得还不错，皮强现在不是站不起来走不了路，而是因为胖几乎站不起来。女朋友已经和他彻底断了联系，说实在话皮强也希望女朋友不要再看到他，皮强希望任何人都不要看到现在的自己。他现在与外界保持联络的只有这个外卖小哥，皮强每个月会给外卖小哥一些钱，让他尽可能用最短的时间帮自己把家快速收拾一下，再有就是每天把下边的快递给他带上来，再把家里的垃圾带下去。外卖小哥有时候会晚上来做这些事情，如果白天的外卖太多的话。

外卖小哥还没结婚，他想不到自己大学毕业会出来送外卖。

现在找事做太难了。外卖小哥说。

我倒希望你别太容易。皮强笑着说，他想让自己幽默一点。

外卖小哥明白皮强的意思，三年了，他们现在和好朋友一样。

你太胖了，你要是不胖的话咱们之间也许会发生点什么。外卖小哥和皮强开着玩笑说。

有时候外卖小哥还会住在皮强这里。夏天的时候外卖小哥偶尔还会帮着皮强把身子擦一擦。

外卖小哥这会儿进了皮强的卫生间，皮强的卫生间的门是后来重新做过的，比一般的卫生间门都要宽得多，要不皮强就没有办法进这个门，皮强的那个坐便器也是最大号的，否则皮强就没有办法上厕所了。坐便器旁边加了两个很结实很粗的铁扶手，皮强可以扶着它慢慢坐下和慢慢站起来，如果没有这两个结实的铁扶手皮强肯定是无法大小便的。

我倒是想喝点酒。外卖小哥在卫生间里对皮强说，什么东西"砰"的一声。

你可以在我这里喝，就今天晚上。皮强在外边说。

你家就是我一个人的酒吧。外卖小哥在卫生间里笑出了声。

你今天晚上就在我这儿喝两盅。皮强又对外卖小哥说。

好的，看时间。外卖小哥说。

你喜欢喝酒我觉得没错，喝酒能让人解乏。皮强说。

我觉得你不喝酒也是好事。外卖小哥说。

皮强现在几乎不喝了，其实皮强也不是有多么喜欢酒。三年前第二次出事也因为是喝了不少酒，喝了酒他完全忘了自己腿上的伤。而且这第二次出事距离第一次从车上掉下来还不到两个月。人们说是那两场酒把皮强给彻底毁掉了，事实上也是如此。那天皮强先是喝了不少酒，然后就被拉去围着篝火奔跑了起来，那个联欢其实就是大家围着篝火不停地奔跑，那是一堆很大的篝火，"噼里啪啦"的篝火把每个人的脸都照得很亮。人们围着篝火疯狂地跑了一圈儿又一圈儿，当然是从篝火一开始点燃就开始奔跑，一直跑到篝火即将熄灭，你想想这该有多长时间，篝火的熄灭其实就是倒塌，高高的一大堆篝火全部倒塌下来就是结束，这在篝火是迟早的事，但篝火从一开始点燃到最后倒塌的时间可真不能算短，他们就一直那么不停地奔跑。因为那天喝了不少酒，皮强的身体被麻木了，根本就忘了腿上的伤，或者可以说他连一点感觉都没有了，腿即使疼他当时也不会有感觉。是第二天，在宾馆里一觉醒来，皮强才觉出事态的严重，他发现自己走不了路了，平地挪移几步还可以，但上楼下楼根本就不可能了。想不到，这样一下子就是三年。

晚上过来喝吧，喝酒会让你睡个好觉。皮强对外卖小哥说，他总是想跟外卖小哥多说说话。

唉，我就是缺时间，我连睡觉都没有时间。

外卖小哥说就在昨天，他骑着车子就突然睡着了，这可真把他自己吓了一跳。

这不太可能吧。皮强也给吓了一跳。

我就是睡着了，一边骑车一边就睡着了。

外卖小哥说就是自己不知道自己睡了有多长时间。

一边骑车一边睡？皮强大声说，太吓人了吧。

皮强想朝那边看看，但他转不过身子，他可太胖了。

我实在是太困了。外卖小哥说。

这可真是太危险了。皮强说。

皮强想往这边掉过脸看看，但他掉不过脸来，他可真是太胖了。

其实也许我只是打了一个盹。外卖小哥说。

那也太危险了。皮强又说了一句。

这我也知道，但我没办法。外卖小哥收拾过来了，外卖小哥的黄衣服其实挺好看，但这种衣服几乎是送外卖的都穿，也就显得不好看了。

外卖小哥总是收拾完应该收拾的才会把皮强点的外卖盒饭拿过来，这是皮强吩咐过的，皮强说这么一来自己也许会把吃的速度放慢些，吃的速度一放慢就不会多吃了。小哥给皮强送外卖整整三年了，他知道皮强喜欢吃什么，也知道他一顿会吃多少。三年来，外卖小哥几乎负责了皮强的一切，包括皮强家里现在搭在厅子里的那个黑颜色户外活动帐篷也是外卖小哥帮着买的，皮强执意要在家里搭一个户外用的帐篷，还执意要一个黑色的，皮强特别喜欢黑色，还有里边的吹气垫子，还有睡袋，还有充气枕头什么的，也都是黑色的，而且也都是外卖小哥帮着皮强买的。皮强已经很长时间不上床睡了，那样很不方便，很费劲，虽然那张床要多大就有多大，皮强现在就在厅子里的户外帐篷里边睡，这是一顶方形的户外帐篷，比一般的户外帐篷都大，不睡觉的时候可以把前边的卷帘卷起来，睡觉的时候就可以把它放下来。皮强说自己睡在里边就又觉得自己是在户外自由自在地活动，心情就会好许多。皮强有一阵子还天天要把搭在客厅里的这个黑色户外帐篷拆了，再叠好，再塞进那个包，到了晚上再打开，再把户外帐篷重新搭一下，这真是不厌其烦。为了方便，他还把电视也搬到了地板上，正对着那个帐篷，这么一来，皮强就可以躺在帐篷里边看电视。皮强现在不看任何国产的电影和电视剧，也不看任何新闻，只看国外的户外活动纪录片，登山，独宿山林，荒原，森林，雪，徒步者的手、脚、身子、面孔，看他们在水边搭帐篷，或者在岩石下搭帐篷，这一切都让皮强感动。皮强特别喜欢看一个人在户外徒步的那种片子，是看了又看，有时候他就觉得片子里的徒步者是自己。他还特别爱看户外徒步的那些人的身体，比如他们洗澡，赤裸着向着河里走，然后一转身仰面朝天躺在水里游动起来，比如他们休息的时候把鞋和袜子脱了晾晾他们的脚，他甚至连他们的脚也喜欢，皮强觉得那脚是自己的，那身体也是自己的，有时候他会被电视片里的镜头感动得热泪盈眶。再发展到后来，皮强连用的东西也都是户外活动者们用的那种，比如软的那种水袋，不用的时候可以叠起来，比如那种煮咖啡的小炉子和户外用的咖啡壶。这么一来，皮强总觉得自己是在户外，是一个户外活动者。

我其实还是一个户外活动者。皮强对外卖小哥说。

我看也差不多，就你这帐篷，你是标准的户外活动者。外卖小哥说。

你今天晚上就在我这儿好好喝点，睡一觉明天早上再走，你就睡床上。皮强对外卖小哥说。

好的。外卖小哥在收拾皮强身边的东西，他打开电热水器看看，里边还有水。

当然你也可以跟我睡在帐篷里。皮强又对外卖小哥说。

那太有被压死的可能了。外卖小哥笑着说。

你喜欢喝酒我觉得挺好，喝酒能让人解乏。皮强又说。

你不喝酒也算是好事。外卖小哥又在用抹布擦皮强的那根拐杖。

皮强有七八根拐杖，都是朋友们送的，但皮强最喜欢的还是自己买的这根意大利帕索蒂拐杖。皮强虽然现在这样了，但他从来不会去用他的拐杖。

今天我也许也会喝点，陪你喝点。皮强努力把头转过来，看着外卖小哥。

外卖小哥要把窗台那边也收拾一下。他抬腿迈过了皮强那两条巨大的腿，皮强的腿啊，太巨大了，他从皮强身后绕了过去。皮强现在是没有脖子，从后边看就是一个很大的肉球放在一堆巨大的肉上。从前边看，你根本就更不可能看到皮强的下巴，皮强的下巴似乎已经长在了他自己的胸脯上，胸脯又长在了一个朝前突出去的物体上，那个物体就是皮强的大肚子，皮强现在根本就看不到自己的腿，即使他再努力也看不到。为了让皮强能洗澡，朋友们帮他改造了浴房，把过去的浴房拆了，现在的浴房里边只有一个淋浴喷头，再加上一道浴帘，地板上只有一道软的那种挡水板，这样方便皮强坐在里边洗浴，只有坐在地板上洗澡的时候皮强才可以看到自己的那两只脚，但即使是再努力他也看不到自己那件最重要的东西。皮强现在总是坐在那里慢慢洗浴，洗完后往起站是件很困难的事，好在朋友们给皮强在墙上安了几个很结实的把手，到时候他会拉着把手慢慢往起站。

你今天为什么想喝点？外卖小哥问皮强。

到了晚上你就知道了。皮强说。

外卖小哥看着皮强，他猜不出皮强的意思，脸上的表情有点古怪。

今天是我的生日嘛。皮强是个心里藏不住事的人。

看我看我，我总是记不住，我没睡好。外卖小哥忙笑着说。

所以我晚上要订一个特大的芝士蛋糕。皮强说。

特大？几寸，一尺半的吗？外卖小哥说，那可不小。

上边只要芝士，厚厚的一层芝士，再多加一倍的培根。皮强说。

我也挺爱吃芝士。外卖小哥说，那么大你一个人吃得了吗？

还有你呢。皮强看了看自己的手指，闻了一下。

好啊好啊。外卖小哥说。

外卖小哥拿起放在桌上的那个奇大无比的杯子去了厨房，他要把那个大玻璃杯子洗一洗，那个杯子可真是太大了。皮强发胖以后所有的东西都变大了，小号的东西都不适用了。外卖小哥洗杯子的时候发现对面的女邻居正在朝这边瞪着眼看，因为送外卖，他认识她，他朝她点了点头，还笑了一下。这是个四十多岁的女人，她每天做的事就是对着家里的镜子不停地跳舞，好像那不应该叫作跳舞，只不过就是对着镜子做各种动作，她的各种动作也就是抬胳膊，伸胳膊，转一下身子，这边转一下，那边转一下，这个根本就不能说是舞蹈，但她特别热衷做这些，有时候皮强会坐在窗前一直看她做这些，她也知道皮强在看她，好像是，在那一刻皮强已经成了她的观众,她就做得更加起劲。这真是一个相貌平平、身材平平、一切平平的老女人。有时候皮强就在心里想她会不会有工作?她在做什么工作?或者,她有没有神经病?她怎么会那么不厌其烦地对着墙上的镜子做同样的动作,而且一做就是几个小时。有时候皮强看得很烦,就很想朝那边把什么东西猛地扔过去让她不再跳。有时候皮强要自己不要再看,但越这么想还越想看,直到把自己看得心里很烦,很想往那边扔东西,皮强有时候都怕自己管不住自己了。

真让人受不了。外卖小哥又过来了,那边他收拾得差不多了。

皮强知道外卖小哥在说谁,就笑了一下。

只有病人才那样。皮强说。

我看也差不多。外卖小哥说。

皮强想把身子转过来,但他转不过来,他太胖了。

放这儿吧?外卖小哥把外卖端了过来,还热着。

皮强身边有个很小的圆茶几,上边还放着一个很大的茶杯,一个左旋螺,一个大玻璃瓶子,里边放着皮强以前从各地拣的石头,还有一摞笔记本式的台历,好几本摞在一起,而今年的却只有一本,其他的都是前几年的。皮强有记日记的习惯,他什么都记,洗脚、刮胡子,或者是哪天打了一次飞机。小茶几本来就小,因为放了这些东西就显得更小了。

外卖小哥把皮强叫的外卖都放好了,又把茶几朝皮强那边拉了拉。

挺不错。皮强看着外卖小哥拿来的外卖,比萨和两大盒蛋挞,足足十六个蛋挞,已经有香味飘出来了。

中午我少吃点,晚上咱们好好吃。皮强对外卖小哥说。

你这就不少了。外卖小哥说。

是不是有点多?皮强说。

你应该吃一半。外卖小哥说。

下次。下次要一半，下次少要。皮强说。

外卖小哥点着了一支烟，他习惯这样，干完活抽一支烟再走，他要让自己稍微歇一下。他抽着烟，看着皮强，对皮强说，我以后也许也会像你这样。

皮强看了外卖小哥一眼，不知道他要说什么。

你千万别胖，这不是什么好事。皮强说。

我是说我也许会在家里给自己搭个帐篷，也要黑帐篷。

挺好。皮强吃了一口，这一口可真大，整整一个蛋挞。为了过瘾，皮强在蛋挞的上边还放了半个软奶酪，这样一来口味就更好了。

我很少这么吃东西。皮强说。因为大口吃东西，他有点喘。既然今天是我的生日。

你想吃就吃吧，但你尽量要少吃一点。小哥说。

很好，你的想法很好，要黑色的，黑色的帐篷。皮强说。

又一个，好厉害，你一口一个。小哥说。

皮强又拿起一个蛋挞，又在上边放了半个软奶酪。

我很少这么吃东西，今天是我的生日。皮强说。有点喘，他一吃东西就喘。

好厉害，一口又一个。小哥又说。

不敢多吃了，晚上还有蛋糕，今天是我的生日。皮强说。

小哥有些吃惊，一盒蛋挞不知道什么时候已经吃光了，现在光剩下一个纸盒子。

皮强又打开了另一盒，然后又去弄那种圆圆的软奶酪，把它们用刀一切两半，一切两半。

皮强吃东西的时候，外卖小哥又去了一下厨房，他去扔烟头，其实他想去看看那个女人是不是还在跳，结果是那个女人还在对着镜子跳来跳去。她的各种动作也就是抬胳膊，伸胳膊，转一下身子，这边转一下，那边转一下，这个根本就不能说是舞蹈，但你又不能说她不是舞蹈。

外卖小哥临离开换鞋的时候听到皮强对他说，晚上早点，今天是我的生日。

因为皮强面朝着一进门的走廊这边，他这次不用转动身子了。

我平时可从来都不会吃这么多。

外卖小哥已经出去了，门"咔哒"一声轻轻关上了。

其实也不算多。皮强又对自己说。

皮强把比萨也吃完了，吃得很干净，他自己又对自己说，不多，这不能算多。

晚上到来的时候，外卖小哥来了，他从店里取来了蛋糕，刚烤好的蛋糕可真香，他还特意给皮强买了一把康乃馨，淡黄色的，还有一个户外使用的那种可以折叠起来的软杯子，黑色的，算作是给皮强的生日礼物。皮强现在的那个可以折叠的软杯子有点漏水。外卖小哥从外边进来的时候皮强正在睡觉，他昨晚没有睡好，因为看那个户外徒步的纪录片。外卖小哥不想叫醒皮强，他想让他多睡一会儿，既然他已经睡着了，外卖小哥把花轻轻放下，把那个作为礼物的软水杯也轻轻放下。皮强身边的那个茶几上放了不少东西，外卖小哥一时不知道应该把手中的蛋糕放在什么地方，他转着身子想把蛋糕放下来的时候，皮强突然开了口：你把它就放在这里，我就是我自己的茶几。

皮强突然笑了起来，原来他并没有睡着，他拍拍自己那个巨大的朝前突出的肚子。

放在这里，这就是我自己的茶几。皮强又说。

茶几？外卖小哥说。

对，这就是茶几。皮强说。

外卖小哥把蛋糕轻轻放在了皮强朝前挺着的巨大的肚子上，马上笑了起来。

　　外卖小哥觉得自己应该给皮强拍一张照片。

　　等蜡烛点着再拍,等蜡烛点着再拍。皮强说。

　　点着蜡烛后,外卖小哥取出自己的手机给皮强拍照片。

　　怎么样,我就是我自己的茶几。皮强又说。

　　笑一下,茶几。外卖小哥说。

　　再笑一下,茶几。外卖小哥说。

　　皮强往后靠,再往后靠,他看着外卖小哥,不知怎么,他笑不出来了,他极力保持着平衡,极力让自己不要喘……

眉毛记

怎么说呢，飞机离起飞还有两个多钟头，魏马就一直坐在那里看书，他把头垂得很低，他戴了顶帽子，一般情况下他很少戴帽子，朋友们也都知道魏马不怎么爱戴帽子，他最近去发廊做的锡纸烫发尤其好看，他喜欢那种蓬松的感觉，但他这次出门不戴帽子不行，他没办法不戴帽子，这是件没有办法的事。

魏马吸了吸腮帮子，用手摸了一下左边脸。

魏马想把手里的这篇小说看完，小说里写一个人在夜里总是感到害怕，总觉得会有坏人从外边撬开门闯进来，为了这事他总是睡不好觉，所以他给自己做了一个金属的脖套，睡觉的时候就把这个脖套套在脖子上，这么一来他就认为即使有人从外面闯进来也不会把自己掐死或者是用一根很细的钢丝把自己勒死。读小说的时候魏马觉得这种事一般不会在生活中发生，除非你得罪了什么人，或者是你干了什么坏事，魏马一边看这篇小说一边想，人身上最薄弱的地方确实还是脖子，晚上在外边散步或平时在什么地方走路有人从后边袭击你其实是件很容易的事，只需悄悄跟在你后边用手里的细钢丝往你脖子上一勒你就死定了。

魏马觉得自己以后也得做这么个脖套，金属的，外面包一层很棉的那种厚布，但这种脖套好像在冬天戴最合适，外面一穿衣服就什么也看不出来，但夏天戴好像就比较麻烦，当然不是不能戴。

魏马抬起头朝外边看了看，又有一架飞机起飞了，发出很大的轰隆声。飞机场候机厅的四面从上到下全是大玻璃，可以从里边看到外面。这几乎是现在所有飞机场的建筑模式。天现在好像是又晴开了，原来预报说是有雪，但现在的阳光很淡薄，不过冬天的阳光向来都是这德行。魏马知道内蒙古那边现在正在下很大的雪，已经冻死了不少羊，他已经看到那张照片了，死羊堆积得像座小山。

魏马的朋友小铁现在还被困在雪里，只不过小铁不像那些羊，他给自己找了一家小旅店，房间因为没有窗户而很便宜的那种。虽然没有窗户，但在靠南的那面墙上也假模假样地拉了一道窗帘，你要是拉开窗帘就会发现后面只不过是一堵墙。

小铁发短信说他本来很快就要到家了。

"想不到会下这么大的雪，高速公路封了。"

"所以说下雪真是个麻烦事。"魏马说，"今年的雪怎么下得这么早。"

问题是，小铁身上的衣服很单薄。魏马想了想，他想把小铁穿的是什么衣服想起来，他们分手还不到一个月，当时的天气还没这么冷，但魏马记不起来了，他让小铁给自己发张照片过来看看。

"就是想看看你现在什么样，穿什么衣服。"

跟几乎所有在机场候机的人一样，魏马是一边看书一边看手机。魏马把帽子压得很低，低到帽檐儿一直遮住了眉毛。也就是在这时候魏马听到了飞机晚点的广播。

"操他妈的！"魏马站了起来，在心里骂了一句。他看看左右，觉得自己应该去吃点什么东西，薯片，汉堡包？这些他都吃腻了。候机大厅的一层那边可以吃到很好的面条，魏马比较喜欢面食。

魏马拉着拉杆儿箱下了楼，往右拐，那边没几个人。面条端上来的时候小铁发来了照片。他发现照片上的小铁嘴角处长了一个疙瘩。

"你可真是憋坏了。"魏马马上发了一条短信。

"好长时间没做手工了。"小铁那边的短信也嘻嘻哈哈地发了过来。

"好吧，这种事几乎人人都在做。"魏马在短信里说。

这时一个穿着红色衣服的很胖的女人在他旁边的那张桌边小心翼翼地坐了下来，香气一下子就朝魏马这边飘了过来，魏马不知道这是什么香水，怎么会这么香。魏马从侧面看着这个很胖的女人，双下巴，或者应该是三个下巴。她也点了一碗面。魏马忽然希望她最好应该还有点别的什么举动，比如和那个一直在看手机的服务员说点儿什么，或者是挑挑她的毛病。但什么也没有，这个胖女人好像除了吃面别的什么也不想，所以注定不会有什么新鲜的事。魏马又朝她看了一眼，这个胖女人长得挺一般，就是皮肤很白、很好，但这样的女人根本就不可能带给自己任何想象，也不会让自己勃起。

魏马这时候很想想想想女人，想想那种事，问题是离登机还有很长时间，自己总得打发一下时间。魏马就又给自己要了一杯热牛奶。

服务员把牛奶端过来的时候魏马又忍不住朝那边看了一眼，这个红衣胖女人靠鼻子那地方长了一些雀斑，因为吃面条，她已经把红色的外衣脱了，就搭在她对面那把椅子的椅背上，这样一来她就显得更胖。魏马只能看到她的侧面，就觉得她胸脯那地方很好看，她穿的那件白毛衣真是很性感，把线条都一一勾勒了出来，胖人穿衣服很容易达到这种效果。

这时又有一个人走了过来，这个人胡子可真重，现在留胡子的人很少，这个人可能很长时间没刮他的胡子，所以他的胡子显得很重，这人手里还拎着一个包，很一般的那种帆布大包，里边鼓鼓囊囊塞了不少东西。魏马觉得这应该是一个外出打工的，打工的现在坐飞机的也很多。

柜台里边的女服务员朝大胡子走过来,她想问问他要点什么。大胡子把头一下子抬了起来,他上面是那种很大的图,图上是一碗面,紧挨着还是一碗面,再看,还是面,分别是牛肉面、鸡蛋西红柿面和猪肉臊子面,每一种面的上面还标着价钱,但都不便宜。魏马忽然又希望这个大胡子会闹出点什么动静来,比如大声说话,质问那个女服务员这地方的面为什么这么贵。但这个大胡子什么也没说,他一转身去了旁边,旁边是机场的小超市柜台。魏马看着他去那边买了一桶方便面,紧接着魏马就看见他去了机场紧靠洗手间的热水器那里去冲他的泡面。魏马觉得自己好像想起了什么,对了,魏马明白自己是又想起了为什么几乎是所有的机场的饮水机都靠近卫生间,为什么?这种问题也许会在百度上查到,但魏马不想查。

魏马看看手边的牛奶,他想让牛奶再凉凉,牛奶不错,结皮了。

那个大胡子把面泡了一会儿,然后就靠着饮水机"呼噜呼噜"吃了起来。魏马看着那边,很想向他招招手让他坐过来,这边吃面的人也没几个,椅子都空着。魏马还朝服务员那边看了看,那个女服务员从魏马一开始坐下来吃面就一直在不停地看手机,她的手机上滴里嘟噜不知挂着一串什么零碎。

魏马又朝大胡子看了看,希望他过来,魏马都想好了,只要他一朝自己这边看自己就会朝他招手让他过来。但大胡子一直不朝这边看,大胡子吃面的声音很响,"呼噜呼噜、呼噜呼噜",这种声音能让人产生一种饥饿感,或者是让人想再吃点什么,他妈的。大胡子很快就吃完了,饮水机旁边一般都会有个垃圾桶,大胡子已经把泡面的纸筒扔在垃圾桶里了,接着是擦嘴的餐巾纸,接着是,他提着他的大帆布包去了洗手间。

魏马吸了吸腮帮子,左边那颗牙已经疼了好长时间了,他已经吃了好长时间的"替硝唑",还时不时会加一颗"芬必得",魏马弄不清楚自己这是要掉牙还是要长牙，为了这他还去路边牙医那里问了一下，那个精瘦的牙医坚持要让他去挂号，他对牙医说我只想问问这边的牙是要掉还是会再长出一颗新牙。瘦牙医的态度很明显不想和他多说什么，只对魏马说了一句：

"一切皆有可能。"

因为吃面，魏马觉得自己已经热了起来，他不经意地随手就把帽子摘了下来，旁边穿红衣服的胖女人马上就吃惊地张大了嘴，还忍不住"啊"了一声。魏马马上就明白过来是怎么回事。魏马觉得自己怎么可以这么粗心大意，怎么会把帽子摘下来！便马上又把帽子重新戴在了头上，并且把帽檐儿往下拉了又拉。

魏马用眼睛的余光看着旁边的红衣胖女人，她还在朝这边看，这女人可真胖，魏马估计自己不行，这么胖的女人一般人都不行，她可太胖了。

这时候广播响了，通知坐FD2这趟航班的人们开始安检。

魏马站起身来，把手机拿好了，从左一把右一把的椅子间走过，吸着腮帮子往安检那边快步走，走的时候才发现自己的前边居然就是那个大胡子。这时又有一架飞机轰然降落了，声音很大。

魏马可以从大玻璃墙看见这架飞机的灰色尾翼。

"咱们可能就是这架飞机。"魏马听见自己对走在前边的大胡子说了一声。

"这架飞机不小。"大胡子说，明白魏马是跟他说话。

"大飞机安全。"魏马说。

"我也喜欢大飞机。"大胡子一说话魏马才明白这其实是个年轻人。

"对，安全。"魏马说，"小飞机总是在空中颤抖。"

"如果碰到气流的话。"魏马说。

大胡子没说话，显然他不知道该怎么回答。

"强气流。"魏马又说。

"什么是强气流?"大胡子说。

"就是很强的那种。"

魏马觉得这个大胡子脑子是不是有点问题,怎么连强气流都不知道。这时候他们已经到了安检口了,年轻安检员坐在玻璃柜台朝他们看了一眼,那只能说是玻璃柜台,就好像商店收款的那种。不同的是里边有一个摄像头,还有一个可以给手消毒的那种一按就往出滋水的塑料瓶子,机场要求人们过安检的时候必须要往手上挤一点那种黏糊糊的液体,好像这已经成了安检的一部分,登机口那边也还有一个这样的瓶子,登机的人在登机之前还要再次往手上挤一点那种黏糊糊的东西,好像那也成了登机的一部分。

大胡子进去了,但很快他就被拦了下来,好像他的包里出了点什么问题。因为安检口的磨砂玻璃门遮挡着,魏马只能看到大胡子的一部分,他的后背、屁股,还有后脑勺。里边的安检在盘问他什么,声音并不严厉。但魏马听不太清。他只听见大胡子在里边不停地解释"这是瓦刀,这是瓦刀,这是瓦刀嘛"。这时坐在玻璃柜里的那个年轻安检员用手指敲敲桌子对魏马说请他把帽子和口罩都摘一下。

"你朝这边看。"年轻安检员指了指摄像头。

魏马的问题就出在摘帽子上,他把帽子摘下来,过安检当然必须摘帽子。

"你不能过。"年轻安检员看了一下魏马的身份证,忍不住笑了一下。

其实魏马早就知道安检会来这么一手,但魏马还是问了一句,"为什么?"

"你的脸和身份证不符。"安检说。

"你能不能听我说。"魏马说,魏马想把眉毛的事讲一下。

"你对我说没有用,这个不让你过。"年轻安检员又指了一下摄像头。

立在那里的黑色摄像头很像是外星人的小脑袋,瞪着一只眼。

"你听我说。"魏马又说。

"下一个。"年轻安检员让下一个人过来。

魏马回头看了一下,后面居然是那个很胖的红衣女人。

"我怎么办?"魏马小声问那个年轻安检员。

"下一个。"年轻安检员说,没看魏马。

"这全怨我那个室友。"魏马嘟囔了一句。

魏马的室友,当然现在不是了,他们一从学校出来就根本不可能再住在一起了,魏马和这个室友保持着很好的关系,他们的关系突然好起来是大三那年,因为有一次魏马在篮球场上出了点小事故,两只手上缠满了绷带,这样一来,他就只能让室友帮他的忙,比如洗脸和洗脚,室友还帮忙给他洗臭袜子,那是夏天,天很热,魏马去不了浴室,室友还会给魏马擦身子,打一盆水,前边、后边、上边、下边替他都擦到,这么一来呢,他们的关系忽然就不一般了,起码在别人看来是这样,实际上也是这样,因为这样,魏马才知道自己其实很不错,但室友每次给他擦下边他都会闹出动静,这是没办法的事。

"你可真厉害。"室友说。

"别让别人听见。"魏马说。

前几天,室友请魏马过他那里去吃烧烤,顺便想让魏马见见他的新女朋友。魏马现在没有女朋友,他的前女朋友一个人去了西藏,但前女朋友的母亲还时不时和魏马通个话,魏马前女朋友的母亲没有丈夫,他们早就离异了。魏马前女朋友的母亲甚至说你那会儿让她怀上孩子就好了,女人只要一有孩子就不会到处游荡了,更不会去西藏。魏马的前女朋友的母亲好几次都要请魏马出来吃饭,魏马总觉得好像有什么地方不对头,就连一次也没去。

"你们每次做是不是都戴套?"

有一次,魏马前女朋友的母亲居然在电话里这么问魏马。

当时魏马一边接电话一边正在穿鞋,但一下子就怎么也穿不进去了。

"丈母娘这么问可不是什么好事。"魏马的室友对魏马说。

其实那时候魏马还没下定决心和女朋友分手,魏马和女朋友分手多半是因为她的母亲,她怎么可以那么问话!魏马不想给自己找一个这样的丈母娘。

一般人以为吃烧烤会去郊外,但根本就不是那么一回事,魏马和室友住在最高的那一层,这你就明白了吧,站在上边的露台上只能看见下边那些大树的树梢。他们要在露台上烧烤,其实这事也没有什么好讲的,肉是晚上魏马的室友就已经准备好了的,已经腌入了味,是事先剁碎的那种肉,用调料拌了一下,然后用手团成一个一个的大丸子再穿在竹签上就行,这种烤肉的好处是既容易入味又容易烤熟。问题出在烤肉的时候魏马想把火弄旺一点,因为魏马喜欢吃烤得很有嚼头的那种,他弯腰吹火的时候不知道怎么回事火一下子就回到了他这边,露台上也没有风,但"呼"的一下子一个火苗子就冲着他来了,就这么回事,他当时一根眉毛就没了,是右边这根,其实不是全被燎没了,还多少有点毛碴,但朋友们说还不如把它们全剃了,眉毛这东西会马上又长出来。所以说,魏马现在的脸上只有一根眉毛,魏马的皮肤很白,眉毛很黑,这么一来呢,魏马的那张脸可真是太特别了,一张脸上只有一根眉毛,而且特别黑,这可真不是一般的特殊。

"我呢?怎么办?"魏马还站在那里,他又小声问了一下。

"你不能过去,你和身份证不符。"安检对他又说了一句。

"你听我说好不好。"魏马想把事情讲一下。

"你自己去想想办法,你一根眉毛绝对不行。"安检指了一下那个摄像头。

"要开证明吗?"魏马听见自己这么问了一句。

"什么证明?"年轻安检员说,"我不知道你在说什么。"

这时魏马后边的那几个人也已经看到魏马的那张脸了,有人在后边笑出了声。这让魏马很恼火,这时里边的说话声也大了起来,是那个大胡子还在和里边的安检争论什么。到底出了什么事?魏马很想知道里边出了什么事。"你必须托运。"里边的安检说,"我们也不知道什么是瓦刀,但我们知道这是刀具。"

很快,魏马就看见那个大胡子很生气地从安检另一边的一个通道冲了出来,他真是冲了出来,手里拎着一把瓦刀。大胡子经过魏马身边的时候不知为什么笑了一下,这就让魏马可以来得及问他一声。

"你怎么又出来了?"魏马紧跟着大胡子,问。

大胡子边往那边走边让魏马看他手里的瓦刀。

"他们不懂这是瓦刀。"大胡子说。

"那你要干什么?"魏马觉得这回可能有乐子看了。

"我能做什么,我只能去托运。"大胡子说现在很难买到这么好的瓦刀了。

"一把瓦刀怎么托运?"魏马还紧跟着大胡子。

"总会有办法的。"大胡子说。

"这也太麻烦了,你就不会到了地方再买一把?"魏马说。

"这把瓦刀使出来了,太顺手了。"大胡子又说,大步往那边走。

魏马停了下来,不再紧跟着大胡子了,魏马眼看着大胡子去了托运打包的那个地方。那地方没多少人,堆了几个打好的箱子,还有一辆机场推东西的那种小车,正被一个小屁孩子推着转来转去。

"先想想你自己吧。"魏马听见自己对自己说,大胡子的瓦刀和你又没什么关系，先想想你自己怎么过安检吧。魏马现在已经明白那个大胡子可能是某个建筑工地上的工人了，这又有什么意思？没意思。魏马想出去先抽支烟，他看看左右，这时候他太想抽烟了，一边抽烟一边想想自己应该怎么办，好在离飞机起飞还有好一阵，飞机晚点这时候倒像是一件天大的好事。

"烦死了！"魏马对自己说。

魏马已经透过玻璃看到外边正有几个人在抽烟。从机场候机厅里一拥而出的人一般都会马上分为两部分，一部分急不可待地去抽烟，一部分急着去打电话。魏马到了外边，他给自己点了一支烟，这口烟吸得可真够长的，也很舒服，吸烟有时候就是很舒服。这时候一个女孩在他旁边坐了下来，她把鞋子一下子脱了，魏马不知道这个女孩要做什么，但他马上明白女孩儿的鞋子里可能进了砂子，这会儿她已经弄好了，这女孩忽然看着魏马笑了起来。

"你别笑。"魏马知道女孩笑什么。

"你怎么一根眉毛？"女孩说。

"以后不吃烧烤了。"魏马说。

女孩又看了看魏马，"你这边的眼睫毛也没了。"

魏马不想多说什么，他想出来吸支烟好好儿想想自己应该怎么过安检。他在心里轮番把几个朋友都想了想，但觉得他们都不靠谱。

"是不是安检不让你过？"女孩说了。

"是，一根眉毛的不让过。"

"你跟他们好好儿说说。"女孩说。

魏马对女孩说："是那个摄像头不让过。"

"你对他们好好儿说嘛。"女孩又说。

"说了也没有用，摄像头就是不让我过去。"

"我对你说，那你就画一根呗。"女孩小声说。

魏马几乎要大声叫起来，他根本就没想到还会有这一手。

"画一根？"魏马看着女孩，"我怎么没想到！"

"你画一根。"女孩说她这里有眉笔。

"对，那就画一根。"魏马忽然开心起来，这挺好玩儿的。

"你画吗？这个不复杂。"女孩说。

"对，给我笔。"魏马奇怪自己怎么刚才没想到这一手。

女孩把她的眉笔从小包里"稀里哗啦"地翻腾了出来，递给魏马。

"要不要镜子？"女孩又说。

"我最好还是去洗手间吧。"魏马想想说。

"你的样子好奇怪。"

小女孩又笑了，她从来都没有见到过只有一根眉毛的男人。

"要不要我给你画？"女孩说。

"我还是去洗手间吧。"魏马看着女孩，有点迟疑，一个大男人让一个女孩当众画眉毛总是有点不好吧，再说自己还不认识这个女孩。

"我还是去洗手间吧。"魏马又说。

魏马在洗手间对着镜子给自己画眉毛的时候小铁发来了信息，说那边的雪已经够一米深了，"再继续下的话二楼有可能就要变成一楼了。"

"好家伙！"魏马的语音短信只有三个字。

小铁在手机里发短信又说他刚才胡乱吃了个盒饭。

"他妈的，飞机又晚点了。"魏马又对着手机说了一句。

"盒饭太不像话了。"小铁在短信里说。

"怎么不像话？"魏马又发一下语音。

"一点点菜、一点点饭外加一颗鸡蛋。"

"应该给你两颗鸡蛋外加一根胡萝卜。"魏马笑了起来。

"好形象的搭配。"小铁的短信马上就跟着过来了。

魏马很想跟小铁说说自己现在正在做什么，这一点小铁肯定不会想到，想不到自己正在洗手间里对着镜子画眉毛，魏马觉得那个在外边站着等他的女孩人挺好的，而且她恰好还有支眉笔。魏马心想女人们肯定都会在小包里放一支眉笔，那个胖女人的包里也肯定会有。魏马这时候又想起那个穿红衣服的胖女人来了，想起她的那个侧面，说实话她那个侧面挺性感，人们都喜欢性感。

魏马把脸凑近镜子，再凑近，因为下边有洗手池子，他的身子朝前倾着。

魏马的眉毛差不多已经画好了，好在这时候洗手间里几乎没什么人，魏马看看镜子里的自己，还不错，他退远一点又看看自己，真还不错，自己画的这根眉毛跟那根没被燎掉的真眉毛差不多，但好像是重了一点，魏马想好了，自己也要去买支眉笔，在眉毛长出来之前就每天用眉笔画一下。

魏马对着镜子画眉毛的时候很担心有人会进来，但机场的洗手间一般人不会太多，但要是碰上航班到港，洗手间里就会一下子挤满了人。魏马对着镜子画眉毛的时候有一个年轻人进来了，那个年轻人朝魏马这边瞟了一眼，愣了一下，好像马上就被魏马吸引住了，这个年轻人找了好几次小便池才决定使用最靠外边的那个，因为只有站在那个便池边才能看到这边有个男人在对着镜子画眉毛。

魏马也注意到年轻人在看自己，这是个很帅的年轻人，穿着那种白色帽衫，下边是一双白鞋子，后边是一个双肩包。

"我的一根眉毛被火燎没了。"魏马突然回头对那个年轻人说，他想解释一下。

年轻人在听，魏马的声音可不小。

"安检那边过不了。"魏马又说。

年轻人听着，但还是不吭声。

"我只好画一根。"魏马说,"真拿他们没办法。"

他说话的时候那个年轻人一直在听,并且一直朝这边看。

"没办法我只好画一根凑数。"魏马又说,觉得自己这句话很幽默。

那个年轻人一句话也没说,但一直在看他。

魏马忽然转身朝那个年轻人走过去,他要年轻人看看自己的脸,自己真是一根眉毛,"你看一下,过不了安检我只好画一根。"

那年轻人把裤子已经提起来了,但还是没说话,他可能不知道自己该说些什么。

"你说我能怎么办?"魏马又说,"我只能画一根。"

那个年轻人还是不说话,转身朝外走了。

"眉笔是好东西。"这回是魏马自己对自己说了。

魏马又回到镜子跟前,他想好好看看自己,离近了看,那根画的眉毛可真够糟糕,但离远了看还不错。魏马听见自己又对自己说:"只要过了安检就可以。"魏马想好了,只要一登机,自己要做的第一件事就是去飞机上的洗手间里把这根临时性的眉毛洗掉,只要帽子戴得低一点,谁也看不到自己是一根眉毛。

"或者就把另一根眉毛也刮掉。"魏马看着镜子里的自己。

画好眉毛,收拾好东西,魏马朝外走的时候心想待会儿自己过安检还用不用再从头排一次长队,他不想再排长队。出了洗手间,他看见那个女孩了。

"好女孩。"魏马在心里说。

"你真好。"他对女孩说,把眉笔还给了她。

女孩看着魏马突然笑了起来:"你画得还不错。"

"我得过安检了。"魏马说。

"你真好,谢谢你。"魏马又对女孩说了一句。

"不用谢。"女孩说。

魏马忽然又转回了身，快走两步，他觉得自己有必要和女孩加一下微信。魏马此刻想起了那个精瘦牙医的那句话，"一切皆有可能。"

再次过安检的时候，那个年轻安检员的神情多少有些古怪。

魏马闻到了咖啡的香气，也看到了年轻安检员手边的一个小金属滤网，他知道年轻安检员在喝咖啡，也知道他手边的杯子里是咖啡。

这下你可以过了。年轻安检员对魏马说。

进安检口的时候魏马和那个年轻安检员又互相看了一下，那个年轻安检员甚至还笑了一下。

咖啡的味道可真香。

狼尾头

然后，他们全家就决定先去饭店大吃一顿，他们从那个谁也不想去的地方刚出来，那个地方肯定是谁也不想去，但他们必须去，他们在那地方刚办完了事，紧接着就接到了从医院那边打过来的电话，这简直是太叫人吃惊了，简直是要让人惊掉下巴。医院那边的人在电话里低声慢气地说这件事对不起真是弄错了。"你们的母亲并没有死，而且开始吃东西了。"

这可真是太让人吃惊了，大卫的家人你看我我看你。

"这他妈真也是可太不可思议了。"大卫说。

大卫的家人都怀疑是不是医院那边打错了电话。那个已经被埋在地下的人到底是谁？不是他们的母亲？居然不是他们的母亲！医院怎么会这样！这实在是太离谱了，他们整整忙了三天，结果那人竟然不是他们的母亲！三天以来他们还不停地流眼泪，流眼泪是会传染的，一个人在那里流，紧跟着别人也会流，哭也是这样，只要有一个人哭，别人也会跟着来。他们现在都奇怪自己怎么就从没怀疑过死者不会是自己的母亲？不过这种事的发生概率太低了，他们谁也想不通这事怎么会发生在他们的身上，他们现在倒是有些责怪自己怎么就没有把那个袋子拉开看一下,哪怕是拉开一个很小的口子,只看看里边的那张脸就可以。但医院说那个袋子必须拉得严严实实,那个袋子被喷了消毒液,味道很呛,就是这么回事,这没什么好说的。

"怎么会有这种事发生?我们居然打发了一个都不知道是谁的死人。"大卫的大姐对她的丈夫说,她的表情是既吃惊又愤怒,"怎么还会有这种事!"

"这种事真也是太不可思议了。"大卫侧过脸对他的女朋友说。

"是有点吓人。"大卫的女朋友小声说。

"那个人到底是谁?"大卫看着他的大姐。大姐的样子现在越来越像是他们的母亲。

"太吓人了。"大卫的女朋友又在一边小声说,用手拉了一下大卫。

"人活着就是不停地烦,这就是人生。"大卫忽然来了这么一句,这是他的口头语。

大卫抬头看着旁边的那棵树,那是棵很大的树,上边居然会有三个鸟窝。即使是在这种时候,大卫还是把这话对他的女朋友说了出来,大卫说树上最大那个鸟窝差不多会有五十厘米乘五十厘米大。

"也许是个老鹰的窝,明年它们还会回来。"大卫说。

"这时候你还有心思说鸟窝?"大卫的大姐马上在一旁对大卫说,"那个人跟咱们有什么关系?"

大卫知道大姐说的那个人是谁,就是刚刚被他们埋在了地下的那个人。

"这件事得马上跟医院交涉一下。"大卫的大姐夫说。

"吃完饭,见了医院的人要说就说到点子上,把咱们一共花了多少钱先说清楚。"大卫说。

大卫穿着一件很旧但很漂亮的棕色皮夹克,这是一件飞行员的皮夹克。是他父亲留给他的。

大卫说三天了，真不敢想自己的那些客户们会被气成了什么样，虽然他已经向他们解释了，他对他们说谁都有母亲，但未必是每个人的母亲恰好都会在这几天突然去世。大卫这么一说，电话那头的客户们马上就都不再说什么，有些客户甚至还会安慰他几句。"不要太悲伤，这种事是迟早的。"

整整三天，大卫的女朋友一直陪着大卫，这让大卫的家人都很感动。大卫的家人都希望他们赶快结婚。大卫已经不小了，谈过不少女朋友，但后来都分了手，大卫现在的兴趣一直好像都在户外野营上，自从从部队复员回来，大卫就热爱上了户外活动，热爱上了观察鸟。

"在这个世界上，最高级的动物其实是鸟，它们可以在天上到处飞。"大卫对他的女朋友说。

道边的树叶已经都黄了，只要一刮风叶子就会飘落下来，大卫和他的亲戚们忽然谁都不再说话，他们一时都没了主意。他们从那个地方出来了，他们还要再走一段路才能到达可以通车的大路。他们一时都不说话，只顾走路。那个死去的人，他们现在都在心里想那个死去的人可能是个什么人，怎么就被当作了他们的母亲。医院可真够缺德的，他妈的，三天以来，他们没有任何理由怀疑那不是他们的母亲，但现在他们已经无法知道那个人是谁。再说事情发展到这种地步对他们已经连一点意义也没有了。问题是那个人已经变成了一堆骨头渣子，那些渣子现在已经被装在了一个漂亮的盒子里并且被埋在了地下，那真是一个花花绿绿看上去充满了生机的漂亮盒子，上边雕刻着仙鹤和其他什么鸟，它们在欢快地飞翔，挑选这个盒子的时候，那个年轻小老板还说你们最好不要弄错，这种东西女人用的都是仙鹤和鸟，男人的才是龙。

"去那个世界，女人一般都骑仙鹤，男人才骑龙。"

"差不多就像坐过山车。"大卫马上跟着来了一句，差点笑了出来。

那个年纪轻轻的小老板是温州那边的人，长得很漂亮，他看着大卫也笑了一下。大卫就奇怪,这么漂亮的年轻人怎么会做这种工作。在大卫的想象之中,做这种工作的人都应该是糟老头子。那个年纪轻轻的小老板与众不同的地方是他留着很长的指甲,两只手上的大拇指指甲都很长。

大卫的女朋友小声对大卫说,他们南方人留指甲主要是为了吃海鲜。

大卫看了一眼女朋友,想不出吃海鲜与指甲有什么必然的联系。

早上,在殡仪馆的时候,大卫和他的亲戚们每人还领到了一份三明治和一袋奶,还有一颗鸡蛋,但大卫发现几乎没人动那些东西,不少三明治和牛奶都原封不动地放在椅子上,估计过后还会发给下一拨人。

昨天刚刚下过一场冷雨,现在气温也真够低的,大卫和他的亲戚们的意见一样,决定先去吃饭,把肚子问题解决了然后再去看躺在医院里的母亲,然后再跟医院那边把事情一是一二是二地说清楚,把这几天花掉的各种钱全部要回来。

"这简直是一个天大的奇迹。"大卫忽然笑了起来。

大卫的亲戚们看着大卫,也都跟着笑起来。

"你们还有心思笑。"大卫的大姐说,其实她自己也在笑。

于是,他们就都去了饭店,那家饭店的门口挂着一只很大的鸭子,油光光的树脂鸭子。这家饭店最好吃的一道菜就是梅菜烤鸭子,鸭子的肚子里塞得满满的都是那种好吃的梅菜,人们都很喜欢用鸭子肚子里的梅菜拌米饭吃,所以这道菜去晚了总是点不到。这道菜有个好听的名字:"梅鸭"。

去饭店之前大卫和女朋友回了一趟家,大卫的女朋友对大卫小声说怎么也得换换衣服,她这话是对大卫说的,但被其他的人听到了,其他人也都马上觉得是有必要把衣服换一下,从那种地方回来是应该换换衣服,所以几乎是所有人都马上回家换了一下衣服。

"从那种地方回来，是应该换一下衣服。"大卫的大姐说。

"咱们待会儿见。"大卫的二姐说，好像是对大卫说，又好像是在对别人说。

"我不但没胃口，恐怕现在连那个都不行了。"大卫一边走一边小声对女朋友说。

"我想恐怕是这样。"大卫的女朋友说。

"我想我肯定是起不来。"大卫又对女朋友说。

"从那地方一出来就想这种事好像不对。"大卫的女朋友说。

"你真不该跟我去那种地方。"大卫抬起一条胳膊搂住女朋友，"那种地方一个人一辈子只去一次就够了。"

"这种事，忙了三天，原来那不是你母亲。"大卫的女朋友突然又忍不住笑了起来。

大卫看着女朋友的脸，他此刻倒有了饥饿感，想吃东西了。香肠，大卫马上就想到了香肠，他最近吃到了一种很香的香肠，陈皮肠，南方战友寄过来的，香肠里有陈皮，味道很特别，以前没吃过，很好吃。

大卫和女朋友回家把衣服都换了，大卫的女朋友还顺便去卫生间洗了一下脸。

这时大卫忽然有了新的主意，大卫正在用一块抹布擦皮夹克，皮夹克这种东西是越老越有味道，大卫看着女朋友，说他现在不想去医院了，那顶新搞到的户外宿营帐篷咱们还没用过。

"就等着跟你一起去。"大卫说。

"这话挺好的。"大卫的女朋友说。

"要不这就去，咱们不去吃饭了。"大卫说。

"你妈你不管了？"大卫的女朋友说。

"有他们呢。"大卫主意已定，"咱们每一次都很新鲜是不是。"

"应该先去医院。"大卫的女朋友说。

"这事可够麻烦的,我今天不想让自己再麻烦了。"大卫说。

"是够麻烦。"大卫的女朋友也说。

"问题咱们谁也不知道那人是谁。"

大卫很小心地不说"那个死人"或者是那个"被烧成了骨头渣子的人"。问题是,他们一直都以为那就是他们的妈妈,他们哭得真是够可以的,他们都想不到自己会哭成那样,个个都哭的"稀里哗啦",尤其是大卫的大姐和二姐,她们简直都被自己的哭给感动了。

"你说说这都是些什么事,哭了老半天,但那居然不是我妈。"

大卫又说:"医院他妈的真是太坏了,还在电话里边说我妈一醒来就吃了一颗鸡蛋。"

大卫的女朋友看着大卫,不知道他这话什么意思。

"我妈有三年都没吃过东西了,植物人会吃东西吗?会吃东西还是植物人吗?"大卫说。

"医院也真是太离谱了。"大卫的女朋友说。

"我看是麻烦事来了。"大卫又说,"我看这是医院自己给他们自己找麻烦。"

"是麻烦。"大卫的女朋友看着大卫,"你想想,墓地、骨灰盒子、各种费用,都得算得清清楚楚,都得一笔一笔跟医院去要,一分也不能少,还有你大姐二姐还有你姐夫他们从外地飞过来的飞机票钱,还有他们这几天住宾馆的费用,都得让医院出,因为这事是他们搞出来的。"

大卫一屁股坐了下来,坐在他电脑前边那把可以不停打转的椅子上,那把椅子扶手上的人造革已经破了,被大卫用同样颜色的人造革粘了一下。大卫的手很巧,现在居然一点都看不出来破绽。大卫让女朋友坐在自己的腿上,其实这会儿他又特别地想那事,但大卫马上打消了自己的这种念头,他把女朋友推开又站了起来。

"这可真不是一般麻烦,各种花费都得算清,医院必须出这笔钱。"

大卫的女朋友又说。

"肯定是这样。"大卫说,"这可不是一笔小数目,光公墓那块儿地就十万。"

"现在一般人真是死不起。"大卫的女朋友说。

"这笔钱肯定得让他们医院想办法。"大卫说,"我们该走了,我们这就去湖边,我今天可不想再麻烦了。"

"你这么做是不是有点麻木?"大卫的女朋友说。

大卫看着女朋友,知道她的意思。

"去和不去一样,快三年了,我妈谁都不认识,谁让她是植物人。"大卫说。

"要是当时拉开一条缝看一下就不会出这种事了。"大卫的女朋友小声说。

"那可是尸袋。"大卫说。

"反正你们都有点麻木。"大卫的女朋友说。

"问题是现在很多人,也许是绝大多数人都生活在麻木之中。"大卫说。

"所以说喝酒也许是件好事。"大卫的女朋友说。

"我做那种事也是为了让自己不麻木。"大卫说,顺便把一捆纯净水提在了手里。

"对,把水带上。"大卫的女朋友说。

"今天晚上咱们也许要麻木一晚上。"从家里出来的时候大卫又说。

"谁又把垃圾放过道了。"大卫的女朋友说。

"其实你也喜欢麻木,又麻又木。"从楼道出来往车那边走的时候大卫又说。

"你穿皮夹克挺漂亮。"大卫的女朋友说。

"是皮夹克漂亮。"大卫说。

大卫穿的夹克太老了,是他父亲留给他的,当年大卫的父亲出去打猎就总是穿着这件皮夹克,皮夹克的肩膀那地方都有点裂了,大卫给那地方抹了点用来擦手的绵羊油,这是大卫的一个战友告诉他的,所以那地方皮子的颜色和别的地方不太一样。

然后,大卫和女朋友就去了那个湖边,这个湖就在城市的东边,不远。能闻到湖水的气息了,能看到湖了,大卫把车停下来和女朋友从车上跳了下来,在这种季节,湖面是灰白色的,虽然还没有上冻。大卫已经和大姐通了电话,他说他累了,女朋友也累了,"不去了,不想吃东西。"大卫说他想和女朋友单独待一待。大卫的那些亲戚在那边已经点好了菜,听大卫在电话里这么一说,他们便开始吃他们的,他们的兴趣一时都转移到了梅菜鸭子上,这道菜可真不错。这个季节,店里的顾客很少,窗外的落叶打得窗玻璃"刷啦刷啦"直响。这也就是说他们是坐在临窗的地方,大卫的大姐跟服务员要了三个塑料餐盒,她把桌上的每样东西都夹了一点放在了餐盒里边,待会儿她会把这些东西带到医院里去。

"能吃多少就吃多少吧,这么好的梅鸭。"大卫的大姐说。

"她当然一点也不会吃,她会吃就好了。"大卫的二姐说。

"唉,人活着没什么意思,我跟你们说,也许她什么都知道。"大卫的大姐说。

"也许吧。"大卫的二姐说植物也是有生命的,有生命就不能说它们不知道。

"也许她什么都知道。"大卫的大姐又把这话说了一次。

桌上的人忽然又都笑了起来,医院那边的人居然说他们的母亲吃了一颗鸡蛋。

"真的,也许她什么都知道。"大卫的大姐又说。

大卫的亲戚们当然都知道大卫的大姐是在说谁,大卫的大姐甚至还给盒子里夹了一条鸭腿,虽然她知道母亲不可能会吃任何东西,但这么做好像能让她心里得到一点安慰。其实她现在心里有些发愁,其实别人也都在心里有那么点发愁,他们都知道他们的母亲忽然又醒过来意味着什么,他们的母亲变成植物人足足有三年了,从头一年开始他们就给母亲请了一个从乡下来的女护工,那个女护工的脸红扑扑的,劲可真大,饭量也大。母亲一个人的退休金根本就不够用,所以他们每个人每个月都还要给母亲打些钱来。给母亲雇了护工之后他们轻松了许多,他们去医院的次数也少了,他们可以腾出更多的时间去做自己的事。因为每个月给母亲一些钱,所以他们都觉得自己很孝顺,听说母亲去世他们好像都在心里松了一口气,但没想到又出了这种事,人等于是又活过来了。

"医院真够缺德的。"大卫的大姐说,"他们怎么会弄出这种事。"

"那个护工呢,她那会儿在做什么?她在做什么?"大卫的二姐说。

大卫母亲请的是那种整天不离病人的护工,既然她在,怎么会出这种错。

"到底错在哪儿?"大卫的大姐夫说。

大卫的亲戚们忽然都觉得事情严重了,但他们又想不出会严重到什么地步,医院怎么会出这种差错!

"所有的花费必须都得让医院出。"大卫的大姐说。

大卫的大姐说话的时候别人就都看着她。

"要不要医院给咱们精神赔偿费?"大卫的大姐的眼神像是看着每一个人。

"这个太应该了。"大卫的二姐说,"好在我心脏没问题,要不早就哭过去了。"

他们就这样一边吃饭一边说着这件事,他们越说越来火。然后他们就去了医院。医院门口排了很多人,他们都在等着进医院,但他们都不能一下子就进到里边。风这时候刮得很大,树叶子打在人脸上生疼,这你就知道风有多大了。医院对面是个公园,有人在里边走来走去,在用一个耙子搂地上的树叶子,还有几个人在那里聊天,他们都是些没事的闲人,刮风并没影响到他们的兴致。但医院这边的人们谁也看不清那边人的脸,因为他们都戴着口罩。

医院门口的人也都戴着口罩,所以他们也是谁也看不清谁的脸。

大卫把那顶黄色的户外帐篷搭在了湖边景区规定搭帐篷的地方。现在这个季节,热衷来户外玩儿的人已经很少了,不远的地方有一顶蓝色的帐篷,也许是因为那顶蓝色的帐篷,大卫才会把自己的帐篷也搭在这里。

大卫的女朋友说要去水边看看。

"去吧,最好别掉水里。"大卫说。

大卫忽然从背包里取出来一个皮面的小笔记本往上边记着什么。还没等女朋友开口问,大卫就说:"我马上就来,我想起来了,不记下来也许会忘掉,要一笔一笔都记清楚,马上把钱退给人家。"

大卫这么一说,他女朋友就知道他在记什么了。

大卫的母亲去世后,朋友们发来不少红包,红包里的钱数五百、一千不等。

"这下好了,还得一笔一笔退回去。"大卫笑了起来,"真他妈的该骂医院!"

大卫的女朋友也忍不住笑了,这事可真是太好笑了。

"狗操的医院。"大卫又大声冲着湖那面骂了一声。

湖水已经凉到不可能游泳了,但大卫和他女朋友还是看到有人在那边垂钓。一只白色的大水鸟在湖面上飞过来又飞走了,又飞过来又飞走了,它总是在湖面上绕圈子。这时候大卫的手机响了,他看了一下,没接。过了一会儿手机又响,他看了一下,还是没接。

大卫对女朋友说:"你看这棵大树,上边的鸟巢也够四十厘米乘四十厘米,这说明里边住的也是大鸟。"

大卫的女朋友也抬起头来看那个鸟巢,这一点她挺佩服大卫的,一眼就能看出尺寸。

"猛禽之类的,它们晚上也许就会回来,你看地上它们拉的那些屎。"

"可别把屎拉在咱们的帐篷上。"女朋友说,"白花花的。"

"哪会。"大卫说,"不过也说不定。"

"它在找鱼呢。"大卫又对女朋友说那只在不停地飞来飞去的大鸟。

那只白色的大水鸟此刻落在了南边那座水泥大桥下边的一个小洲上,一个白点子。

"再过几天会有大量的候鸟,它们大约会在这里待两三天,最多两三天。"大卫说。

大卫的女朋友知道大卫拍过不少鸟,因为拍鸟他和战友去了不少地方,因为一有时间他就会去拍鸟,所以他的活动区域越来越大,朋友也越来越多。他们都是鸟友。研究各种鸟。

"它们生在这里,长大后还会回到这里。"大卫说。

大卫的女朋友说这个她也知道,候鸟几乎都这样。

"而且它们还会再回到它们出生的那个窝里边去,在里边再孵化小鸟。"

大卫的女朋友说这可是她第一次听到。

"所以说它们的窝就是它们的祖产,它们可以一代一代都住在那个窝里,除非那个窝不在了,人可不行,根本做不到这一点。"大卫说,"现在的人太悲哀了。"

"这真是比我们要好多了,起码我们办不到。"大卫的女朋友说。

"所以有机会咱们还是要到处去看看,挣了钱买他妈个小岛。"大卫说,"咱们现在都是没有土地的人。"

"要是能出去,你想去什么地方?美国吗?"大卫的女朋友看着大卫。

"王八蛋才去美国,在美国买得起豪宅的人几乎没有一个好东西!操他妈的。"

大卫马上又说:"咱们说这个做什么,没意思。他们是他们,咱们是咱们,咱们不必关心他们。"

"我是说,一旦可以出去你想去哪个国家?"

"去墨西哥,我一直想去那里拍蓝蜂。"大卫说,"蓝蜂漂亮死了。"

"什么是蓝蜂?"

"蓝色的蜜蜂,像宝石一样,闪闪发光。"大卫说,"这种蓝蜂只有墨西哥才有。"

"像蓝色的甲壳虫吗?"

"对,金龟子,亮的,不知谁给它们镀的金子。"

大卫的女朋友有点走神,她想不出这样的蜜蜂应该是什么样。

"那种大型鸟有时候晚上会飞回它们的巢,白天再飞出去。"

大卫又开始说大鸟,抬着头,他说的大鸟一般都是猛禽,可能是老鹰或者别的什么。

"隼不大,但也是猛禽。"大卫又说,"就这么大。"

大卫的女朋友说她还没有见到过隼。

"所以说。有些东西不是大就厉害,有些东西看上去不大但也相当厉害。"大卫说。

"我怎么就没见过隼?"大卫的女朋友说,"这种鸟是不是有点神秘?"

"隼都被人们卖到阿拉伯去了。"大卫说。

这天晚上大卫就和女朋友住在了湖边,不远处那个蓝色帐篷也没拆,天黑后那个帐篷里也出现了灯光。大卫和女朋友吃了点东西,然后开始他们的事，他们在帐篷里能听到湖水的声音，他们就在湖水的声音里做他们的事，这让大卫很兴奋，而且后来他们都在湖水的声音里睡得很香，就这么回事，然后天就亮了。天亮后大卫从帐篷出去，他把尿撒到湖里去，撒尿的时候有不少鱼游了过来，都是些很小的鱼，大卫知道它们都是冲着尿液来的。湖边的雾很大，因为雾的关系，大卫现在看不到那顶蓝色的帐篷了。

也就是这时候大卫的电话响了，大卫想了想还是接了。

"妈这回可真死了。"电话里是大姐，一声惊呼。

"这回是真的吗？"大卫说。

"这也算是一种结束，妈的苦难终于结束了。"大姐的声音开始变了，开始颤抖。

大卫的大姐是中学语文教员，她当了一辈子中学教员。大姐的声音里居然还能让人听出来悲伤，其实别的人的悲伤早就让时间消耗光了，感情有时候也是一种预支，包括悲伤，像是一壶水，倒光了就没有了。

"悔不该我们昨天晚上都回去睡了，你知道医院是不让任何人留宿的。"大卫的大姐说。

"这也不是什么坏事，起码妈不再受罪了。"大卫说。

"早上起来护工发现妈的半个下巴掉下来了，这回可真完了。"大卫的大姐说。

"怪吓人的，下巴怎么会掉下来？"大卫给吓了一跳。

"人就这么回事。"大卫的大姐突然开始抽泣。

"我这就回去，这就回。"大卫说。

这时大卫的女朋友也从帐篷里边钻出来了，她手里拿着把梳子。

"看到大鸟没？"她以为大卫在看大鸟。

"我妈这回可真死了，这回是真的。"大卫奇怪自己好像也没有一点点悲伤。

大卫的女朋友看着大卫,她不知道该说什么好,她找不出要说的话。

"但愿这次没搞错。"大卫居然笑了一下。

回去的路上,大卫的女朋友开着车,大卫想让自己想想小时候母亲的事,但现在是连一件也想不起来了。

"真没意思,我大姐说我妈的下巴掉下来了。"大卫说。

"怎么回事?下巴?"大卫的女朋友说。

"其实谁活着也都没什么意思,折腾到最后也都是个死。"大卫说。

"你得先去把头发给理了,这回可真得理发了。"大卫的女朋友对大卫说。

大卫他们这地方的风俗是,父母去世后三个月内不能理发。

"这回弄不好我会全部推光,光头。"大卫说。

"先去理发。"大卫的女朋友说。

"对,先去理发。"大卫说。

时间过得很快,转眼间就又已经是春天了,这个春天连着下了几场雪,所以树绿得好像要比往年都早。下雪的时候,大卫会在窗台外边的那只大碗里放一些米,这样可以让那些总是在小区里飞来飞去的斑鸠不至于饿死,鸟类都怕下雪,只要一下雪它们就有可能什么都吃不到。这天早上大卫一起来就觉得自己应该去理发了,他先是看了一下日历,然后去了卫生间,他一边小便一边看着镜子里的自己,从时间上讲真的可以了,他妈的,一转眼,三个月。

洗脸的时候,大卫听到隔壁有人在说话,但听不清他们叽叽歪歪都在说些什么。隔壁的年轻人刚刚把房子装好准备结婚。有时候大卫在走廊里边碰见这个年轻人还会说几句话,知道他以前是省队踢足球的,现在是少体校的教练。大卫家卫生间的隔壁就是年轻人家的卫生间。

大卫又在镜子里看自己,镜子里的自己正在用手弄自己的头发,大卫的头发现在可真是太长了,"差不多够十七八厘米了。"大卫对自己说。三个月头发会长这么长，真是让人想不到。

"狼尾头好看不好看？"大卫马上给女朋友打了个电话，他有什么事情都喜欢跟女朋友说说。

"我想起来了。"大卫的女朋友却来了这么一句。

"我跟你说狼尾头，你却说你想起来了，你想起什么来了？"

大卫说自己头发的长度现在正好可以留这种狼尾头。

"我想起来了，到今天正好三个月。"大卫的女朋友说。

"中午一起吃饭吧。"大卫说，"咱们去吃包子。"

大卫的女朋友说这个主意很好，她也想吃包子了，再来个芝士烤榴梿。上次，那个放在长形盘子里的芝士烤榴梿端上来的时候差点烫了大卫女朋友的嘴，她是太爱吃那道菜了。大卫的女朋友问大卫现在在做什么。"在洗脸，待会马上去理发。"大卫说。这时候隔壁的年轻人好像在那边打起来了，挺激烈的，弄出了好大的动静，这把大卫吓了一跳，大卫关了手机，仔细听听，那边又不太像是干架。女的在叫，男的在喘。这时候一架飞机正从大卫他们小区的上空飞过，好一阵"轰隆隆，轰隆隆"。

"中午你就到卷毛那儿去找我，做狼尾头我看用不了多长时间。"大卫对女朋友说。

大卫穿上他的皮夹克，天还没怎么热，这几天他就一直穿着那件皮夹克，他喜欢那件皮夹克。大卫下楼，去车库把车开出小区，再然后，大卫就坐在了理发馆的椅子上。大卫希望这时候理发店别有那么多人，想不到真还是这样，小理发店里没有一个人，当然除了理发师卷毛儿。大卫进来的时候那个卷毛正在扫地，把刚才顾客剪下的头发一点一点扫在一起，然后把下边是一个大铁盘的理发椅子欠了起来，把碎头发一下子都扫在了大铁盘的下边。卷毛儿的两个年轻徒弟最近都走了，一个去别的地方开了个小发廊，另一个每天早上在花园的门口卖一种叫"金针"的干货。

"好家伙。"大卫进来的时候卷毛儿叫了一声,像是挺吃惊。

"你叫什么?"大卫说,"你还没见过头发长的人吗?"

"我还以为你去别的地方理过了。"卷毛儿说。

"没人会理一次发换一个师傅,头发让谁理都是一辈子的事。"大卫说,"男人起码都这样。"

"你的事我都听说了。"卷毛儿说。

"现在好人不多。"大卫说。

大卫看着卷毛儿,他们的关系很铁。大卫发现理发的椅子背后的窗台那边的小桌子上出现了一台打印机,被一块白布蒙着,大卫不知道理发馆要一台复印机做什么。窗台上还养着两盆多肉,又小又碎。另外的那个窗台上也养着两盆,也是又小又碎。

"那件事完了没?"卷毛儿问大卫。

"说清楚点儿,哪件事?"大卫当然知道卷毛儿是在问哪件事。

"还会有哪件事。"卷毛儿说,"医院可真是太离谱了,没有他们那么离谱的。"

"谁碰上这种事算谁倒霉。"大卫坐下了,卷毛儿让他再重新坐一下,坐到旁边的另一把椅子上。卷毛儿一边张罗一边对大卫说:"其实人们都知道你那么做没错,太开心了,你真是没一点儿错。"

"医院太坏了,他们根本就不想理赔。"大卫说。

"那不行,那个死人与你们又没有任何关系。这全是医院的错。"卷毛儿说。

大卫对卷毛儿说,医院那边之所以直到现在还没理赔,完全是因为那个死人是个孤寡老人,医院说根本就找不到她有什么亲人,她就一个人,她以前是毛纺厂的女工,但那个厂子早就不在了。

"要是她有一大笔遗产或者有几套房子,你看看她会不会有亲人,到时候会有数不清的人都会说自己是她的亲戚，就这么回事。问题是她肯定没有钱。"卷毛儿说。

"所以找不到人就得让他们医院出，一分也不能少，这是医院的事。"大卫说医院还想把这事往那个小护士身上推，说是那个小护士打错了电话把事情搞成了这样。"但问题是，"大卫说，"那个小护士现在也不知去了哪儿，谁也不知道她去了哪儿。医院说那个小护士是临时工，所以有许多事不归医院管。"

"他妈的，那个院长让我们去找那个小护士，你说这能不能说通。"大卫说。

"你一点儿错都没有，错都在医院，这个医院真是要多坏有多坏。"卷毛儿说。

"是啊，医院那边的话根本就说不通！自相矛盾，乱七八糟！"大卫说。

卷毛儿站在大卫的身后，用两只大手框住大卫的头这边看看，那边看看。

"是不是太长了？"大卫看着镜子里的自己，抓了一下自己的头发。

"可不。"卷毛儿也用手抓了抓大卫的头发，这里抓抓，那里抓抓。

"留狼尾头够不够长，后边。"大卫说。

卷毛儿又在大卫的头发上抓了一下，这次是抓后边。抓住，松开，又抓住。

"太好了，狼尾头这个想法真不错。"卷毛儿说。

大卫又抬起手抓了一下自己后脑勺的头发。

"你说狼尾头真好吗？"

"好，当然好，这地方，还有这地方，再上点锡纸烫。"卷毛儿用手指在大卫头上点了点。

"三个月没白过，想不到可以留狼尾头。"大卫说，"这也算是收获。"

"你的事网上都有了,你知道不知道人们都站在你这边?"卷毛儿说。

"因为医院实在是不像话!"大卫说。

"你那么做真是太让人开心了。"卷毛儿突然忍不住笑了起来,那事让人很开心。

大卫从镜子里看着卷毛儿,知道他又要说什么了。

"我要是你也会那么做,医院现在真是坏透了。"卷毛儿说。

"留狼尾头的人感觉就像是战斗机。"大卫说。

"是那种感觉。"卷毛儿说,"你就是战斗机,你太牛了。"

大卫知道卷毛儿在说什么,自己的事现在几乎是每个人都知道了,那真是一件让人们觉得很开心的事。

"医院既然那么说,你说我能不把那个盒子从地里挖出来吗?"大卫说。

"那必须,那又不是埋她的地方。"卷毛儿说,"那片地又不是白给的。"

"光那块儿地就十万。"大卫说。

"十万不算贵。"卷毛儿说。

"医院既然那么说,你说我能不把她从那个盒子里倒出来吗?"大卫说。

"那必须,那种盒子也不便宜。"卷毛儿说。

"一万多,光一个盒子就一万多。"

大卫一说这个就来气,"比如,你说,比如那盒子就是房子,我妈还没住进去,就让那个谁也不知道是个谁的人先进去住了几天,好在那些骨灰都放在一个袋子里,提出来就行。"

"你就把它从盒子里提出来了?"卷毛儿说。

"那当然了。"大卫说。

"做得对,你又不认识她,这事得让医院去负责。"卷毛儿说。

卷毛儿把一只手放在大卫的肩膀上,从镜子里看着大卫。

"其实这都怨那个院长。"大卫说。

卷毛儿的脸上泛着红光,他希望听大卫的讲述。

"是不是你直接就提着那东西去了,也没人拦你?"卷毛说。

"我推开门就进去,然后我再使劲把门带上,那个院长的办公室里当时还有两个人。"大卫说。

卷毛儿把另一只手也放在大卫的肩膀上,他从镜子里看大卫。

"讲啊,别停。"卷毛儿说。

"就这么回事。"大卫说,"他们根本就没想到那个袋子里放的是那个人的骨灰,是我对他们说了。我说那个人就在这个袋子里,我把她给你们送来了,你们好好处理吧。"就是这么回事。那个院长马上就跳了起来,倒吸了一口气大声对大卫说你开什么玩笑!

"这地方是你随便开玩笑的地方吗?你是不是想跟保安谈谈什么?你是不是想跟保安谈谈什么?你是不是想让保安马上过来?"医院院长其实也不知道自己在说什么?他也烦透了,他忽然把胳膊抬起来对大卫大声说,"你给我出去,从这里马上滚出去!"

"这是院长办公室!你以为是什么地方,提上东西马上滚!"院长又大声说了一句。

医院院长忽然有点岔气,大卫都能听到他喉咙里"咝咝"的声音。也是院长的这句话激怒了大卫,这么一来,故事就到了高潮,或者可以说是一种结束,但实际上这件事到现在还没有结束。所以只能说是事情发展到这个时候突然出现了一个令人十分激动的画面,画面的细节是:一些灰黑色的东西,还有一些碎块儿状的东西突然被大卫从袋子里一下子冲着院长抖搂了出来,院长的办公桌上马上腾起了一片接近小型沙尘暴的灰雾，那是袋子里的骨灰和骨渣子，它们都被大卫抖搂到了院长的办公桌上。办公桌上是一个大玻璃烟灰缸，院长居然抽烟，还有一个大玻璃茶杯，还有一左一右各一摞的文件。还有一个大海螺，是院长去年夏天从海边带回来的。还有几个琥珀色的空瓶子，里边不知道放着什么液体。桌上还有个眼镜盒子，还有手机，还有四五支笔。

"前后就这些，完了。"大卫笑着对卷毛儿说。

"真好。"卷毛儿说。

"但这事没完。"大卫又说。

"对，当然没完。"卷毛儿说。

"肯定没完，我们的钱也不是刮风逮的。"大卫说。

"说得对。"卷毛儿说。

"下一辈子我不转人了，数人坏。"大卫说。

"对。"卷毛儿说。

"下一辈子我转一只大鸟，可以到处飞。"大卫说。

"你应该转一匹狼才对！"卷毛儿说。

卷毛儿突然又笑了起来，他把双手从大卫的肩膀上拿开，他准备给大卫理狼尾头了。他笑着，像是看到了一些灰黑色的东西，还有一些碎块儿状的东西被大卫从袋子里一下子冲着院长抖搂了出来，院长的办公桌上已经腾起了一片接近小型沙尘暴的灰雾，袋子里的那些骨灰和骨渣子都被抖搂到了院长的办公桌上。办公桌上是一个大玻璃烟灰缸，院长居然抽烟，还有一个大玻璃茶杯，还有一左一右各一摞的文件，还有一个大海螺，是院长去年夏天从海边带回来的。还有几个琥珀色的空瓶子，里边不知道放着什么液体。还有个眼镜盒子，还有手机，还有四五支笔。

除此，还有什么，你自己去想吧。

老唱机

　　天阴着，看上去像是要下点什么，因为在这个季节人们真不知道老天会下什么。是下雪还是下雨，都不好说，反正天不是那么暖和，还有点冷，这让人很不舒服。小史他们几个约好了要去吃点什么，顺便喝那么几口。饭店现在几乎都关了门。但有一家，小史约好了，在这个城市的顶西边，他们开着车，路上车不多，疫情这几天还没有结束，饭店即使开着也没多少人来吃饭。小史他们几个坐下来，屋子里有一股呕吐过的味道，大部分饭店里都多多少少会有这种味道。这地方靠近内蒙古鄂尔多斯市，这你就应该知道了，这地方的人有多么能喝，喝多了吐也是常事。他们问小胖子老板有什么好吃的。小胖子老板说冰箱里的东西差不多都已经被他吃掉了，小胖子老板这么一说小史就笑了起来，说你倒好，这饭店原来是你给自己开的，你把自己关在店里大吃二喝。

　　那些好吃的都应该在这里。

　　小史笑着轻轻捅了一下小胖子老板的肚子。

　　我正减肥，鸡蛋还有。小胖子老板不好意思地笑着说。

　　小史注意到他穿了一双很好看的鞋子，高勒的那种。

　　还有一些驴肉，驴肉可是好东西。小胖子老板说因为是驴肉他才没舍得自己吃，要知道驴肉一直不好搞，最最重要的是还有驴眼睛，一大盘，每颗都有鸡蛋那么大，黑白相间就跟皮蛋似的。

我现在正在减肥。小胖子老板又说。

可让我们碰上了。小史说

什么？小胖子老板说。

驴眼睛啊。小史说。

驴眼睛是好东西。小胖子老板又说，不是一般东西。

肯定许多人都没吃过。小史说。

那肯定。小胖子老板说。

小胖子老板岁数不大，才二十六岁，可他就是胖，朋友们说你这么胖能透女人吗？可别再胖了，再胖就没办法透了，小心把那东西给胖没了，不信你到澡堂里边去看看，看看那些胖子们。

小胖子老板不单单和小史他们十分熟悉而且和他们几乎都是好朋友。

小胖子老板朝小史眨眨眼，说驴身上可都是好东西。

那东西，你们都知道，谁吃了都会受不了。

小胖子老板这么一说小史他们就都笑了起来，他们最近可也太辛苦了，他们希望疫情赶快过去，他们希望饭店都赶快开张。不是因为这疫情，他们一般不会到这地方来吃饭，这地方永远有一股子羊膻味儿，因为出了饭店门往西边就是栈羊的地方，羊从草地那边被赶过来要先在这里养几天，给它们吃点精饲料，让它们再肥一点才能卖出个好价钱。小史他们这时候都能听到那边的羊在叫，"咩咩"的。小史他们都知道那个栈羊的地方刚刚开了不久，而且是个女的在那里做事，一个人在那里喂羊还做些别的事。其实她只是在做一件事，就是把羊往肥了养一养然后再卖出去。

小胖子老板还在说他的驴肉和驴眼睛，说其实驴的那玩意再好也比不上驴眼，小胖子老板这时候想要给小史他们看一下那一大盘驴眼，他把它们从冰箱里取了出来，上边是一层白霜，下边是一堆圆球状的东西。

这真是好东西，不是人人都能吃得到。小胖子老板说。

我还是先听听老唱片吧。小史说。

这一盘有十二只，凑这么多驴眼可太不容易了。小胖子老板说驴眼的好处就是吃了以后能让人看到别人永远看不到的东西。

能看到什么？小史说。

人们都说吃了驴眼能看到鬼。

那倒要试试。小史说，咱们还是先听听老唱片吧。

好。小胖子老板说，不过还是那些老唱片。

真牛，吃了驴眼能看到鬼。小史对他的同事笑着说。

小胖子老板进里边去了，很快就抱着那个"百代牌"老唱机出来了，那是一个包着一层棕色皮子的盒子，扁平的盒子，盒子的盖子可以打开，然后就可以看到那个转盘了，还有转盘旁边的那个"针头"，他们都把那个东西叫"针头"，其实那不应该叫"针头"，但他们谁都不知道它应该叫什么，其实它应该叫"拾音器"，他们都知道那个小铁盒子里边放了不少唱针，唱针是要安在拾音器上边的，然后把拾音器放在旋转的唱片上，音乐就会即刻响起来。小史特别迷这个老唱机，这个"百代牌"老唱机是小胖子老板的姥爷留给他的，还有那些唱片，都是十分老的唱片。小史也不知道自己为什么老喜欢来这里，也许和这个老唱机分不开。

我妈把这叫作话匣子。小史说。

应该叫留声机。小胖子老板说。

还多亏了它，让我们听到几十年前的声音。小史说。

小胖子老板忙他的事去了，他要把那一大块驴肉和那一盘驴眼做给小史他们吃。驴眼是早已卤好了的，十三香再加上各种调料，驴肉也是早已经做好的，饭店都是这么做，他们把这些东西都做成半成品，客人来了热热就能吃，不用等很长时间，牛肉当然也是这样。所以小胖子老板晚上总是睡得很晚，他要把第二天的东西都做出来，开饭店真是很辛苦。

小史又朝外边看了看，说实话他不太喜欢这种天气。这种天气说晴不晴说阴不阴让人做什么都做不到心上。小史的同事在摇唱机，老唱机上的那个摇柄跟咖啡机的手柄差不多，摇够了才能放唱片。

小史找到他要听的唱片了，现在没几个人喜欢这种老音乐了。

也没人喜欢疫情。小史的同事说，只不过我们都没办法。

这时候那条狗又在外边蹭门，只要里边老唱片一响起来它就这样，它还低声叫，它想进来，但小胖子老板不让它进来，小胖子老板对小史说这条狗就是个骗局，去年花钱买它的时候还小，卖狗的人非说它是藏獒，想不到长大了却是这尿样，一张大长脸，一看它就让人来气。

狗怎么会有这么长的脸。小胖子老板每次都会说。

让"长脸"进来吧。小史说，我想起我的"四喜"来了。

小胖子老板知道"四喜"也是条狗，小史养了十六年的狗。

就让它在外边待着，谁让它脸那么长。小胖子老板说。

你居然叫它"长脸"，你还真会给狗取名字。小史笑着说。

它就是脸太长。小胖子老板去厨房做他的事去了。

小史他们开始听老唱片，吸烟，喝茶，喝饭店里的那种一点味道都没有的茶，只有一点点颜色，但除此他们也没什么可喝的，小史现在不喝任何饮料，这是对的，因为一看见小胖子老板他就没了喝任何饮料的欲望，而小胖子老板总是隔一会儿就要开一桶可口可乐喝。小史对他已经说过不知有多少次了，要他别喝可口可乐，但现在已经不想再说了。

你以前多好。小史用手指轻轻捅一下小胖子老板的肚子。

现在不好了吗？小胖子老板说，把肚子往里吸了吸，摸了一下。

小史现在还能记得小胖子老板前几年的样子，瘦瘦的小伙子。他那时候刚从大学毕业，小史还知道他学的是农牧业，这很重要，因为人人都要吃饭，不过现在会种庄稼的人不多了，也没人愿意去种。

小胖子老板在厨房里忙着，时不时有动静从厨房那边传过来。

他穿了那么一双漂亮的鞋子在厨房里走来走去。小史说。

会溅上去许多油，不过皮鞋不怕油。小史的同事说。

其实他的存在很有意义。小史这时又从镜子里看到小胖子老板闪了一下，从冰箱里边取了点什么又进厨房去了，小史小声对他的同事说，一看到他我就不会再打饮料的念头，其实白开水最好了，什么都没有白开水好。

是的，白开水挺好。小史的同事说。

我只喝白开水，我现在是无糖生活。小史说。

是不是为了买车？小史的同事说，不要太苦自己。

这跟买车没什么关系。小史说，买车要到明年了。

小史又朝那边看了一眼，小胖子老板一闪，又从冰箱里取了点什么。

小史的同事觉得接下来小史也许又要说他的母亲了，小史的母亲去世有一年多了，去世的时候两条腿都没了，糖尿病真是太可怕了，那时候小史差点没疯了。

但这次小史没说他的母亲，他把裤子口袋里的现金一股脑儿都取了出来，他要把它们整理一下。现在身上带现金的人不是很多，但小史还是习惯在身上放些现金。那次他在去呼和浩特市的遭遇给他留下了很深的印象，那次他是给母亲取一种药，他下了飞机，往外走的时候顺便去了一趟洗手间，因为要腾出手来把手洗一下顺便再洗一把脸，他就把手机随手放在了屁股后边的口袋里，结果你可以想象，没有再比手机不见更让人着急的事了。他想去公用电话那里给呼市的朋友打个电话,但公用电话是要投币的,他当时摸遍了全身,绝望了,现在谁还在身上带零钱呢?多亏了旁边的一个游客看他是太着急了,才把自己的手机借给他用了一下。从那以后,小史总是要在身上放一些零钱,有时候会多到一两千块。小史把口袋里的钱取了出来,把钱一张一张捋平,又一张一张码在一起,这样放在口袋里就不会乱糟糟的。小史想自己应该用一个曲别针把这些钱归置一下。小史有一个牛皮钱包,但他很少用,钱包里边还有一张他母亲抱着他拍的照片,那年他才五岁。

纸币比硬币好。小史说自己有好几条裤子的裤兜都是给硬币磨破了,裤子其他地方可都还好好的。

到底是磨破的还是顶破的?小史的同事笑着问小史。

再怎么也不会顶到那地方吧。小史笑着说。

我去找几个曲别针来。小史立起身,去了厨房。

小胖子老板正在厨房里洗那两个很长的青椒,还有一条五花肉。

你不是说没别的东西可吃吗?小史说。

我是说没那么多东西可吃,但这些东西还有,还有土豆和白菜。

五花肉炒青椒挺好,多加点豆豉。小史说。

"老干妈"豆豉,那个不错。小胖子老板说。

小史发现小胖子老板已经把驴肉炖上了,其实只是热一下。

汤是老汤,煮驴肉一定得老汤。小胖子老板说。

小史看到煮驴肉的锅里有不少红辣椒在翻腾着,太多了。

要曲别针做什么?小胖子老板居然马上找来了几个。

小史把纸币别了起来,小史的手指很长,很好看。

我不喜欢硬币。小史又说,看了一眼小胖子老板的鞋子。

我也很喜欢这首歌。小胖子老板把锅里的沫子用勺子撇了一下,看着小史,你是不是根本就看不出我正在减肥?

我大三。小史说,听这首歌的时候。

现在没地方买这种唱片了,都成古董了。小胖子老板说,听这种音乐应该喝葡萄酒,我这里有法国的。

吃驴肉喝葡萄酒,没听说过。小史说。

小胖子老板就笑了,有时候也很好。

小史把手在小胖子老板的后腰上放了一下。

你这双鞋真不错。

你什么意思?小胖子老板笑着说。

我一下就试出来了,还那样。小史说。

小胖子老板努了一下嘴,他让小史看那个水盆子,水盆子里是热水,冒着热气,四瓶白酒在盆里站着。酒是这地方出的高度白酒,67度,人们都把这种酒叫作"闷倒驴",这真是好酒。不够,待会儿就再热两瓶。

这种天气喝热酒好。小史说。

酒一热味道就出来了。小胖子老板说,只有烧酒才会这样。

小史和小胖子老板说话的时候,小胖子老板拿起旁边的玻璃杯又大喝了几口,看,白开水。他对小史说。

这样好。小史说。

我现在不喝可口可乐了,我正在减肥,你是不是看不出我在减肥?小胖子老板看着小史。

小史觉得小胖子老板还想说什么,但他没说。

什么东西都是小时候的好吃。小史对小胖子老板说自己小时候吃驴肉,那可真香,凉驴肉,切几片夹在馒头里,可真香,一路吃到学校。

小胖子老板又给自己的玻璃杯里倒了一杯水。

我现在只喝白开水。

小史感觉到小胖子老板还想说什么,他果然说了。

那个女的也是学农牧专业的。小胖子老板小声说。

哪个？噢。小史马上明白了。

和我一个学校，比我低一届。小胖子老板说。

这么巧？小史笑着说，所以你就开始减肥了？

你应该过去看看她长得怎么样。小胖子老板说，真不错。

好事一桩。小史说，她是不是为了你才来这里的？

这不好说。小胖子老板说。

有机会先把床上了再说。小史说。

没机会啊。小胖子老板直起身来，看着小史。

待会儿多喝点儿，多喝点儿也许就有机会了。小史笑着说。

开始吃饭的时候，小史还是把那条狗放了进来，他去开了一下门，这条狗的脸可真是够长，小史知道这是一条"灵缇"，现在养这种狗的人不是很多。这种狗永远就是个细长条儿，到老也是细长条，很少有很肥的，几乎都是瘦长条儿，腰又特别细。当地老乡养它们主要是用来抓兔子，这地方靠近内蒙古，野兔子实在是太多了，它们热衷于到处打洞，有时候车轮会被陷到兔子洞里去，而最可怕的是马跑着跑着会把一只蹄子陷到兔子打的洞里去，这样一来一匹马就废了，所以说蒙古人最痛恨兔子。

这是专门抓兔子的狗。小史说。

这家伙别的都好，就是脸太长。小胖子老板又把什么端了过来。

小胖子老板坐了过来，因为店里也没有别的客人，他也要喝两杯，小胖子老板是个容易相处的人，他收藏了不少67度的高度白酒。

其实它要比藏獒好看多了。小史对小胖子老板说，到了夏天藏獒看了就让人出汗，真让人受不了。

小史把狗放进来的时候外边还在刮风，而且还不小，这地方的春天总是这样。小史朝对面看了一眼，对面原来是个果园，有许多苹果树，但后来都被砍了，房地产商在这里盖了不少房子，但小区边缘地带还留有一部分苹果树，再过些日子那些苹果树就要开花了。苹果树的花很好看，白中带粉，如果单说花的好看，好像杏花和梨花都比不上苹果花。小史还特意朝西边看了看，栈羊的羊圈就在那边，那个女的当然也在那边。那边原来是一大片的庄稼地，后来被打上了水泥地面，那么大的一片水泥地面，不知要做什么。而最近不知出了什么事，有不少车辆又往水泥地上运来了许多泥土，并且有人把那些运来的泥土弄平了，据说是上边的精神，要在下边是水泥，上边仅是薄薄一层泥土的地上种菜，这种事去年好像在别的什么地方也搞过一次，但那些菜根本就不会种活。这样一来，便有人来往那些干巴巴的泥土上喷洒绿颜料，离远了看还以为那里真是长满了什么碧绿的蔬菜或庄稼，人们都知道那些下来检查的领导不过都是些睁眼瞎或大傻瓜，就这么回事。

咱们喝吧，趁热。小胖子老板说。

小胖子老板已经把酒倒好了，他把倒好的酒放到每个人的面前，每人两个杯子，一个大杯，一个小杯，他们总是先用小杯喝，然后再用大杯。

我那条狗。小史坐了下来，喂了一点东西给"长脸"，然后端起杯来闻了一下，说真是好酒，真杀眼睛。然后又开始说他的那条狗，小史说自己真有点对不起那条狗，虽然它不会抓兔子，问题是它跟了我有十六年，你们想想，十六年，十六年前我才上初中。

这事你说过了。小史的同事说。

我不应该为了那个女的就把它给抛弃了。小史说，这件事我可能一辈子都不会原谅自己，那时候她正要生孩子，我没别的办法。

问题是，那孩子又不是你的。小史的同事说这事我们又不是不知道。

当然不是，我也不会要孩子，如果以后真结婚的话我也不会要。小史说。

小史的同事们几乎都知道小史和那个女人的事。这件事几乎认识小史的人全都知道，这在当时是一个大新闻，被人们分析来分析去。

我和她真没关系，一下都没上过。小史说。

一般人不可能这样，住在一起没上过。小史的同事说，所以直到现在还有人不相信你没上过她，一男一女住在一起，会不会不上？你说。

肚子那么大怎么上，太可怕了。小史说。

也是，不小心会爆了。小史的同事笑着说这种事肯定有过。

所以那孩子不可能是我的，怎么会。小史说。

他们又碰了一下，又都干了。

小史的朋友们其实都相信那孩子根本就不是小史的，也相信小史跟那女的没什么关系。问题是，小史这个人从来都不会说谎话，这样的人现在不多，所以朋友们都很喜欢他。

我那时候完全是喝酒喝的，才会做出这种傻事。小史说。

真他妈是一件傻事。小史的同事说。

人喝多了都会做傻事，我那会儿整天喝酒。小史说。

一般人根本不会。小胖子老板说。

不会什么？小史对小胖子老板说。

一是一般不会让个女的和自己住一起，二是既然住在一起还会不上。

说的也是，让她和我住在一起，现在想想是太傻了。小史说。

她现在结婚没？小史的同事问。

在海口又嫁人了，老男人，人家的孩子都跟她差不多大。小史说。

这可不太好，咱们吃，来，再碰一下。小胖子老板说。

他们开始吃盘子里的驴眼，还真不错，驴眼一切两半，真还像松花蛋。

挺好吃。小史夹着半个驴眼对小胖子老板说。

肯定好吃。吃完你就能看见鬼了。小胖子老板说。

有点像吃牡蛎。小史说,不对,也不太像。

我真希望吃了这东西能看见鬼。小史的同事说。

问题是你去哪里看鬼?小史说。

现在还不到处是鬼。小史的同事说,人很少,鬼很多。

我倒很希望吃完驴眼看一看她,看看她是不是个鬼,只可惜她人在海口。小史说,我现在都不知道我那会儿怎么了,搞得满城风雨,把我妈可气坏了。

我们也不知道你那时候到底是为了什么。小史的同事说。

小史说,还不因为她是我的发小,从小我们就在一个院子里住,她就在我后面的那个楼,她母亲有那么点神经病,她母亲还算是我们的东北老乡。小史说自己其实很早就知道她怀了孩子,那时候她的肚子已经能够看出来了,她来找小史,她对小史说她真没地方可去了,那个男的已经彻底消失了,她说那个男的答应她去西藏转山然后回来和她结婚,但从此就失踪了,没有一点点消息,整个人不知道转到哪里去了,就留下一条围巾,还有一个假银子的戒指。

假银子戒指?小胖子老板看着小史。

是假银子戒指。小史说。

真的也不值几个钱。小胖子老板说。

真他妈少见。小史说。

是少见,这种男人。小胖子老板说。

她说她没地方去了。小史说她这么说的时候自己就明白她在想什么了。

她可以回她们家把孩子生下来啊。小史的同事说。

她倒不怕她的家人，她怕邻居，说那样的事会一下子传开，所以她不能回去。小史说她那会儿也没了工作，她那会儿在一家房地产公司上班。但老板发现她怀上了孩子就不行了，有一天把她叫到办公室里对她说，你还没有结婚呢，你自己想办法吧。

她当时还没弄明白老板的话是什么意思。

第二天老板又把她叫到了办公室，你没结婚就怀了孩子，这种事对谁都不好。

问题这和公司又没什么关系。女孩儿说。

要是有关系倒好了。老板说，问题是，也许别人还会以为是我的孩子，但我和你一点关系都没有，也不可能有。这个老板还年轻，人也很好，他让她不要再在他的公司待下去，这样对大家都好。

所以她就只好离开了。小史说。

小史举举杯，他们又碰了一杯，小胖子老板把杯里的酒也都喝了。

小史说他不想说这事了，都陈芝麻烂谷子了，他之所以又说起这事是因为他忽然又想起了自己的"四喜"，自己养了十六年的那条狗。

看到"长脸"，我就想到我的"四喜"。

"四喜"是条好狗。小史的同事说，就是比较流氓。

小史就也跟着笑了起来，想起"四喜"的一些事来了。"四喜"喜欢动不动就抱人家的腿。一边还不停地抖屁股，凡是去过小史家的人没有没让"四喜"抱过的，那动作真很流氓，动作越来越快，那频率真是快极了。

为了她我抛弃了"四喜"。小史说，我真对不起"四喜"。

他们又开始碰杯，白酒的香气越来越强烈。

我也没想过我这一辈子最对不起的对象竟然是条狗，我真对不起"四喜"。小史又说，他有点多了，他又把一杯酒一口给干了。他一干，小胖子老板也跟着干，别人也只好都跟着干。热酒还是好喝。

小史还是想讲讲"四喜"的事，他一边喝一边讲"四喜"的事，讲那天的事，讲那条街的事，讲那天刚刚下过雨的事，讲他带着"四喜"下楼之前还喂了两袋它平时最喜欢吃的那种狗的小吃，然后就把它抛弃了。

我喂了它两包，我从来都是一次只喂它一包。小史说这事真让他从心里难受，每一次想起都很难过，它吃得真香，它不知道那是我最后一次喂它。

这没什么，有人还把自己养的狗杀了吃呢。小史的同事想安慰一下他。

它那天肯定不知道我要做什么。小史说。

这没什么。小史的同事说。

我真对不起它。小史说。

狗是有预感的。小胖子老板说，把手放在了小史的肩上。

我梦见过它好几次。小史说。

它那么老了，说真的你不该抛弃它。小胖子老板说。

我梦见它在广场的垃圾箱找吃的。小史说。

问题是它太老了，十六年的狗。小胖子老板又说。

全是因为她要生小孩儿。小史说，全是因为她要住过来。小史说。所以狗不可能再养在家里，狗和才出生的小孩儿不能在一起，这个我查过百度。小史说，那天刚下过雨，地上到处都是水，我带着"四喜"去了我家北边的菜市场。

它难道不认识家吗？小胖子老板说。

我那时候刚搬家，它也刚到了新地方，它怎么会认识。小史说。

在老地方它肯定会自己找回来的。小胖子老板说。

我一开始还用脖套拴着它，后来我就把脖套给它彻底解开了，我远远看着它，它好像有点蒙了，蹲在那里，旁边有几个女人在说话，它急了，左看右看，我明白它是在找我，它那时候已经有点白内障了。我又喊了一声它，它就马上跑了过来。小史说其实在那会儿我又突然舍不得了。

我这么做全是为了她，为了一个连碰都没有碰过的女人！小史说。

家里有小孩儿同时有条狗也可以，不会有什么事。小胖子老板说。

我当时就认为不行，觉得刚出生的小孩和狗同时待在一个家里不行。小史说，但我是不是个大傻逼，我和那小孩儿又没一点点关系。

那还用说？小史的同事笑着说，你可真是个头号傻逼。

这时候小史又喂了"长脸"一小块儿驴眼。

愿"长脸"能看到鬼，去吧。小史说。

再给它吃点，让它出去看鬼。小史的同事说。

愿它能看到我的"四喜"。小史说，狗死了可能也会变成鬼。

据说牛和狗都能看到鬼，一般是在晚上。小胖子老板说。

我第二次把"四喜"的脖套解开真是下了狠心，因为我看到了前边有两条小狗在菜市场那边追着玩，我觉得这真是好机会，我一横心就把"四喜"的脖套解开了，它果然就马上凑了过去。我看着它先是闻那两条狗，那两条狗也闻它，它们互相闻，然后它们就认识了。就这样，我心一横马上就离开了。我很怕它跟上来，但回头看看它没有跟上来。等我回到家我才觉得自己不对了，不应该把"四喜"就这么给抛弃了，都十六年了，我又马上下楼去了那个菜市场，但"四喜"已经不见了。

我当时就慌了，我才明白自己做了错事。小史说。

这没什么。小史的同事说。

那一阵子我几乎天天都在到处找它。小史说。

小史一喝酒就脸红，大红，他好像再也没什么话可说了。

都十六年了。

要不再来点花生米。小胖子老板说，去了厨房。

"长脸"在低头吃东西，小史又给了它一点驴皮，它吃得很香。

"四喜"都十六年了。

小胖子老板把花生米端了过来。

别说"四喜"了，喝吧。小胖子老板又坐了下来。

这驴肉真不错。小史说，估计放凉了会更好吃。

我们每人平均吃了三个驴眼。小史的同事笑了起来，用手指在自己的眼上和额头上点了点，估计看鬼是没问题可以了，我今晚可不敢出去了。

小胖子老板现在是出了一身汗，连头发都湿了，就好像是刚从大澡堂里出来一样，我喝了也够六两。他站起身，把电扇开了一下，又坐了下来。

你脱下鞋我试试，这双鞋可真他妈漂亮。小史对小胖子老板说。

你试试看，这个牌子不错。小胖子老板说。

高勒鞋就是不太好穿。小史说，他觉得自己有点晃。

拉，再拉。小胖子老板说。

不错。小史站起来，跺跺脚。

你鼻子怎么出血了？小史的同事忽然对小史说，是不是驴肉太壮了。

小史去了镜子那边，喘着粗气，没啊，哪流血了？

小史的同事笑了起来，你还算清醒。

其实再喝几杯也没问题。小史对着镜子说。

镜子里的几个人都朝这边看着。

看什么？小史问。

不看什么。小史的同事说。

小史从镜子那边过来，又在椅子上重新坐好。

我再去搞点奶茶。小胖子老板又去了厨房。

小史的同事又去把唱片换了一张，把唱机又摇了一回。

我们应该做点什么有意义的事。小史说。

外面的天色已经慢慢慢慢黑了下来。

把灯关了。小史说。

关灯干什么？小胖子老板说。

你说干什么！小史笑了起来。

他肯定是想看看能不能看到鬼。小史的同事笑着说。

灯一关，屋子里立马黑了下来，他们好像都能听到自己的心跳。这时外边有一辆车开过去了，灯一闪，画了个弧形消失了。

我们应该做点儿什么有意义的事。小史又说。

已经很晚了，风还没有停。小史他们都上了车，他们都有点上头，都有点兴奋，其实他们都应该回家了。小胖子老板也上了车，他看上去更加兴奋。那个代驾很年轻，他开着摩托赶过来，他把摩托放在饭店里，待会儿他还要骑着它回去。他当然知道车要往哪边开，他启动车的时候却听见小史要他把车往西边开，一直往西，一直往西。小史说他们要去西边看看，一定要看看。因为我们要做点有意义的事。小史说。代驾和小史现在已经很熟了，因为他给小史当过好多回代驾了。车往西边一直开去，在车里，他们都能听到羊的叫声了，"咩咩"的。但羊的叫声很快就被唱片的声音盖住了。小史把那个老"百代牌"唱机抱上了车，并且开始放唱片。

让她也听听老唱片，也许我们还会跳个舞。小史说。

也许还会再来点篝火。小史又说。

也许你还会有什么别的好事。小史推推小胖子老板。

车拐弯的时候老唱机停了一下，马上又响了起来……

杀死姨妈

马多对自己的父亲没有一点点记忆,见了面后,才知道这个人居然就是自己的父亲,这让他很感到意外。这个人看上去显得还年轻,但差不多已经喝醉了,笑眯眯地看着马多和别人,也不多说话,旁边有人对他说,这是你儿子,这是你儿子啊。马多的父亲好像没什么反应。马多看着父亲,感觉父亲看上去很好相处的样子。

旁边的人再三提醒马多叫爸爸,叫啊,叫啊。

以后就好了。不知谁在旁边说。

马多把脸掉向另一边,另一边的人也正在看他。

慢慢会好的。那个人又说,不知道是对马多说还是在对马多的父亲说。

马多的爸爸朝马多伸过来一只手,马多却没动。

我六岁就被你们卖掉了。马多说。

那不关我的事。马多的父亲说。

那你说是谁的事?马多说。

我那时候已经和你妈不在一起了,这事你得找你妈去。马多的父亲确实是醉了,中午他刚刚喝过了酒,他对马多说他直到现在还是一个人住在那间破房子里。马多不知道他说的那间破房子在什么地方。他随着父亲的手朝那边看了一眼,那边有几间破破烂烂的老房子,有几头猪在房子旁边埋头找东西吃。再往远处,是一座乡村常见的那种小教堂,教堂的尖顶,闪着光,在中午的太阳下有点刺眼,十字架已经没颜色了,但还看得出它曾经漆过红漆。

马多对这些并不感兴趣。那边正有几个人在探头探脑朝这边看。

马多的父亲这时又加了一句:你就是在那间破房子里生的。

马多的父亲这么一说,马多在心里就突然想去那间被父亲称为破房子的房子去看看。其实直到此刻,马多还一直没有见到他这次来最想见到的那个女人,那个女人就是他的妈妈。马多有点厌烦这个地方,他真不敢想自己原来是出生在这样一个看上去实在是糟糕的地方,遍地是垃圾,又臭又脏。这边离马多不远,有几头猪正在肮脏的水渠里埋头找东西吃,并且发出嘴咀的"咕吱咕吱"声。路上走过来走过去的人的长相都令人生厌,其实是他们的衣着难看,女人们都一律都穿着个蓝布围裙,那只是围裙,根本就不能算是裙子,她们还戴着男人们戴的那种蓝布帽子。马多还注意到许多人都穿着那种很难看的绿色解放鞋。马多的父亲居然也穿着那么一双。

马多觉得自己好像是和父亲没什么话可讲了。他站起身,去了路边的厕所,但他马上就又退了出来,里边实在是太脏了,坑里的大便堆得很高,而且热烘烘的。马多从厕所里退出来,只好在路边的树下小便了一下,他身后的那些人,当然包括他的父亲,都在他身后看着他,他们都奇怪马多为什么会突然出现在这里,而且他们明显觉得马多对他们其实并不感兴趣。

他已经是个城里人了。有人对马多的父亲说。

我他妈可养活不了他,我连自己都顾不了。马多的父亲说,这个你们都知道。

到时候你可以让他挣钱养活你。那个人又小声说。

钱可不是好挣的。马多的父亲说。

你只要有酒钱就够了。那个人笑了一下。

这你说的不错,老子又不要女人。马多的父亲说。

马多又站在了父亲的跟前,马多觉得自己根本就不应该在这里久留。

你马上带我去见她。马多皱着眉头对父亲说,他不想站在这里久等了。

你去见她,我不见。马多的父亲说,她很快就要到了。

马多这次没有顶撞他的父亲是他觉得父亲这话说得在理。

那个母狗。马多的父亲开口就这么说。

马多知道父亲这是在说母亲。

那个母狗。父亲又说。

马多看着父亲,不知道自己该不该发火,但马上觉得这无所谓。他觉得那个被父亲叫作母狗的女人跟自己没有多少关系,虽然生了他,但又把他给卖了,这真不是人做的事。

你去问她,问她为什么把你卖了。马多的父亲又说,但这跟我没一点关系。

关于这件事,马多一直耿耿于怀,马多这次来就是要问那个直到现在还没出现的母亲为什么要把自己给卖了。马多听说自己的母亲又嫁了人,就住在离这个镇子不远的另一个镇子里。要是步行的话大约要用一个多小时。但现在路上一片泥泞,前几天刚下过一场大雨,河水从堤坝里边浩浩荡荡地漫了出来,把地里的庄稼都给淹了,但地方报纸却提前报道说夏粮丰收在望,要比去年同期好得多。

马多一步也不想走了,他都有点后悔来了,天实在是有点太热了。

她把你卖了,她把卖你的钱都拿去干了什么?马多的父亲还在继续说着他的话，虽然时间隔了很久，但还能看出他一说这事就又动了气。直到此刻，马多的父亲也不说要马多进家，好像是他们就要一直这样在路边待下去，一直等着马多的母亲出现，有人告诉马多一大早就已经有人去接他的母亲了，马多的母亲一开始还不愿意来，还是教堂的张神父打了电话她才答应过来。马多的母亲据说在那边已经又生了四个孩子，一个比一个小，但日子还算能过得下去。

我这么年轻，我又不想死。马多突然说了这么一句。

马多周围的人都吃了一惊，都看着马多，不知道他这话是什么意思。

如果我想死的话，谁当年卖我我就把谁先杀了。马多说。

她可是你妈。不知谁在旁边说。

马多朝说话的这个人看了一眼，这个人好像是他的一个远房叔叔。

谁卖了我我就杀谁。马多又说。

卖你的是你妈，这谁都知道。马多的这个远房叔叔说。

那我就杀了她。马多说。

对，去杀了她！马多的父亲说。

为什么卖我？马多说。

你去问她！马多的父亲说，这我哪儿知道。

马多这么说话的时候其实心里一直在笑，马多明白自己根本就不是那种敢于杀人的人，马多此刻真有点后悔回到这个地方，他在心里根本不愿相信自己是生在这么个又脏又臭的地方。马多想好了，见自己的生母一面，把话问清楚了，有可能的话就朝她的脸上猛抽几个大耳刮子然后自己就回去，他想好了，要狠狠抽她几个大耳刮子。

到时候谁也别拦我。马多又说。

那些人又都吃了一惊，他们看着马多。阳光从当顶照下来，晃得马多有点睁不开眼睛，马多把身子转过来，那边的几个人也正盯着他看，忙都把目光收了回来。

这时那个一直在跟马多父亲说话的人招手让马多过来一下，马多以为他有什么事。结果是这个人怕马多受不了这里的太阳，要他站到阴凉的地方。

这边凉快点。这个人说，马上就会更热了。

我们其实早就问过她了。这个人对马多说，但你母亲一直都不肯承认是她把你给卖了，她什么也不说，以致到了后来她都很少回到这边这个家。再说她在那边还有四个孩子，她根本就顾不上。这个人接着继续说，说马多的母亲有时候会回到旁边的那个村子去看她的父亲，她父亲现在一个人，七老八十的也没个人照顾。

她父亲也就是你姥爷。这个人对马多说，好像马多连这个都不懂。

你姥爷，你记得起记不起？这个人说。

你姥爷就是我过去的岳父。马多的父亲这时又开口说话。

这简直是废话，马多觉得有点好笑，但他还是笑不起来，旁边的人却笑了起来。

我是你堂叔。那个人又对马多提醒了一下，你本来姓周，你不姓马。

马多当然明白堂叔就是他父亲的叔伯兄弟。

这时候，远远的，有人终于出现了，因为马多他们这些人就站在大路的这边，一有人从那边过来就可以看得清清楚楚。马多眯着眼，太阳实在是太毒了。那几个人坐了一辆破破烂烂的白色面包车，但那个面包车可能是过不了那一段路，因为路上有一个大水坑，车只好停在了那里，车上的人也只能下车再走一段路，是两个女的和三个男人，其中的那个女的抱着什么，正在慢慢走过来。

你妈来了。马多的堂叔对马多说。

知道。马多说。他正眯着眼朝那边看着,觉得自己一点也都不激动。他知道那个矮胖矮胖的女人应该就是自己的母亲,她围着一条绿格子纱巾,这样可以遮一遮太阳,下边却穿了一条黑色的紧身裤,乡下穿这种裤子的女人很多,说不上好看也说不上不好看,好像是穿的人一多你不穿就跟不上潮流似的。这几个往过走的人其实不是想抄近路,他们只是想绕过那个大水坑,所以他们绕了一个很大的圈子,从菜地那边过来了。菜地的地埂特别的高,地埂上种着那种被叫作"甘蓝"的蔬菜,所以他们只好在地埂下面行走,因为有地埂挡着他们,这些人好像一下子短了半截,只有上半身在那里移动。

那些人一出现,马多就想自己待会儿到底会不会激动。但马多马上就觉得自己真是有点好笑,这有什么好激动?他已经看清楚了那个女的,没错,那肯定是自己的母亲,这也许就是一种本能,他觉得自己根本就不可能激动。他想趁母亲她们还没过来想一想小时候的事,但他什么都记不起来了。马多觉得自己要是一旦有冲动也可能是装给别人看的,那就是几步跨过去狠狠地抽那个自己应该叫作妈妈的女人耳刮子,要用力抽,问她,为什么你要把自己的亲生儿子卖掉?为什么!这么一想,马多真的有点激动了。看着正在往过走的妈妈,马多心里真是有点乱,他此刻倒觉得自己真不该来这里做这件傻事。马多此刻才明白自己被人贩子卖给自己现在的那个家确实是一件好事。马多从来都没想到过自己原来是出生在这样一个贫穷的村子里。要是不来这里,此刻,马多也许正在和女朋友参加一场游泳比赛。马多的项目是自由泳,他一直保持着自由泳冠军,当然那只不过是个俱乐部的小型赛事。马多的女朋友游蛙泳,她一口气可以在水下待好长时间,好像她就是一只特别能潜水的鸭子。

马多看着那边走过来的人,心里想着的却是游泳的事,这让他突然很心烦。

马多眯着眼看着那个越走越近，他应该叫作妈妈的女人，在心里想自己是不是应该在她一走近就冲上去抽她两个耳光，这么一来，事情就解决了，自己以后就不会再想这件事了，也不会再来这种鬼地方了。但这毕竟是件事，自己被她生下来，但后来她又不要自己了，就这么回事。但为什么？这得给出个答案，其实马多就是为了这个答案才来的，才找到这个鬼地方的，这个到处种着甘蓝的鬼地方，甘蓝叶子的那种灰不灰绿不绿让他感到特别不舒服。

这时候，那个自称是马多堂叔的人又把一支烟递给了马多，马多其实不抽烟，但刚才他为了表示客气抽了一支，这就被他堂叔认为他会抽烟。马多被烟呛了一下，这时候那个女人已经跟跟跄跄走到了马多的跟前，也许是走得太快刹不住，她一下子就扑到了马多的跟前，马多不得不马上朝后退了一下。

我是你妈妈。这个女人说。

张神父也是这个时候出现的，他从教堂那边快步走了过来，脑门上有一层细密的汗珠。

好事情，好事情。神父一边往过走一边说。

我是你妈妈。这个女人又说。

马多却什么也没说，这时候他又听到这个女人叫了一声他的小名。马多觉得那应该是自己的小名，但马多早就记不清自己有过什么小名了。

你说什么？马多说。

小猪儿。这个女人说。

你说什么？马多又问了一句。

你是我的小猪儿。这个女人就又重复了一句。

谁叫小猪儿？马多说。

我是你妈妈。这个女人又说。

马多不得不马上又朝后退了一步,因为这个女人又朝前来了一点,她张着双臂,看样子是想抱一下他,马多马上把身子侧了过去,这时候跟着马多妈妈一起来的那个年轻男人对马多说,她是你妈妈,她是你妈妈,她又不是别人。

她是你妈妈。这个年轻男人又对马多说了一句,擦了一下脑门上的汗,天太热了。

问题是,马多不知道说话的这个年轻男人是什么人,他和自己的妈妈又是什么关系。但有一点可以肯定的是马多此刻打消了猛抽他妈妈几个大耳光的主意。这时候马多的腰已经被他妈妈紧紧抱住了,突然爆发的哭声把马多吓了一跳。

我是你妈妈呀……

马多的母亲一边哭一边说一边往紧了抱马多,这让马多很是不舒服,他又挣了一下,居然挣开了,马多往后退了一步。

马多的母亲眨眨眼,看着马多,我是你妈妈啊。

那你为什么把我卖给别人?马多说。

不要说这好不好?跟在马多妈妈身边的那个年轻男人马上说。这时候马多已经知道这个男人是谁了,这个男人是他的舅舅。因为他对马多说,我是你舅舅。

对,他是你舅舅。站在一旁的张神父也开了口。

直到此刻,马多还不知道站在眼前的这个人是神父。

你为什么把我卖给了别人?马多又大声问他妈妈。

马多一连问了好几句,但马多的妈妈只是哭,她好像不准备回答这个问题,这让马多很烦,这时候他又想自己是不是应该狠狠抽她几个大耳刮子。

你说,你为什么把我卖给了别人?马多的声音大了起来。

过去的事就让它过去吧。马多的舅舅说。

为什么？马多说。

过去的事情就让它永远过去吧。

张神父也跟上说，并且用一只手拉住了马多，但被马多甩开了。

主让我们学会爱每一个人。张神父说。

这时候太阳又从云后边出来了，太阳一出来周围就显得更加的燥热。

蝉在附近的树上不停地叫着，好像刚才它们都睡着了，现在又突然被热醒了。

这时候马多已经随着妈妈和那些人往村子外边走动，路弯弯曲曲，到处是水坑。张神父和马多的舅舅走在最前边，他们俩一边走一边低声说话一边时不时跳过一个小水坑。马多的母亲也已经停止了哭泣。她也许是刚才说话说得太多了也太急了，声音现在突然变得嘶哑了，是这嘶哑的声音让马多对母亲多多少少产生了一点怜悯，但也许这就是母子连心。马多和母亲走在后边，马多不知道什么时候开始允许了母亲拉住了自己的手，她就那么一直拉着，那样子好像是她怕自己摔倒或者是怕马多不小心摔倒。马多几次试着想把手从母亲的手里拉出来都没成功，反而被母亲拉得更紧了，母亲的另一只手里还抱着那只鸡，这只鸡是她带给她父亲——也就是马多的姥爷的。鸡被缚了两只爪子，但隔一会儿它就会扑腾几下，也不过是扑腾几下翅膀。马多觉得自己的手已经被母亲攥出汗来了。

实际上，马多的母亲从见到马多的那一刻起就一直没有停止过流眼泪，因为她的另一只手死死拉着马多，所以她不得不时不时把头低下来把泪水擦在那只鸡的身上，她每擦一次那只鸡就扑腾好一阵，它被她惊吓得不轻。

马多的父亲也紧赶几步从后面跟了上来，因为马多的母亲说晚上要在她的家里请大家吃一顿团圆饭,饭菜都已经准备好了,腊肉、腊鱼也都已经做好了,还有老酒,因为张神父也要留下来吃饭,所以她才特意准备了很好的老酒。听说有酒喝,马多的父亲马上就跟上来了,但他一直走在后边,和前边的人保持着一定距离,从始至终马多都听见自己的舅舅一口一个"姐夫"亲切地叫着自己的父亲,他还听见自己的舅舅小声对自己的父亲说晚上会陪他好好喝上几杯,马多听声音就觉得自己的父亲马上就兴高采烈起来。马多知道这些人要带他去下一个村子,下一个村子就是马多母亲的娘家,他们要去那个村子证实一下马多母亲刚才说的话是不是真的。因为刚才马多的母亲对马多说卖他的那个人其实不是别人而是他的姥爷。她这么一说,马多的舅舅马上就在一边大声呵斥她:

你怎么能够这么乱说话!

卖他的就是他姥爷!马多的母亲马上又说了一遍。

你还说?当姥爷的会把自己的外孙卖给别人吗?你乱说什么!马多的舅舅说。

我那时在广州打工你又不是不知道,小猪儿就跟着他姥爷。马多的母亲说,你那时也小。

根本就不会有这种事。马多的舅舅一口否定。

你知道个屁,我不能不说了。马多的母亲说。

根本就不会有这种事!马多的舅舅马上跟着又来一句。

是你姥爷。马多的母亲对马多说。

别听她的!马多的舅舅马上又跟着来一句。

为了这事,马多的母亲又和马多的舅舅争吵起来,但他们说的是家乡话,语速是又急又快,马多几乎连一句都听不懂。但他又似乎能猜得到他们在吵什么,就是说,马多的母亲一口咬定了是马多的姥爷把马多卖掉了,趁自己不在身边,趁自己远在广州,自己这么多年一直不把这话对别人讲就是因为那是自己的父亲，所以自己是替自己的父亲背了这么多年黑锅。问题是，马多的母亲看了一眼马多，声音更大了，抽泣得更厉害了。

妈妈原来以为你永远不会再回来了，唔唔唔……

既然你现在回来了，唔唔唔……

那我就有必要把话说清楚，唔唔唔……

让大家知道是怎么回事，唔唔唔……

马多的母亲好像快要被抽泣搞得出不上气来了，她不得不仰起脸大口地呼吸。

你还在胡说。马多的舅舅更急了，说自己永远不相信会有这种事。

马多的舅舅虽然气愤不已，但他还是一把搀住他的姐姐，怕她背过气去。

他把卖小猪儿的钱拿去做了什么？这时候跟在后边的马多的父亲突然插了一句话，他总不能一个人把那些钱花掉吧？

你少给我掺和！马多的舅舅火了。

他肯定不是拿去喝酒了！马多的母亲马上停止了抽泣，抢白了马多的父亲一句。

你什么意思？马多的父亲问马多的母亲。

你说什么意思？你那时天天都醉得像头猪！马多的母亲说，你一分钱都没给过我。

结果是，马多的母亲又跟马多的父亲激烈地吵了起来。

你现在也天天醉得像头猪！马多的母亲说。

因为争吵，马多的父亲紧走了几步，跟马多的母亲站在了一起，你一句，我一句，我一句，你一句，像两只斗鸡，把马多母亲怀里的那只鸡吓得不停地乱扑腾。

马多忽然很庆幸自己这次没有带女朋友来，女朋友原来说好了要来，结果她发现自己怀孕了，那次他们在游泳池里游泳的时候实在是忍不住了，他们索性就在水里快乐了那么一下子，问题是当时游泳池里还有别人正在游泳，怀孕其实真是件很容易的事。

不跟你吵，我儿子在。

马多的母亲突然不吵了，也停止了抽泣，她拉着马多快走几步，把马多的父亲一个人甩在身后。马多的手被母亲紧紧拉着，就好像他还是个几岁的小孩子，远处的云彩压得很低，很黑，但看样子一时半会儿还不至于下来雨。马多忽然觉得眼前的这一切都很无聊，而这无聊是自己找的，马多现在弄不清自己为什么会想起寻亲，也可能就是因为女朋友的肚子被自己不小心搞大了，自己才会想起寻亲这档子烂事。关于女朋友肚子里的孩子，马多和女朋友都一时拿不定主意，女朋友对他说要不就生下来吧，生下来咱们就马上把他给了人，这总要比把他流了好，因为马多的女朋友听人们说流产很残忍，是要把肚子里的小孩用一种机器绞碎了才能弄出来。她说她很害怕。

到时候会弄出一大堆黏糊糊的碎肉还有骨头渣子！她尖叫着说。

马多觉得自己要吐了，马上就要吐了，这太可怕了。

有一次马多和女朋友去吃火锅。不知怎么就把自己的手给弄出了血，马多脸色煞白当场就晕了过去，后来马多才知道这叫血晕，大夫说有这么一种人，看到自己的血就会马上失去知觉，这种人最好不要受伤，如果出血，有时候会把自己给吓死。

不要不要。马多也尖叫了起来。

马多和女朋友的关系是这样的，只要他一尖叫，女朋友便会平静下来；他一平静，女朋友便会跟着尖叫，此刻女朋友平静了下来，她对马多说：

再说，这种事，咱们还能到手三万五万。

马多的女朋友已经打听过了，刚生下来的小孩儿都是这个价。

还是生下来的好。女朋友又对马多说，我要换苹果手机。

马多忽然觉得自己的女朋友真是可恶，他嫌恶地看着她，一把攥住了她的手，并且把她的手越攥越紧，直到她疼得又再次尖叫起来。马多很想当下就抽她几个大耳刮子，但结果与他的想法相反，他马上又跟她做起爱来，就在电脑桌旁边，上次他不小心把精液搞得满键盘都是。马多这次在她身上用了很大的力气，努力深入再深入，他一边做一边觉得自己的女朋友从来都没有这么让人讨厌过，他根本就不能接受卖小孩儿的这种想法。

你再说我抽你耳刮子。马多对女朋友说。

所以，马多才突然动了寻亲的念头。

这时候走在前边的张神父突然停了下来，他回过头来笑眯眯地等马多，他等马多走到他身边的时候对马多说，看见没，前边就是你姥爷家的村子了。张神父像要对马多说些什么，但想了想还是没想出要说什么。但什么也不说好像又有些说不过去。

主要我们热爱世上的每一个人。张神父对马多说。

马多看了一眼张神父，说：我就从来没爱过任何人。

那你起码也不会恨吧？张神父吃了一惊，看着马多。

不知怎么，马多闻到张神父的身上有一股盐的味道。

张神父又问了一遍刚才的那句话。

那您是希望我恨还是不恨？马多对张神父说。

当然希望你不要恨。张神父说。

好吧。马多说。

不管怎么样你都不要恨你的姥爷。张神父又说，他年纪大了。

那好吧。马多又说。

他一个人其实很不容易。张神父又说。

嗯。马多说。

人都有犯错的时候。张神父又说。

天太热了。马多说。

马多已经知道了眼前的这个人是神父,这是妈妈刚才在走路的时候悄悄告诉他的,让他说话注意点,因为神父是应该受到尊敬的人。马多想好了,他想待会儿有机会问一下张神父自己能不能戴一个十字架,马多很喜欢那玩意儿。

到了马多姥爷家的时候,那些人让马多先在外边等一会儿,他们说让他待会儿再进去,他们要先进去把这件事情弄清楚,在没弄清楚之前马多最好在外边等着。

你在外边稍等。张神父对马多说。

好,我就在外边等着。马多说。

用不了多长时间,就几句话。马多的舅舅也对马多说。

好,没问题。马多说。

那些人进屋里去了,把马多一个人留在院子里。

马多想不到乡下会这么热,会让人这么燥热难耐,马多已经被热出了一身大汗,后背那地方都粘住了,这让他感到很不舒服。马多不知道进到屋里的那些人都说了些什么。但马多听到了母亲在哭,在抽泣,是又一轮新的抽泣,抽泣比哭可怕,因为让人担心她会因为抽泣而突然闭过气去。马多的母亲一开始哭得十分厉害,声音十分尖锐,马多听到母亲一边哭一边在申诉什么。屋里的那些人当然包括了马多的母亲和舅舅还有马多的堂叔,还有张神父。张神父是这一带的权威人士,几乎是所有的事都婆婆妈妈的离不开他,只要他一出现,再难办的事都会变得好办。马多知道他们为什么不让自己进去,其实马多倒是很想马上就进去看一下自己的姥爷,他好像对姥爷多多少少还有一些印象,但马多对眼前的老房子却没一点记忆。房顶上此刻落了七八只白花花的母鸡，因为树的阴凉现在都转移到了房顶上，它们就都待在阴凉里，这说明它们一点都不傻。但它们也有可能已经被热昏了头，都呆头呆脑看着下边，半闭着眼睛，一副什么都不关心的样子。

马多看着四周，想让自己努力想起点什么，比如关于姥爷，比如关于这座老房子，但马多确实是什么都想不起来。马多想找个阴凉的地方待一待，太阳烤得脑门都发疼，但此刻阴凉都在房顶之上，马多又不能上到房顶上去。小时候，马多经常往房上边爬，那时候马多的母亲在广州打工，根本就没时间照顾他，马多的父亲是个酒鬼加浑蛋，除了喝酒几乎什么也不做，更没时间去管马多的事，人整天都在醉酒的状态之中。后来马多才知道母亲其实根本就没跟自己的父亲领过结婚证，不知怎么就有了他，其实乡村里许多人都跟马多的父母亲一样，都还来不及去领结婚证就把孩子生了下来。一部分人是这样，另一部分人是专门不去领结婚证，因为领结婚证是要花一笔钱的，虽然不多也没人愿意把自己的钱放到政府的口袋里去。去村公所领结婚证不但要交钱，而且还会被嘻嘻哈哈问许多让人感到害羞的问题，除此之外前去领证的人还要给那里的人准备不少喜糖，有时候还得多带几瓶喜酒才行。

你可以进来了。不知过了多长时间，有人从屋里探出头来。

进来进来，可以进来了。马多的舅舅从屋里出来了。

马多往过走的时候听见舅舅说，这下好了，弄明白了。

是我姥爷还是我母亲？到底是谁？马多看着舅舅。

你说呢？马多的舅舅说。

那就是我姥爷？马多说。

怎么会。舅舅马上不高兴了，不是你姥爷。

不是？马多说。

不是！马多的舅舅说。

我饶不了她！马多的怒气一下子就冲了上来，这也跟他刚才被太阳晒了好一会儿有关，他觉得这回真有可能要狠狠抽母亲几个大耳刮子了。一个做母亲的人怎么能够卖自己的孩子？自己刚才就不应该让她那样拉自己的手。马多刚才已经想过了，要是自己真是被姥爷卖掉的，自己也肯定是不能动手打自己的姥爷，那毕竟是自己的姥爷，马多已经想好了，虽然不能打，但他要用手指点着姥爷的额头质问他为什么卖自己。马多想象姥爷也许会因此而痛哭流涕老泪纵横，但无论他怎么哭，自己也要用手指指着他的鼻子质问他。

这回好。马多说，看她再怎么说。

马多的舅舅使劲握马多的手，你听我说，你听我说。

听你说什么？马多说。

你怎么不听我说完话你就急，你也不是被你妈卖的，你是被你大姨妈卖的，你大姨妈才真不是个东西。马多的舅舅说，你可能记不起她了，是你大姨妈。

这可真够呛，马多一下子就给弄蒙了，他根本就不知道还有大姨妈这个人，但他一下子就像是又想起来了，好像有过，自己小时候总是跟着她，叫她大姨妈。

我大姨妈？马多说想不起她长什么样儿了。

是你妈的姐姐，也是我的姐姐。

我不记得了。马多说。

马多的舅舅说自己也有八九年没见过她了。

她怎么会卖我？马多说。

她那时也在广州打工，你姥爷要她把你带到广州交给你妈妈，那时候你姥爷实在是照顾不了你了，你记住记不住他那年是让猪给咬了，差点把左腿咬断，他让你大姨把你带到广州交给你妈妈，想不到你大姨急着要钱就把你给卖了，你姥爷一直在追问她，她后来索性就不回来了，后来她又胡说你是一直跟着她，她一直这么胡说，说你现在还跟着她。

但你人在这儿！你人在这儿！马多的舅舅说。

是啊，我在这儿，我都记不起她来了。马多说。

想不到她这么坏。马多的舅舅说，想不到她会是个人贩子！

她老吗？马多说。

就那样吧。马多的舅舅说，还不算老吧，老了也许就不会坏了。

我真想不起她了。马多说。

我心里早就没她了。马多的舅舅说，心可真够狠的。

马多看着舅舅，发现他的头发也相当细软，马多忍不住摸了一下自己的头发。

所以她才不敢回来，也没脸回来。马多的舅舅也摸了一下自己的头发。

马多忍不住笑了一下，马多的舅舅用手摸了一下马多的头发。

好家伙，都是汗。马多的舅舅说。

马多一边和舅舅说话一边已经进到了屋里，光线一下子就黑下来，不是暗下来，是猛的一黑，什么也看不见了，眼睛要好一会儿才能适应屋子里的光线，也就是说，屋子里的各种东西好一会儿才慢慢显出了它们各自的轮廓。屋子里是相当乱，地上床上几乎放满了说不清都是些什么的乱东西。那个应该被马多叫作姥爷的人就坐在这一堆垃圾的中间部位，不仔细看根本就看不到那地方还有一把椅子，马多的姥爷就坐在这把椅子上。出乎马多意料的是，马多的姥爷一下子就认出了他，但姥爷看上去一点都不激动，就好像马多和他昨天才分开，这样的见面可以说太平淡无奇了，而且马多也一下子就记起了姥爷过去的样子，这源于姥爷额头上那个豆粒大的痣，这颗痣让马多一下子又记起了多年前的事。

你多大了？马多的姥爷说自己老了，记不清了。

马上八十了。马多的妈妈说，爸你真是老了。

自从被那头猪咬了就没记性了。马多的姥爷又说。

马多马上就想起那头猪了。

紧接着，马多的姥爷开始大声地骂自己，大声地埋怨自己，这时候马多才发现姥爷身边的小桌上放着一张很大的照片，照片上的一个女人正咧着嘴在笑。

这就是你大姨妈。马多的舅舅对马多说，说话的时候他正在拨马多大姨妈的电话。那个电视机从他们一进屋就开着，但没人看里边有什么内容，电视里正在广播说过几天还会有大暴雨，有关部门已经发布了黄色警报，接着又播放不许收割机下地收割麦子的消息，据说这样会污染空气。许多人都弄不明白割麦子怎么会污染空气，而且还要让他们到村公所去批条子才能下地收割，这真是很烦人。

马多的舅舅一闪身把电视关了。也就是在这时候从外头进来一个个子很矮的女人，她说她要进来看看，听说可怜的小猪儿回来了，她的两眼闪闪发光，这么亮的眼睛在别处可并不多见，她一进来就盯着马多看，她问马多还记得记不得她？她又说，我还抱过你呢，你小时候总想让我抱。马多注意到这个矮个子女人也穿了个蓝布围裙，脚下也穿着一双绿色的解放鞋，鞋子上踩满了泥巴，可见她是刚刚从地里或别的什么地方赶过来的。她告诉马多她住的地方离这里不远，说着她就激动地哭了起来。马多不知道她为什么会哭，这让马多不知所措。马多的妈妈很快就让她不要哭泣了，马多的母亲和她说起地里的麦子的事，说这场雨可真是下坏了，地里的麦子都倒了，这都怪村公所不让收割机及时进到地里，要在往年，收割机一来，地里的麦子早就收完了。矮个子女人说了几句话很快就走了，就像她来得突然一样，看得出她很忙。她对马多说我以为再也见不到你啦，然后就出去了。马多把她送出了院子，看她走过了那棵大树、屋里，这时候电话打通了，马多的舅舅马上就和电话那头马多的大姨妈吵了起来。这地方的口音是又急又快，太像是林子里某种鸟的啾鸣，只能听到一片吵闹，完全听不清他们在吵什么。

马多的舅舅说，你死吧！爸还天天看着你的照片，照片再大也没用。

马多的大姨妈在电话里说，哪个缺德的说我把小猪儿卖了，小猪儿现在就跟我在一起，他在上清华大学，知道不知道，他在上清华大学！在上清华大学！

哈哈，你说小猪儿在上清华大学！马多的舅舅都不会笑了，笑不出来了。

他在清华大学上学，我辛辛苦苦在供他上大学。马多的大姨妈在电话里说我好辛苦。

哈哈，你居然还说小猪儿在上清华大学。马多的舅舅不知说什么好了，愤怒让他一时愣在那里，一时不知所措，一时找不到话，一时想把手机给摔了。

操你个妈的！马多的舅舅是气糊涂了。

我好辛苦——马多的大姨妈在电话里简直是一声长啸。

我操你个妈！马多的舅舅真是给气糊涂了。

我好辛苦——马多的大姨妈在电话里再次说。

让小猪儿跟你说话，他就在这里！他就在这里！他就在这里！

马多的舅舅简直是狂吼了起来。

你说什么？马多的大姨妈在电话里卡住了，没声音了。

让小猪儿跟你说话，他就在这里！就在这里！你这头母猪你给我等着！

马多的舅舅快给气疯了，声音大到估计整个村子的人都听到了。

电话那边突然没了声音，马多的舅舅再讲话，那边也没声音，手机已经关掉，再打，关机，再打，已经关机。

我杀了她,我杀了她!

我杀了她,我杀了她!

我杀了她,我杀了她!

马多此刻尖叫了起来,他不知什么时候把那把刚才用来切西瓜的刀拿在了手中,一下又一下,一下又一下,一下又一下,那张大姨妈的照片已经被划成了碎片。

马多在那一霎间又变成了小时候的小猪儿,他遏制不住地放声大哭,他遏制不住地在地上乱跳。他的父亲从这边抱住了他,他的妈妈从那边抱住他,那把刀已经被舅舅夺了下来。在那一刻,马多觉得自己确确实实又是小猪儿了,是小猪儿,自己不叫马多,自己叫周小猪儿。

明年没有夏天怎么办

那是前几天的事了,有人来敲门,是一位老妇人,孟冬像是在什么地方见过她,但一时又想不起来,问题是,孟冬想知道她有什么事。

孟冬微笑地看着她,等着她开口。

老妇人探头朝孟冬的屋里看了看。

刚才孟冬正在厨房里收拾水管,弄出了很大的动静,把一个储物桶不小心给碰翻了,他是想把冰箱挪一下地方,因为冰箱那边的墙不知怎么裂了一道缝,水就是从那里慢慢渗出来,他要把冰箱挪动一下,冰箱很沉,里边塞满了东西。

妻子对孟冬说,说不定什么时候就会有大事了,汤加火山爆发了,土耳其那边的火山也爆发了,听说日本富士山也差不多了,也许明年真会是个没有夏天的年份,所以要多买些东西放起来。所以,厨房里的冰箱现在被妻子塞得满满的。这几天妻子总是不停地往回买东西,军用的那种压缩饼干和那种军用的午餐肉罐头,成箱成箱地买回来都放在了北边露台上的储藏室里,还有各种干菜和豆类,妻子说到时候没菜吃可以用豆子生豆芽。她还仔细翻着书查了一下什么豆子最适合生豆芽,那就是黄豆和绿豆。

花生米也可以的。孟冬对妻子说,不过不太好吃。

妻子说花生米最容易生黄曲霉素，不能久存，要想不生病的话。

北边那个储藏室现在已经进不了人，想取里边的东西都很困难，有一次孟冬想去找一本书，他的一些书都放在储藏室里边的铁架子上，结果他发现自己进不去了，东西堆得让他进不去，腿都无法迈进去。

妻子还对孟冬说要储备一些水，一旦有什么大事发生最缺的东西应该就是水，到时候你去什么地方找水？你想咱们会不会被渴死！还有电，怎么照明？还有到时候煤气也会没了，你怎么办？妻子这么一说，孟冬就被吓了一跳，他坐在那里愣了好一会儿。紧接着妻子就把煤气炉子和防风蜡烛买了回来。过几天妻子又让人从下边扛上来十箱纯净水，水也是整箱整箱的，都被放在了北边的阳台上。

孟冬的妻子不但自己买，还时不时给外地的女儿打电话，女儿结了婚之后就去了外地。孟冬的妻子让女儿也多储备些东西，能储备多少就储备多少，储备得越多越好。记住，最好还要多储存些绿豆和黄豆，还有那种干粉条，可以放很长很长时间，还有海带和霉干菜什么的。

霉干菜？女儿说。

对，霉干菜。孟冬的妻子说。

海带？女儿说。

对，海带。孟冬的妻子说。

女儿在电话里嘻嘻哈哈笑了起来，说这是多余，怎么也不会发展到这种地步，怎么会呢。

为了这，孟冬的妻子很是生气。但孟冬很佩服妻子，孟冬不知道自己要是真离开了这么个女人还能不能生活下去，所以现在是妻子说什么他听什么。有时候连去超市他也要问一下妻子，去还是不去？

因为墙体往外渗水，小区说好了明天会有工人过来给检查一下。问题是，孟冬和妻子都担心是不是这栋楼的楼体发生了什么问题，如果那样的话就麻烦了。

你说会不会？妻子说。

不会吧！孟冬说。

会不会曾经有过地震，只不过是咱们没有察觉？比如那种轻微的。妻子看着孟冬。

不会吧！孟冬又说。

地球真是要出问题了，也许明年真没夏天了。妻子说。

孟冬接不上话来了，他去了南边的阳台，看了看天上的云。

好像不会有什么事，我看了一下云。孟冬对妻子说。

没事就好。妻子的手机里存了不少地震云图。

问题是天上现在没有云。孟冬说。

妻子现在出去了，她前两天就预约好了，要去医院做一个检查——但主要是去开一些常用的药，她想好了，最好能准备一个家庭用的急救箱，这种东西医院里都有，顺便再给他开点外用药。妻子一边下楼一边给她过去的一个同事打电话，说储备食品最好先查一下保质期，什么保质期长就买什么。如果可能，还要准备一些药物，到时候你去哪里找药？

从春天开始，孟冬的脖子上就长了不少疙瘩，到现在还没好，而且总是有新的长出来。关于疙瘩的问题，孟冬的妻子还查了一下资料，她告诉孟冬长疙瘩跟一个人的荷尔蒙分泌有关，所以那几天他们总是吃完晚饭就早早上床，孟冬总是一下子就马上睡着了。

孟冬的妻子还准备给孟冬再开点外用药。

孟冬问站在门口的老妇人有什么事？其实他想对她说自己现在正在忙。

老妇人又朝屋里看了一下，小声说，我听到你们家的声音了。

我就住在楼下。老妇人说。

孟冬不知道这事,他好像从来都没见到过她。

老妇人对孟冬说自己是刚搬过来的,还不到一个月。

就我自己,我儿子住在另一个地方,在南方发展。

哦。孟冬哦了一声。

你们不是在打架吧?老妇人又小声问。

没有啊。孟冬回过头朝屋里看看,觉得这个老妇人是不是有点多管闲事。

没有就好,两口子过日子千万不要打架。老妇人说。

孟冬觉得和老妇人的交谈应该结束了,这种事他还从来都没有碰到过,这让他多少有点尴尬,尴尬之外还有那么一点温馨。

都三九了,天还不冷。老妇人又说。

真对不起,我以后争取小声点儿。孟冬说。

人老了就是睡不着觉,越安静越睡不着,有了动静就更睡不着。老妇人说。

孟冬想笑,但没笑,这句话其实是在说怎么都睡不着。

天气确实不错。孟冬说。

外边的阳光很好,虽然是冬季,但气温不是很低,有一只珠颈斑鸠落在窗子外一直不走,珠颈斑鸠的两只小爪子是红色的,这很好看,它现在还待在那里。孟冬想给它找点豆子什么的,孟冬在窗台上放了一个碗,时不时会给它放点食物在里边。有时候他会朝楼下的院子里看看,看看那几只过来吃东西的流浪猫在不在。他不知道原来的那家人是什么时候搬走的,而老妇人又是什么时候搬进来的。孟冬此刻又想到了那些流浪猫,孟冬不知道那些猫还会不会过来找到东西吃。老妇人会不会像以前那家人给猫准备一些猫粮。

对不起,我还有事。孟冬小声对老妇人说。

那你忙吧。老妇人说,但她并没有走的意思。

晒晒太阳很好。老妇人说。

是很好。孟冬说,他再也想不出什么话来了。

您看您搬来这么长时间我们也不知道,您是自己一个人吗?孟冬说。

就我自己。老妇人说。

我女儿也结婚了,他们在另外一个城市。孟冬说,他奇怪自己怎么会说这些。

别打架,好好吃饭过日子。老妇人又小声说,要下楼了。

我们中午吃饺子。孟冬觉得自己更奇怪了,怎么说这些。

我以前是教员。老妇人突然说。她为什么介绍自己?她岁数确实已经不小了。

我们中午吃胡萝卜羊肉馅儿饺子。孟冬又说。

孟冬觉得自己更奇怪了,怎么说这些。

妻子走的时候已经从冰箱里取了点羊肉馅儿出来,还有三根胡萝卜,都放在水池子里,妻子说中午要吃一顿饺子,上次买的饺子皮还有,在冰箱里冻着,但要化得迟一点,一般是,做饺子馅儿的时候把它们从冰箱里取出来就行了。

化早了就会粘在一起。孟冬的妻子走的时候对孟冬说。

孟冬觉得自己待会儿就应该把胡萝卜弄出来,把馅儿拌好,等妻子回来包就行。妻子这几天太忙了,除了购物,她还会到处给亲戚朋友们打电话,说气候的事,说火山和海啸的事,说科学家们对明年夏天还会不会来的种种预测的事。说到最后,重点都会落在这句话上:要把食物和其他的生活必需品都准备好。

梅林牌的,记住,还有冠生园的,这两种罐头最好。

妻子在电话里不知对谁说。

孟冬在厨房又鼓捣了一会儿，然后去了南边的阳台，他想看看下边，结果就真的看到老妇人在那里晒太阳。夏天被吹倒的那棵老槐树还躺在那里，但现在只剩下一个巨大的树根，像磨盘那样侧立着，树干已经被什么人一段一段地锯走了。跟老妇人家紧挨着的那家人的院子里，那条狗在不安地走来走去，这是条灰白色的大狗，很不好看，虽然脖子那地方有一片颜色比较深，接近咖啡色，但还是不好看。这只狗很少叫，总是走来走去，总是很不安的样子。

狗看见二楼的孟冬了，停了下来，仰着头，孟冬朝它招了招手。

再往下看看，楼下晒太阳的老妇人，像是睡着了。

孟冬返身又进了家，继续去挪动那个冰箱，其实他可以把冰箱里的东西全部取出来再挪，那样就轻多了，但他嫌麻烦，冰箱里的东西被妻子放得有条有理，其实是塞得满得不能再满，但很有条理，他怕自己一旦把冰箱里的东西取出来那些东西就归不了位了，所以他懒得往外取。虽然明天小区才会派人来检查，但孟冬想早早把它挪开收拾一下最好，而且，孟冬下午还要去参加一下小区的会议，据说要讨论一下一旦有突发事件发生小区的食品供应该怎么解决。比如食品和蔬菜怎么分配到每户人家。

你去了千万别忘了说水井的事。妻子对他说。

没有比水井更重要的事了。妻子又说。

这种事一般人肯定想不到。孟冬说。

水最重要了，比什么都重要。妻子对孟冬说你等着看吧，到时候乡下日子要好过一些，有粮食和水就什么也不用发愁，美元和金子又不能吃。

孟冬觉得妻子说得对，乡下起码还有井。

孟冬又去了南边的阳台，又朝下看了一下，他也不知道自己想看什么，秋天的丝瓜还在楼下那棵树上挂着，有七八个吧，都已经枯萎了。

下午很快就到了，孟冬去了小区开会的地方。

其他的人早就都到了。人们正在七嘴八舌地说最近火山的事，虽然火山离他们都很远，在太平洋那边，但他们说得特别上劲，说火山的事就离不了海啸，他们是说一阵火山再说一阵海啸，说过来说过去好不热闹，这让他们很兴奋。他们好多人都是第一次听说"汤加"，他们想不到还会有这么一个国家。

孟冬进屋的时候冲那个胖子点了一下头，算是打招呼。

也许明年就没有夏天了，那就凉快多了。胖子也正在和那些人说火山的事，他把这话又说了一遍，他觉得自己很幽默，说完这话还看了看左右，笑了一下。但别人都没笑。

就这个胖子，是小区居委会的头头。

咱们开会吧，胖子说，他先来了一个开场白。

轮到孟冬发言的时候他把自己的想法讲了出来，有人跟着就笑了起来，但马上有人说你们别笑，他的这个想法太好了，因为什么？因为现在的城市，不单单是咱们这个城市，其他城市都一样，几乎都没有水井了，过去的水井都被填了，要是真有了什么大事自来水供水一停人们还真是要抓瞎，饿不死也会渴死。

人们突然都觉得这真是一件十分重要的事。

人们你看看我，我看看你，孟冬就把自己的想法又重复了一遍。

最最重要的事就是要在小区里打一口井。孟冬说。

如果真出什么大事，饮水应该是最大的问题。孟冬又说。

是的，没有什么事更比这件事重要了。胖子想了想，好像是恍然大悟，如果没水澡也不能洗了，整个人都会臭了。

孟冬不知道胖子的名字叫什么，孟冬总是记不住这种事，但孟冬有时候能在超市里见到这个胖子，孟冬他们的小区对面就是超市，他们没事总爱去超市溜达溜达，孟冬没事总爱随手买些东西，孟冬昨天还对妻子说超市里边有两种胡萝卜，一种是洗过的，一种是没洗过的，其实两种胡萝卜都一样，但洗过的要比没洗过的贵一倍。所以孟冬就买了没洗过的那种。

孟冬有点走神了，但他马上又回到他们讨论的事情上来。

小区里可以打井吗？有人看着孟冬，地下会不会有水？

地下会没水吗？孟冬说，我们生活的地球实际上是一个水球。

是水包着火的球。旁边马上有人补充了一下。

然后人们就讨论应该在小区院子里的什么地方打井。

一般来说树长得茂密的地方下边就一定会有水。孟冬说。

孟冬这话是妻子告诉他的，因为那几天孟冬的妻子没事就会查一查资料，她知道了许多种打井的方法，其实这种知识对她一点点用都没有，虽然她最近最爱查的资料是什么食品的保质期最长。结果是让她大吃一惊，有一种澳洲进口的奶粉居然说可以保质五十年。这让她发愣了好一会儿，她对孟冬说这不太可能吧？

五十年？咱们也许早就不在这个世界了。

我也不相信。孟冬说五十年不可能，说话的时候孟冬正对着镜子练习发声：

马——妈——骂——麻……

但蜂蜜可以保质一千多年。孟冬的妻子说。

人类离不开蜜蜂，孟冬说，蜜蜂要是没了，人类恐怕也没了。

马——妈——骂——麻……

蜂蜜真了不起。孟冬的妻子说埃及出土过两千年之前的蜂蜜，结果你猜怎么着，人们把那蜂蜜拿去化验了一下，发现其品质没产生一点点变化。

马——妈——骂——麻……

孟冬准备把那首歌唱得每一个音符都十分完美。问题在于不是人人都能领唱的。孟冬已经好多年没有领唱过了，这让他多少那么点兴奋。

小区的会开了一会儿就散了，除了打井的事，他们还又研究了一下联欢晚会合唱的事，因为孟冬是领唱，胖子有什么事都喜欢跟孟冬商量，当然也仅限于联欢的事。胖子的意思是不是应该把大家叫到一起合起来练练，手风琴也借来了。孟冬说先分开练吧，大家现在都很忙，到时候合两回就行。

都是唱过的老歌，没什么问题。孟冬说。

胖子说他会马上就去打听一下可不可以打井的事，这事很重要。

对，这事才重要。孟冬说。

过了年再说吧。胖子又马上改变了主意，让打也是明年春天的事了。

也对，孟冬笑着说，先好好儿过个年，先大吃二喝。

过年应该吃素。胖子接过了孟冬的话题，胖子的思维特别的活跃，总是跳来跳去，一下子从联欢跳到井，一下子又从井跳到春节吃素问题。孟冬又笑了一下，说实话，他在心里有点瞧不起这个胖子。

每年过年我都会胖上四五斤。胖子又笑了起来，他总是认为自己说话很幽默，或者他以为自己是幽默大师，他看了看左右，但旁边的人好像都没什么反应，人们正在往外走。

联欢会全靠你了。胖子拍拍孟冬。

大家一起玩儿。孟冬说。

这几天，因为联欢会的事，孟冬每天早上都要练练声，有时晚上也练，对着卫生间洗脸池上的镜子，用手机放着要唱的那首歌的音乐，跟着唱。

这天晚上孟冬练声的时候,有人来敲门了,小心翼翼地敲了一下,再敲一下。

孟冬抢着去开了门,想不到门外又是那位老妇人。

孟冬不知道老妇人又有什么事,都这么晚了,孟冬笑着看着她。

你们家是不是有客人?还有人在唱歌。老妇人小声说。

对不起,对不起。孟冬说,过几天咱们小区有个联欢会,我有几个音符上不去,我练练,吵着您了。

没关系,没关系,反正我一个老太太也睡不着,你好好练。老妇人说。

不好意思,不好意思。孟冬说。

你练得怎么样啊,没事,你好好练吧,反正我也睡不着。老妇人又说。

孟冬把一只脚探出去猛地跺了一下,门外的灯又亮了起来。

孟冬回头朝厨房那边看了一下,妻子正在收拾那一大堆下午买来的东西,主要是牛肉和猪肉馅儿,当然还有鱼。她准备给女儿煮一些牛肉,再炸一些丸子,还得烧一些肉条,她现在正在忙。这够她忙一阵子的,她准备把这些东西做得稍微咸一点,可以多放些时候。

谁知道明年什么样呢。她对孟冬说,那个火山,昨天又喷发了一次。

要不这样吧,您岁数大了,上楼下楼也不方便,您加我个微信,我有什么事先告诉您,免得您还要为我们担心,您还得上来下去的。孟冬对老妇人说。那天他在阳台上看到老妇人在下边用手机看东西。现在人人几乎都有一个手机。

真的很抱歉又吵着您了。孟冬说。

孟冬和老妇人互相加了微信。

这就好了,有什么容易惊动您的事我就先发微信给您。孟冬说。

孟冬又把一只脚探出去又猛地跺了一下，灯又亮了。

老妇人返身下楼，下得很慢。

孟冬又猛地跺了一下。

老妇人下到了下边一层，开门关门，进到家里去了。

孟冬用手摸了摸自己的脖子，感觉到那地方又长了几颗。接着他又去了卫生间，找了一面小镜子，他把小镜子放在后脖子那地方，然后对着洗手池上边的大镜子看。孟冬用手轻轻拍了一下自己的脖子，抹了一点妻子上午给他买的药。

怎么样，用我帮忙吗？然后孟冬去了厨房，对妻子说。

我在想，明年要是真的没有了夏天可怎么办。

妻子正在用力往开切牛肉，她对孟冬说。

孟冬又不知道该怎么回答了，他看着妻子。

可不是几天，是一年，也许两年，这种事情有过。孟冬的妻子说。

孟冬直到现在还弄不明白什么叫没夏天，怎么回事？

太阳给火山灰遮住了，整个地球都没了温度，到时候夏天会下雪。妻子说。

地里什么都不会长吗？孟冬说。

你想吧。妻子说。

真可怕。孟冬说。

所以要多储备些东西。妻子说明天还要多出去买点东西。

对，应该的。孟冬说。

刚才是不是送快递的？方便面？妻子问孟冬。

是楼下的老太太。孟冬说。

她上来做什么？妻子说。

她听见我唱歌了。孟冬说。

这老太太以前是个老师。妻子说。

你怎么知道？孟冬说

我前天给她送了一袋猫粮。妻子说，夸克牌的。

应该的。孟冬忽然稍稍有点感动，为妻子的这种举动。

咱们家可是有三个冰箱。妻子突然说，你好不好把小冰箱里边的茶叶都倒腾一下，里边也可以放一些肉，如果明年真的没了夏天，肉可要比茶叶重要。

妻子把另一块肉切开了，她用抹布擦了一下台面上的血水。

没有夏天也就不会有茶叶了。孟冬说。

你什么意思？妻子看着他。

我说的不对吗？孟冬又说。

到时候肉比茶叶重要。妻子说。

孟冬马上去了客厅，那个小冰箱就放在客厅靠阳台的一个方桌下边，方桌上那个方盆里是前几天才种下的水仙，才长出很小的叶片，一点点。放在桌下的小冰箱里都是茶叶，主要是绿茶，孟冬的妻子从不喝茶，但茶叶又都是她弄回来的，她去外边开会总是会带回来不少茶。她喜欢看孟冬没事坐在那里喝茶，是在她的劝说下孟冬才戒了酒开始喝茶的，孟冬以前可真能喝酒。孟冬把小冰箱里的茶叶都取了出来，放在一个很大的手提包里，还真不少。

孟冬的妻子继续在厨房里收拾她买来的牛肉和猪肉，孟冬又去了厨房，他想不到肉被妻子收拾了一下显得更多了，简直是太多了，一盆，一盆，一盆。

这么多？孟冬说。

要是明年没了夏天你就会觉得肉不多了。妻子说。

我可吃不了多少。孟冬说，人胖了可不是什么好事。

妻子说这些肉做好后一半儿都会寄给女儿。

咱们只留一半儿。妻子说。

我还要炸一些面食。妻子说。

我还要炒一些不甜的炒面。妻子说。

炒炒面做什么？孟冬说。

咱们要多存一些能放得住的东西。妻子又说。

妻子把一部分肉切成了很小的块儿，她现在开始剁肉馅儿，嘭嘭嘭嘭、嘭嘭嘭嘭、嘭嘭嘭嘭。她认为剁的肉馅儿要比用绞肉机绞出来的好吃。

孟冬忙去了另一间房，他给楼下的老妇人发了一条短信：

我爱人正在剁肉馅儿，她白天实在是太忙了，请您原谅。

老妇人马上就回了一条短信：

是牛肉还是猪肉？

孟冬又回了一条：

牛肉、猪肉都有。

老妇人的短信又马上回了过来：

牛肉里边一边剁一边多加点水，猪肉少加点。

孟冬去了厨房，把手机上的短信拿给妻子看。

两个人都笑了起来，觉得这个老妇人挺可爱的。

孟冬接着又给老妇人回了一条短信，只有两个字：好的——

孟冬的妻子把肉馅儿剁完已经不早了，但她还坚持要给孟冬调理一下荷尔蒙。当然是用她的方法，用大家都会也都乐于做的那种原始方法。

你不累吗？今天就算了吧。孟冬说，看着自己的光脚。

妻子说生理性的调理有时候要比药物调理好得多。

孟冬的妻子把床单换了一下，脱了衣服躺平了，调理完荷尔蒙，两人才分开,他们要睡了。孟冬却突然低声叫了起来,他想看看楼下的老妇人给自己回了短信没有,却发现自己刚才打错字了,手机经常会出现这种低级的错误。

孟冬发给老妇人的"好的"不知怎么变成了"妈的"。

"妈的"——

妻子忍不住大笑了起来,孟冬也忍不住。

孟冬马上又给老妇人回了个短信,说明了原因,说明了这不过是手机出的错,问题是手机总会出这种错,这根本就不是第一次,已经好多次了。隔了一会儿,孟冬又给老妇人发了短信,这一回,老妇人那边还是没一点动静,她不回短信了,不像往常那样马上会把短信回过来。

也许已经睡了。孟冬对妻子说。

也许吧。妻子说,看了看表。

也许她已经气坏了。孟冬说。

孟冬的妻子忽然就又笑了起来,她怎么也忍不住想笑。她这么一笑孟冬也就跟着笑,两个人觉得这件事太好玩儿了。

也许是真气坏了。孟冬又说。

孟冬的妻子说老年人一旦生气都是真生气,要不她肯定会回短信的,我相信她肯定没睡,这一夜她也许都睡不着了。

后半夜孟冬起身去卫生间,顺便看了一下手机,老妇人那边还是没有回短信,孟冬又轻手轻脚上了床,把自己蒙在被子里笑了好一会儿。

早上刚过六点,孟冬就起来了,他又给楼下的老妇人发了一个短信,但老妇人那边仍然没有一点点动静。

妻子已经做好了早饭,有孟冬喜欢的培根,煎得很好,但孟冬没有一点点食欲

我都不想吃早饭了。孟冬对妻子说。

妻子摇了摇头,你既然已经把话说到了。

我不明白手机是怎么回事,怎么总是出这种错。孟冬说。

解释完了就不要再说了,这种事越说多了越不好。妻子说。

孟冬想想也是,就坐在那里,闭上眼,居然睡着了。

早饭在桌上放着,孟冬的妻子下去了,因为送快递的来了,她在网上订的方便面送了过来,在这方面,她比较迷信上海,她买的是上海的那种老牌子方便面。而罐头不是梅林就是老冠生园的。

好家伙。孟冬叫了一声,他醒了过来,看着面前那好大一堆的方便面。

这么多?孟冬说,他数了数,整整十箱。

这还多,要是明年没了夏天怎么办?你想想看。妻子说。

也是,到时候也许夏天都得穿棉衣,因为没夏天了。孟冬说。

孟冬没了胃口,他不想吃早饭了,他去了南边的阳台,现在时间还早,下边没什么动静,到了中午,妻子在厨房里炸丸子,油烟滚滚的,妻子的丸子炸得真好,颜色也好看,红红的,孟冬尝了一下,但他还是没有胃口,他又去了南边的阳台,他站在阳台上朝下看,又看了看手机,手机里还是没任何动静。

下边那条狗看见他了,仰着脸,也不叫。

孟冬朝它挥了挥手,又用手摸了摸自己的脖子,闭上了眼睛,他想用手机对老妇人说点什么,但他不知道应该说什么,能说什么呢。

反正到了明年也许连夏天都不会有了,管他呢。

孟冬对自己说。

滑着滑板去太原

……然后,他们就分手了。

现在就剩下王生自己了,背着包,用胳膊夹着他的黑色双翘滑板。他在想是不是应该坐长途大巴车回去,不像来的时候,一路滑来,五个人说说笑笑兴致有多高!

他们都是滑板爱好者,他们是通过滑滑板认识的。前不久,也就是半个多月前,太让他们兴奋了,他们忽然决定要滑着滑板去太原,他们是一拍即合,他们兴奋异常,这实在是太让人兴奋了。一不坐飞机,二不乘火车,三不坐大巴车,四不靠越野自行车,他们要滑着滑板去创造一个大奇迹,滑着滑板去太原,雨季还没有来,正是滑滑板的好时候。如果这次成功了,他们下次要滑着滑板去更远的西藏。他们是从这个省份最北边的城市大同出发,一路向南。路两边的杏花刚刚开始凋落,远山刚刚泛绿,也就是说,这个季节是出行的最佳时机。

也是拍照片的最好时候。郑生说他获得了一次难得的边走边拍的机会。

"你不吃亏,回去就是一本画册。"黄生笑着对郑生说。

"你们将永远活在我的摄影画册里。"郑生说,"等着吧。"

他们五个,都是城市青年,他们没有任何的乡村生活经验,他们之中甚至有人都没有到过郊外,他们是在城市里长大的,他们从小到大只在大城市间穿梭,他们有时会飞到国外去旅游,比如泰国、日本或是韩国,或者再远点的加拿大和美国。但现在出去玩对他们已经没有太大的吸引力了,又是检查,又是刷人脸,又是检查各种证件,这让他们很烦。他们合计好了,带上滑板,带上可以放水杯和药品还有睡袋的大包,反正是路上所需要的东西他们都带齐了,当然还有指南针和打火器,手机充电宝和剃须刀,他们有人甚至还偷偷带了避孕套。他们希望自己在路上有艳遇,可以让他们做爱。他们带好了这一切,出发了,滑着他们"极限公社"牌子的黑色双翘滑板。这种滑板真的很牛哎,他们都喜欢这个牌子,可以说再也没有比这种滑板更好的滑板了。他们五个,风格简直是一致,都是狼尾头,留这个发型,他们最少要三个多月不理发才可以。狼尾头,滑起滑板来很好看,脑后的长发会飘扬起来。用他们的话是有动感,而用有些人的话是性感。他们五个,对外介绍是"狼尾头五人滑板组合"。就这么,他们从山西最北边出发,像勇敢的候鸟,向南、向南、再向南。他们厌倦了城市的生活,他们希望体验一下乡村旅馆,或者直接住到乡下人的家里去,脏点乱点根本没什么关系。他们想多知道一些自己生活圈子之外的事,他们把路线图早就看好了,他们要努力避开高速公路,再说高速公路可以让人滑滑板吗?好像是不行。他们一边研究路线一边抽着他们都喜欢的电子烟,这里要说一句的是,他们还都是电子烟爱好者,现在玩这个很时髦。别人都在戒烟,而他们却要开始抽了。他们总是这样。

但是现在,王生和他们分开了,不得不分开了。

王生犹豫不决的时候,郑生对他说:"回吧回吧,路上出点事对谁都不好。"

就这么,王生不再随着滑友滑着滑板一路向南,他停下来了。

他们在一起快快乐乐地滑行了七天,走了几乎有一半的行程,现在却分开了。王生现在的心情真是很沮丧,太沮丧了,他觉得自己真不应该进到那个小庙里去,也不该去摇什么签,这下好,他要半途折返了。那个小庙也太诡异了。

"别难过,回去见。"郑生拍拍他的肩。

"下次咱们去西藏。"黄生说,"回去的路上多加小心。"

王生站在路边,心里很难受,两眼泪汪汪地看着滑友们上滑远了,看不清了,看不见了,然后他才在路边坐下来,他看着自己脚上的那双土黄色新鞋,这双鞋是他前几天在路边超市里买的,原来的那双鞋突然掉了底,这本来没什么,但让他心里很不安的是因为郑生。郑生说:"咦,好好的怎么把鞋底掉了?这是什么兆头?"这句话忽然让他们所有的人都有那么点担心,你看看我,我看看你,其实他们五个,都不迷信,又什么也不信,他们是天不怕地不怕,虽然他们看过大量的鬼片和别的什么片,他们真的是什么都不信。但那天,他们来到了河边的那个叫"骑洋马"的村子,并且在那里住了一夜,那一夜的经历他们五个人可能都会毕生难忘。那间让他们留宿的大屋子实在是太吓人了,那种感觉怎么说呢,是一进屋就让人感觉有什么地方不对头了。他们五个,都被吓得不轻,都几乎一夜没睡。

那是间坐北朝南的正房,一条大炕,够他们睡的,这样的北方大炕,即使是十个人也睡得下。炕的北面墙上贴了几乎有两张全开世界地图那么大用黄表纸画的符,黄纸朱砂,简直是太吓人了。那天晚上他们睡在一起,他们五个人合盖了三条被子,这里没有多余的被子,但还算干净。可是他们怎么也睡不着,郑生小声说墙上的这个东西就是符,城里这种东西可不多,村子里是用这种东西镇那种东西的。

"那种东西是什么?"王生问。

"那种东西就是那种东西。"郑生说。

"是鬼吗?"王生说。

"你说有鬼吗?"郑生说。

"这种事,说它有也有,说它没有也没有。"王生说,"不好说。"

"反正这屋子有问题。"咔嚓,郑生用照相机拍了一下墙上的那张符,小声说。

但这个叫"骑洋马"的村子再也找不出别的什么可以住人的地方。

"也许晚上我们都会变成一块一块没有生命的石头。"郑生小声说。

"你别吓我们好不好。"黄生笑着说。

滑友们都看着郑生,他们都洗了脚,准备睡了。

郑生说他有一个民间的办法。

"我什么都不信。"何生说,"我可以睡在最边上保护你们。"

"那就是我们睡的时候把内裤都脱下来,"郑生说,"那种东西最怕的就是男人的家伙了,如果有那东西的话,这个办法应该是很灵的。"

"如果是女鬼呢?"黄生笑着说。黄生一路上总是在喝酒,他自己带着白酒,刚才又喝了两口,待会儿睡之前他还会再来两口。

"那不正好吗,你都不用戴套。"何生开玩笑说。

"那可不行,那可太危险。"黄生是学医的,还有一年就要毕业了。

到了睡觉的时候,王生他们真的都把内裤脱掉了,他们都一丝不挂。王生睡在东边的边上,何生睡在西边的边上,他俩把边儿,其他人睡在中间。然后,他们熄了灯。然后,一切都静了下来。然后,他们听到了河水流淌的声音。然后,还有一些更远的什么声音也传了过来,像是鸟啼。那种会在夜里啼叫的鸟。叽里咕噜、叽里咕噜,像是在说梦话,如果鸟会说梦话的话。

"睡着了没?"隔了一会儿,王生小声问睡在一旁的郑生。

"别说话,睡吧。"郑生说。因为是一丝不挂地睡在同一个被子里,他们只好背对背。"你听,什么声音?"过了不一会儿,郑生把身子轻轻转了过来,把嘴附在王生的耳边小声说。其实这时候其他人也都还没睡着,说实话他们五个人根本就都睡不着,这不是他们的事,虽然他们白天滑滑板滑得都已经够累了,他们应该是一躺下就睡着了,但他们就是睡不着,这是屋子的事,这是他们谁也说不清是什么事的事。屋子里有什么?肯定有,但他们谁都说不出有什么。

"你别不相信,我听到了。"程生又把嘴附在王生耳边小声说。其实别人也听到了,有人在动桌上的东西。

"我的天呐,听。"郑生又小声对王生说。

睡在边上的何生把灯猛地一下打开了,五个人都一下坐了起来,头发都几乎竖了起来。屋里当然什么都不会有,但他们发现放在桌上的一个大纸盒子被挪了地方,那纸盒子现在在桌子旁边的椅子上。之后,他们又熄了灯,都连头带身子缩到了被子里,他们只好在被窝里看手机,互相发微信,这么一来呢,他们就更睡不着了,而且都被吓出了汗。之后他们是不停地又开灯、又熄灯、又熄灯、又开灯。那个纸盒子像是有了生命,只要一熄灯就会跳到另一个地方去。王生突然又坐了起来,他觉得好像有什么伸进被窝猛地摸了他一把,凉凉的。王生惊叫了一声,他不敢再睡在边上,他跳起来,钻到了黄生的被子里,这么一来他就睡在了中间。他们五个人已经很累了,他们滑了一天的滑板,但他们谁都睡不着,用被子蒙着头,几乎一夜。

"你说会不会是老鼠?"王生在被窝里发微信给郑生。

"老鼠能把盒子从桌上弄到椅子上吗?"郑生的微信马上发过来了。

"会是鬼吗?"王生又把微信发给了郑生。

"你自己说吧!"郑生马上又发过来了。

他们把自己埋在被窝里,不敢说话,只能发微信,虽然他们一个挨着一个。

王生就这么和滑友们分手了。

王生准备吃点东西再上路,他会顺着来时的路向北、向北、再向北。路那边有个小饭店,小饭店的墙上写着"环球面馆"四个字,这真是有点滑稽。王生就是在这里和滑友们分的手,分手的时候郑生还给他拍了张照片,背景就是"环球面馆"那四个大字。王生已经注意到那个年轻胖子了,那个年轻胖子也在看他,那个年轻胖子可是真胖,目测三百斤都不止,头和肩膀之间简直就没有脖子,王生觉得这个年轻胖子可能有很长时间都看不到自己的小鸡儿了,肚子已经挡住了他的视线,当然他也不可能看到自己的两只脚,这是肯定的,他要是想看自己的脚就必须用两只手把自己的肚子用力往回搂,用力再用力。王生这是第二次看到这个胖子了,王生心想他可能也是出来旅行的,或者他也许仅仅是为了减肥而出来步行的,这种人现在不少,他们相信身上的肥肉会通过不停地行走被甩在路上。但他怎么什么也没拿?这个年轻胖子,也站在路边,他是不是也不想再走了,也想在那家饭店吃完东西再上路。

刚才,王生已经进店去问了一下,那个瘦男人正在剥煮熟的鸡蛋,好大一盆,瘦男人对王生说十一点半才会有饭,他们现在正在做准备,准备先把鸡蛋给卤出来。王生已经闻到了那股味,很香,是油泼辣子的味道,王生很想吃一碗路边这种小店的油泼辣子面。这时那个年轻胖子也进来了,进门的时候身子在门框上不小心蹭了一下,他也真的太胖了。

年轻胖子也问了一声:"是不是有油泼面?"

"十一点半。"瘦男人把这话又说了一次,

王生朝胖子那边看的时候,正好和胖子的视线碰在了一起。

年轻胖子朝王生和气地笑了一下。

年轻胖子朝这边走过来了,看样子他想和王生说什么话。

王生听到"哧哧"的喘气声了,几乎是所有的胖子都有的喘气声。

年轻胖子过来的时候,王生在心里想,他这个块头肯定滑不了滑板。王生现在养成了一种习惯,只要看到一个人就总是在心里想这人能不能上滑板，就像以前上高中的时候只要一见女人就在心里想这女生能不能让他来那么一下，这么一想，他那地方就总是会马上顶起来。所以上高中的时候王生几乎都不敢穿短裤。

年轻胖子问王生："你抽的是什么香型，真好闻。"

王生还没来得及回答，年轻胖子又说："我可不可以试一下？"

王生觉得自己是应该拒绝的，但还是把电子烟递给了胖子。

年轻胖子抽了一口，嘴真肥嘟嘟，说："挺好。"随后就又把烟还给了王生。

年轻胖子又问："滑滑板可不可以减肥？是不是可以减肥？"

王生不知道该怎么回答，王生看着胖子，觉得这人是不是有点儿傻。

"我再来一口。"几乎是紧接着，年轻胖子又把电子烟要过去抽了一口。

"怎么样，滑滑板是不是可以减肥？"胖子又问了一句。

王生本来想回答一下胖子的这个问题，但王生突然不想说这个话题了。因为王生觉得这个年轻胖子很蠢，再加上王生的心情并不是那么好。

年轻胖子是没话找话，他又说："吸电子烟是不是也可以让一个人瘦下来？"

这次，王生回答了一句："你上百度。"

"真热，我得脱件衣服。"年轻胖子看了一眼王生，说。

"当然你想不到会这么热。"王生笑了一下。

"别笑，我小时候本没这么胖。"年轻胖子说，"问题是我小时候做了一个手术。"

王生想问胖子做的是什么手术。这时饭店的瘦男人朝他们走了过来，真是看不出他是店员还是老板，他招呼王生和胖子再往里边坐坐。

"差不多了，里边的桌子刚收拾过。"瘦男人说。

王生说："还不到十一点呢。不过当然还是早点吃为好。"

那个瘦男人对王生和年轻胖子说："差不多了。"

年轻胖子脱外衣的时候，王生也开始脱。

"我以为只是我觉得热，其实这种天气穿短裤也可以。"年轻胖子的话好像一半是对王生说，一半又像是对饭店的瘦男人说。

"穿短裤都可以，真的。"年轻胖子又说，"如果再热我就穿短裤，我带着呢。"

瘦男人说："你们不是一块儿的吧，你们是不是都来油泼？"

年轻胖子说："我现在吃饭都很注意，吃面条一小碗就够了。"

"碗都一样大，我们这地方不分大碗小碗。"瘦男人进里边去了。

瘦男人很快就把面端了上来，用一个橙黄色的塑料大托盘。碗特别大，毫不夸张地说像个小洗脸盆，胖子说的那种小碗根本就没有。碗虽然大，里边的面却只有一半。饭店的瘦男人说："咱们这地方吃面都这样，碗大了好拌，碗小了就没法拌。这样的半碗其实要比别处的一整碗都多。"

"我看你说的不错。"王生比画了一下，"广州的碗才这么大。"

"操，还真是这样，太小。"年轻胖子也说。

"这样的半碗比别的地方一整碗只多不少。"王生开始用筷子拌面。

"你怎么和他们分手了？"年轻胖子这时候已经开始"呼噜呼噜、呼噜呼噜"地吃面，声音真大，他突然问。

王生觉得这不太好回答，关于那个小庙，不是几句话就可以讲清楚的。如果不是因为那个小庙，他和滑友们也许现在还在一起，像候鸟那样向南、向南、再向南。王生太喜欢那种感觉了，五个人一起在路上滑行，狼尾头的头发飞扬起来，可真是性感。王生忽然很想把小庙的事情给这个年轻胖子讲一下，如果不是年轻胖子坐在对面，王生觉得自己也许都会对饭店里的瘦男人讲一下这事。这件事，也就是小庙的事，他不讲是不行了，这是一种欲望，他要把心里的欲望释放出来。那件事也太诡异了，他都相信这个世界上真有鬼了。

"给咱们再来一碗。"让王生吃惊的是年轻胖子这时候已经吃完一碗了。怎么这么快？这简直是让王生吃了一惊，王生的面几乎还没动呢。

王生看着年轻胖子，真是有点吃惊。

"我吃饭很快。"年轻胖子说，"不过这面真的很好吃。"

瘦男人把又一碗面端过来的时候顺便又把油泼辣子拿过来了，放在了王生和胖子中间："这个你们可以随便加。"

"太好了，太好了。"年轻胖子的呼噜声马上又响了起来，声音可真大。他一边吃一边说："操，太刺激了，这个可真是太刺激了。"

"我们这地方的辣子主要是香，是印度辣椒。"瘦男人已经在旁边的椅子上坐了下来，他给自己点了一支烟，店里现在还没什么人。

"可不可以再来点面汤？"年轻胖子说。

瘦男人马上站了起来："当然有。"他进厨房里边去了。

王生看着胖子，准备讲小庙的事了，王生觉得自己已经憋不住了。

"我不得不跟他们分手，太诡异了，可吓坏我了。"王生说。

"呼噜呼噜，"年轻胖子看着王生，"什么吓坏你了？"问了一句。

"那个下下签吓坏我了。"王生又说。

"呼噜呼噜"，"什么签，你说什么签？"年轻胖子又一句。

"一连三次都是那个下下签。"王生说。

"呼噜呼噜"，"签是什么？什么签？"年轻胖子又一句。

年轻胖子一边吃一边说一边呼噜呼噜。

"签，就是庙里的那种签，你连这个都没听过吗？"王生说。

"好像听过。"年轻胖子想了想，"算卦用的那种吧？"

这时有条狗从外边进来了，又马上出去了，很奇怪的是它马上又进来了一下，然后又出去了。这时有车从外面过去，发出轮胎在路面上碾压的声音。王生吃好了，开始抽自己的电子烟。想不到，年轻胖子这时居然又要了一碗，这已经是第四碗了。王生有点被他吓唬住了，王生看见有汗正在从胖子的腋下流下来，背心那地方都湿了，王生站起来绕着年轻胖子走了一圈儿，这家伙的后背也湿了。

"你可不能再吃了。"王生对年轻胖子说。

"我平时也不这么吃，我平时只来一小碗。"年轻胖子说，拍拍胸，又拍拍肚子，"以后不会这么放开了，问题是我小时候做了一个手术，所以才这样。"

"加上这碗你吃了四碗了，你还喝了一碗面汤。"王生走来走去。

"你说你摇签的事，别说这。"胖子说。

"你需要减减肥，别吃这么多，我吃完饭习惯走走。"王生说，"这样对身体好。"

"问题是我小时候做了一个手术。"年轻胖子说，"也许是做坏了。"

"你说说你的事好不好？"年轻胖子又说。

"那个庙、那个庙、那个庙……"

王生坐下来，开始说自己的事。

"操，你慢点说，你别急。"胖子说，"我也可以慢慢吃。"

这时候胖子的第四碗面其实已经又吃完了，他在喝碗里的面汤。他背心肚子那地方的汗也开始洇出来了，在扩大。

"一般来说，乡下都会有庙，这个你知道，这个庙啊、那个庙啊，或者是其他什么庙，但你根本想不到那个庙会叫'大圣庙'。"王生对胖子说，"那个小庙其实是在一个小山坡上，从上边看可以看到北边的一些房子，还可以看到对面种的树，都是些小树，应该是树种吧。我们是滑着滑板从北边的水泥路那边一路过来，你知道滑板在这个季节的水泥路上会很不舒服，但要是到了夏天，沥青路就更不行了。我们从北边一路滑过来,我们是雁式滑,也就是滑的时候要把两个胳膊抬起来摆平,像大雁的翅膀,太好看了。这样滑的时候技术不好千万别拐弯,但我们拐了,我们照样拐,拐过那个弯我们一眼就看到了那个小庙,我们都认为那地方发生了火灾,浓烟滚滚的。"

"操,什么大圣庙,不对吧?应该是大雄吧,大雄宝殿。"年轻胖子说。

"也许你说得对。"王生说。

"大圣可太难听了,还大圣,你知道什么东西才叫作圣。"年轻胖子说。

王生马上就明白了:"这谁不知道,就是那个嘛,但不是那个字,只不过是那个音,音同字不同,不是下边有个月的肾,而是上边有个又的圣。"

"知道知道。"年轻胖子笑了起来,"庙里供的什么?"

"待会儿我告诉你。"王生说。

"不过我不喜欢庙,我喜欢教堂。"年轻胖子又说。

"不管怎么说,你总是去过庙会吧?"王生说,"但我说的这个庙可真是个小庙,因为庙太小了,人就显得特别多,因为是赶庙会,也就显得特别热闹。远远看去,这个小庙真有点吓人,浓烟滚滚的,其实是烧香的人太多了,那个小庙的规矩是不烧香就不许进去,人们只好在一进庙门的那地方先把香买好了,但还是不停地有人出来,不停地有人进去。"

"浓烟滚滚的。"王生又说了一句,"站在远处看就像是火灾。"

年轻胖子闭了一下眼睛,然后又睁开。

"真还想象不出来。"胖子说,"你继续说。"

王生对胖子说,碰上这种事最兴奋的就是我们那个郑生。郑生是一下子就兴奋了起来,开始忙他的。郑生有一个老古董莱卡相机,镜头都露出黄铜底子了，他是走到哪里拍到哪里，他经常喜欢把他拍的片子给旁边的人看。这一次出来，他的计划是一路拍下去然后出个画册，他算过了，这差不多要一百多个胶卷，现在胶卷并不像有些人想的那样很难买，其实在网上是很方便的，而且也不贵，只不过现在用胶片的人是越来越少了，其实网上还能买到那种古董级的玻璃底板，不过太贵了。王生对胖子说这些都是郑生告诉他的。王生说郑生不太喜欢用手机拍照，他也根本就不会用手机去拍。说那太不专业。郑生只喜欢用正经的照相机拍照片，他热衷这个。郑生还有一个小暗室，没事的时他会一个人待在里边又是冲洗又是放晒，为此他还带了一个同学，女的，他有时会带她到暗室里去工作一会儿。郑生的专业水准还表现在他出来的时候总带着一个暗袋，就是里边是红布，外面是黑布的那种暗袋，郑生用这种暗袋给相机换胶片的时候简直就像是个变魔术的。

"平时他那个暗袋里就放着一些乱七八糟的碎东西，比如小茶叶筒。"

"现在谁还喝茶，我只喝咖啡。"年轻胖子说。

"去星巴克吗？"王生对胖子说，"但你最好不要加糖。"

"你继续说你的。"年轻胖子说。

王生就继续接着说，说郑生在小庙外边拍照片的时候，别的滑友就都陆续进了小庙里边，外边其实也没什么好看的，不过是小庙的院墙上插了些各种颜色的旗子。因为那些彩旗是庙会期间才会拿出来插一插，所以颜色就显得特别的鲜亮好看。而且，旗子都是那种三角形的。

黄生和何生还有王生他们就都挤到里边去了，他们想看看里边供的到底是什么佛，因为进门的时候他们不得不买香，所以他们都准备把香在佛前烧了，这种东西不烧也不能扔，又不能交给旁边的人。黄生说，真他妈挤，待会儿挤上去的时候我要给我母亲磕几个头。他这么一说何生也就想起了自己也要磕几个，给自己的父亲，他父亲前不久病了，就这么回事，但人太多了，他们想看看跪在里边的人怎么磕头都看不到，磕头这种事也好像是个技术，手怎么这么一翻，再那么一翻，怎么举起来，再怎么放下来，就像学校里的眼保健操。做完这些动作人才能再伏在那个各种碎布缝的花花绿绿的垫子上许愿。小庙的佛殿里人真是多。黄生他们还是终于挤到了前边，是黄生第一个忍不住先大声笑了起来，他一眼就看到供在那里的佛原来是个孙悟空的像，立着，拿着根柳木棍子，也不大，像个小孩儿那么高，身上的彩绘有点脱落了。但他手里的棍子上挂了不少红布条子，像流苏，还有一条蓝色的哈达。

"他妈的，原来供了个孙猴子。"黄生马上就笑了起来。

"我上初中读《西游记》就认识他了。"黄生已经把身子转过来了。

"谁想烧谁烧吧，我是不烧了。"黄生说。

站在黄生旁边的人都用那种多少有点惊恐的目光看着黄生，其中的一个人对黄生说，年轻人这可不能开口胡说，可灵着呢。这人说话的时候黄生已经抽身从里边挤出来了，别的滑友也都紧跟在他的后边，都把滑板在手里高高举着，这样才不会碰到别人。从这个门好不容易挤出来之后，他们举着滑板往西边走，然后就看到了旁边的那间屋子，桌子上放着签筒，有不少人安安静静排在那里等着摇签。因为是小庙，也没有解签词的人，也不用用签上的号去对签条看自己摇到了什么吉言祥语。竹签的头上都直接写着，上上，中上，平中，平下，下下。下边就是那些词，合辙押韵的都是一些好听话，当然下下签上边的话就不好听了，还挺吓人的，那些签都是用比较厚的竹片做的，已经被人们放在签筒里摇来摇去弄得像古董。但写在签上的字还能让人们看得清，上边的字是用红油漆写的，一般都不会被磨损掉。

黄生他们就排在那里准备摇签了，这才发现这个摇签的地方倒是坐了一个像和尚又不像和尚的人，因为他没穿和尚的衣服，所以不能说他是和尚。等到黄生要摇签的时候，这个人却突然开了口，说，先敬香后摇签,要不不灵。黄生便把香点着插在桌上的香炉里,然后开始摇。他把签筒放在手里"哗啦哗啦"摇了好长时间,真是好长时间,之后才从签筒里跳出一根签来,"啪啦"一声,就是跳,一下子就跳了出来,据说有时也会跳出两根,如果两根,一根是上签另一根是下签,这两根就叫作阴阳签。黄生摇的这个签是平上,黄生想让坐在那里的人给他看一下,讲一讲,那个人说现在都是有文化的,你自己看,我只负责老人和盲人。

"你自己看吧。"那个人说。

"其实我也不相信这个。"黄生对那个人说。

"不相信你就别摇。"那个人说,"这种事不能开玩笑。"

"宗教还不都是骗人的把戏?"黄生说。

那个人就不再说话了,看样子像是生气了。

"有些领导都来摇呢,还上布施呢。"这个人又突然开了口。

"那他们更是胡闹,只能说明他们没文化。孙悟空又不是佛,孙悟空不过是个小说里虚构的人物。"黄生有点结巴了,黄生一急就结巴,"我们第一学期学的就是这,古典文学没有不讲这的。"

"说这些做什么?你在外边等着我们。"程生拍了一下黄生。

黄生就笑着出去了,举着他的黑色滑板,往外挤,一挤一挤。

黄生摇完,该着何生来摇,何生也是个平上。何生摇完该着程生,程生欢天喜地笑得马上都合不上嘴,他是个上上签。他想让那个人给看一看,那个人说年轻人你自己看吧,上边那不是写得清清楚楚的嘛,你这个签好,上上还有不好的吗?那个人突然把他自己的手机掏了出来,要想看详细的解释你就加一下微信。

"十块钱加一下,回去仔细看,想怎么看就怎么看。"那个人又说。

程生马上就加了一下那个人的微信,而且还把他刚才摇到的那个签用手机拍了一下,说要马上发到群里给朋友们看看。

"签也是古老文化的一部分。"程生对那个人说。

那个人马上就高兴了,"你一看就是高才生。"

"我明年毕业。"程生说。

"大学吧。"那个人说。

"当然大学啦。"程生说。

年轻胖子一只手放在自己的肩膀上,另一只手放在自己的肚子上。他听得很认真,王生说话的时候他就一直看着王生,他微微有点喘息,发出轻微的"哒哒"声。

"我手机里也有那根签的图。"王生对年轻胖子说,"你想不想看?"

"我还真没见过签是什么样。"年轻胖子说,"这都是什么时候的事?"

"昨天啊,是昨天的事。"王生对年轻胖子说。

"你摇的是什么签?怎么就把你吓坏了?"年轻胖子说。

"可吓坏我了,所以不能继续走了,毕竟是在路上。"

"你还真信了?"年轻胖子说。

"一连三次啊!"王生对年轻胖子说自己真被吓坏了,别人也被吓得够呛,就相信一回签上说的话吧,这种事,宁可信其有,不可信其无。郑生这么说,黄生也这么说,何生有点发呆,说这种事真不可思议。

"他们都劝我不要再继续向南滑了,所以现在就只剩下我一个人了。"

"你刚才说你一连摇了三次,不是说只能摇一次吗?"年轻胖子说。

"按规矩只许摇一次,但我和我的那些滑友当时都被吓坏了,紧接着就又摇了一次,摇完第二次就更吓人了,我就又摇了第三次,让任何人都想不到的是,第三次摇出来的签还是前两次摇到的那个下下签,周围的人当时脸色都变了。"

"你是说你一连三次都摇了下下签?"年轻胖子说。

王生把手机打开了,他要把那个下下签的照片从手机上找出来让年轻胖子看看。

"一连三次,怎么会这么巧?"年轻胖子又问。

"所以你必须要信,有些事谁也说不清,你信就行,你看。"王生找到了,用手指在手机屏上放大了一下,又放大一下,递给年轻胖子。

"有些事真是说不清,但说不清不等于不存在。"年轻胖子把手机接过来。

"一连三次都是同一根签,三次都是同一根,你说吓人不吓人。"王生说。

"所以你就退出了?所以你就不滑着你的滑板去太原了?"年轻胖子说。

"太吓人了。"王生说。

"放签的那种筒里边有多少根签?"年轻胖子问王生。

"不等,有的也就十多根。"王生说。

"怎么这么不清楚,看不清。"年轻胖子又把手机还给了王生。

"我念给你听。"王生说。王生已经把签上的那几句话背会了:"三春一场黑雪飞,外出老少快自归,如若不听人相劝,病倒路上无人埋,性命人财一堆灰。"

"第一次摇出的就是这个?"年轻胖子问。

"是。"王生说。

"第二次摇出的还是这?"年轻胖子问。

"是。"王生又说。

"第三次又是吗?"年轻胖子说,"这可真是不一般了。"

"你说怕不怕?一筒签,摇来摇去偏偏跳出这一支。"王生说。

"你说怕不怕?一筒签,再摇来摇去跳出来的还是这一支。"王生说。

"你说怕不怕？一筒签，第三次摇，摇来摇去它又跳出来了。"王生说。

年轻胖子不说话了，他有点吃惊，他看着王生，这种事，他从来都没听说过，但他对这种事是既不怕又不那么热衷。他倒是对王生很感兴趣，他很喜欢王生留的这个发型，狼尾头真的很帅，这种发型能让整个人都显得精神起来。

年轻胖子对王生说："我爸在森林派出所当森林警察，要不我们去森林？"

"一筒签被我摇来摇去摇了三次，三次都跳出的是这同一支，你说怕人不怕人吧？但我现在不怕了。"王生又说，"我想过了，越想越怕还不如不怕。"

"对。"年轻胖子说，"虽然我不明白这是什么事，但你别怕它。"

"我现在已经不怕了。"王生说。

"回去的路上一定小心。"年轻胖子说，"其实你坐大巴更方便。"

下午一点多的时候，王生和年轻胖子都已经吃好了，也歇好了，他们该离开这家小饭店了，王生把自己的包收拾好了，年轻胖子原来也有一个包，已经被从小饭店的角落里拿了出来。这时有人从外边进来了，是开大卡车的司机，满脸都是黑，他们进来吃中午饭。他们先洗脸，"扑哧扑哧、扑哧扑哧"，洗完这一盆，"哗"地泼出去，再来一盆，别人又接着洗，"扑哧扑哧、扑哧扑哧"。

"我可以陪你走一段，因为我也要朝北走。"年轻胖子对王生说。他跟在王生的后边，王生走在前边，拎着他的黑色双翘滑板。他们从饭店出来。

王生上滑板的动作真是漂亮，他不知怎么就把滑板在地上一下就立了起来，不知他是怎么使的劲，立起来的滑板在原地转了起来，王生把身子又轻轻一蹲一纵，真是漂亮，人已站在了他的双翘滑板上了。王生不知又使了什么劲,让滑板和他的身体同时跳了起来,落地的时候,滑板又开始旋转,然后才是蛇行,蛇行出七八米然后再倒退着回来。王生踏着滑板倒退着回来的时候身子轻轻碰了一下年轻胖子,王生用一只胳膊搂了一下年轻胖子。

"再见,以后千万要少吃点。"王生说。

"再见。"年轻胖子也说。

"再见。"王生又说,挥挥手。

年轻胖子马上就叫了起来:"那边南,你怎么朝南?"

"没错,我就是要继续朝南。"王生说。

"你不回家了吗?"年轻胖子把两手放在了嘴边。

"我要滑着滑板去太原,我现在什么都不怕了。"王生也大声说。

"路上小心——"年轻胖子把双手放在嘴边大声说。

"滑着滑板去太原、滑着滑板去太原、滑着滑板去太原——"王生的声音远去了。

滑板此刻和王生是一体的,公路被太阳照得很亮,在这很亮的公路上王生滑出的每一个弧度都是那么优美,他的狼尾头在飘扬起来、飘扬起来、飘扬起来……

感情怎么还会这么丰富

　　不单单是我和巴建国，许多朋友都知道齐哈十多年前把儿子小楚丢掉的事，当时大家都认为是齐哈刚刚和第二任妻子结婚，有许多事在忙，所以照顾不了儿子，但是有一部分朋友认为齐哈的儿子小楚不算小了，都十二岁了，怎么会把自己给丢掉？一个十二岁的孩子是不应该把自己给丢掉的，所以不少人都认为齐哈的儿子小楚是出了什么意外。那一阵子，派出所来人调查这件事，动静够大的，而且还对齐哈家周边的街道做了搜索，连城市地下新修的四通八达的下水道都去了。这都是多少年前的事了，人们现在都差不多把这件事给淡忘了。人们都说齐哈的妻命不好，第一个妻子得病去世，后来紧接着第二个妻子出现了，齐哈的第二个妻子长得可真够漂亮，开发廊的女人一般来说都会把自己收拾得看上去很漂亮。人们都说是这个女人给齐哈带来了倒霉运，她一出现，齐哈的儿子小楚就丢掉了。齐哈可真够可怜的，老婆病死，儿子丢了，简直就像是做了一场大噩梦。

　　问题是噩梦醒后一切都还得从头开始，这可真够麻烦的。巴建国说。

　　没有比这更麻烦的了。巴建国又说。

　　确实如此，他妈的。我说。

齐哈那天打来了电话,说朋友前几天给他搞了些很好的牛肉,要请我和巴建国一起到他那里随便坐坐,喝点什么,齐哈还在电话里说他只请我和巴建国,也没别人。齐哈说他正好还有两瓶96度的波兰烈性酒,这个度数可真够吓人的,但吓人的事儿又往往最吸引人。我和巴建国已经有好久没去过齐哈家了,我问巴建国齐哈这家伙会不会有什么事?要不怎么会突然请我们去他那里喝酒?

我这么一问,才知道了齐哈和他第二任妻子离婚的事儿。

怎么了?我吃了一惊。我怎么没听说这事儿?

没那么简单。巴建国说其实不是离婚。

我看着巴建国,看着他抽了一口电子烟,这个烟的味道可真够香的,柚子加柑橘。

我接过来,想试着吐一个烟圈儿,结果没吐成,这需要技术。

听说是被抓起来了。巴建国说,仰起脸,也没吐成。

我问巴建国,为什么?我又大吸一口,还是没吐成。

巴建国说他也说不清楚,但巴建国说好像听人们说齐哈的女人是和人贩子搅到一起了。

巴建国又吐了一次,这次烟太大了,烟雾腾腾的。

现在做这种缺德事的女人很多。巴建国说,女人一般都要比男人心狠。

我说我们管不了那么多,我说我们应该给齐哈带点什么?

巴建国说就带白茶吧,他前不久刚从福鼎那边回来。白茶是最干净的茶。

我对巴建国说我可以带一打矿泉水过去,波兰酒太厉害,必须一边喝酒一边来几口矿泉水,就跟救火似的。

真让人想不到。巴建国说,会跟人贩子搅在一起。

这确实挺可怕。我说,人贩子不单单只会卖小孩,他们也贩卖人体器官。我就说起国外的一个白人富豪给自己换了一根黑人鸡巴的事，这件事差不多人们都知道了，人们当然也能想象到那个黑人后来会怎么样。

巴建国说，听说齐哈老婆还跨国了呢，把人直接卖到了国外。

多会儿的事？我想知道是什么时候。

不是现在。巴建国说。

什么时候？我想知道这是什么时候？透他妈的，这真够乱的。

巴建国说不是现在，只不过是前不久人被铐起来了人们才都知道了。

想不到吧？巴建国说，齐哈弄不好还得娶一个。

透他妈的，你看看这事儿。我说。

一个人过其实挺好，结过两次了，没必要再结了，女人这种东西娶一百个跟娶一个完全一样。巴建国说着吸了一大口烟，这次他又没吐成功。

我接过来也来了一口，也不行。我对巴建国说我要马上买一只，这就是我的性格。

结果我们马上就去了那家商场，那个卖电子烟的女孩认识巴建国，我挑了一支，因为便宜，我给齐哈也挑了一支。我喜欢黑颜色的那种，给齐哈也买了一支黑的，我买电子烟的时候有一个女的也在挑。我好像在什么地方见过她。我想问一下，但觉得没什么意思。我比较讨厌染指甲的女人，况且这个女人的指甲染过而且已经斑驳了，可真难看。

我当下就和巴建国在电梯上抽了起来，电梯下行，烟雾腾腾的，上行那边有人不停朝我们这边看。

我们去了齐哈家。

齐哈现在住在过去的奶牛场那边，已经是冬天了，所以路两边的地里没什么可看的，夏天路两边的地里全都是玉米，那种专门给牛吃的饲料玉米，光长叶子和秸秆而不结什么棒子，要结也只有指头粗细，据说这种指头粗细的小棒子专门用来做玉米罐头，我可不爱吃这种玉米罐头，如果吃饭碰巧有这道菜，我宁肯不吃。因为是冬天，现在地里是什么都没有，不像以前，到处还可以见到一边慢悠悠吃草一边往回走的荷兰奶牛，不知道人们为什么总喜欢把那种黑白两色的花奶牛都叫作荷兰奶牛，其实它们和荷兰没有一点点关系。路两边树上的叶子现在也都落光了，车开到离齐哈家不远的地方我发现有不少灰喜鹊从树上一下子飞了起来，它们飞起来其实也没什么事，然后就又落下来了。鸟其实有时候也很无聊的，总是那么飞起来落下去然后再飞起来，除了这它们也没什么事可干，再就是它们会到处拉那种白花花的屎，是这样，它们要是晚上落在哪棵树上睡觉，第二天哪棵树的下边保证就都是白花花的屎，鸟其实都是一边睡觉一边拉屎，在天上飞的时候想拉它们也使不上劲，谁也没见过有什么鸟是一边飞一边拉的。动物啊人啊其实也一样，没有边走边拉这回事。

巴建国说，怎么都是些灰喜鹊？看看有没有乌鸦？

巴建国和我都是乌鸦爱好者，我们的共同喜好就是观察乌鸦。有时候我们两个会站在我家的露台上仰着脸一看就是老半天，夏天一般来说是看不到乌鸦的，只有在冬天，乌鸦才会成群成群地出现，一边叫一边飞，早上从东往西飞，晚上从西往东飞。它们也不嫌冷。

喝完酒咱们就回。巴建国把这话又说了一遍，说今晚咱们不能在齐哈那里多待。

我也没说多待。我说。

齐哈昨天在电话里对巴建国说，晚了就别回了，我这里七八间屋子。

巴建国连说不行不行。

咱们好好儿说说话。齐哈说,现在真是难得一聚,都多少年了。

巴建国想不起有多少年没见了,反正不短了。

都十三年了。齐哈在手机里说。

我们都沉默了一下,都不知道该说什么了,我和巴建国都不知道这十三年齐哈去了什么地方,他都做了些什么。十三年可真不能算短。

待一晚上又有什么?我们好好说说话。齐哈在电话里说道。

巴建国就告诉齐哈他家的那只老猫快不行了,已经走不了路了。为了这事巴建国这几天空前伤感。因为那只猫毕竟在他家都十六年了。那只猫的头部和尾部是深巧克力色,身子的颜色接近卡其色,这种颜色的猫真是很牛逼,这你就知道了吧,那是只暹罗猫,而且眼睛是蓝色的。巴建国家是复式结构,也就是上下两层。巴建国和老婆住下边,厨房和客厅当然也在下边,巴建国有时会睡在上边,如果他要熬夜他就会睡在上边。巴建国给猫准备的猫盆就放在楼上的卫生间里,所以那两只猫也习惯了,拉屎撒尿都会到楼上去。

这猫都跟我都十六年了。巴建国很伤感,从昨天开始它就上不了楼了。

这话巴建国已经说过好几遍了。

前几天你还不是给它挂吊瓶了吗?我插了一句。

你根本就不知道,你听我说。巴建国总是喜欢把说过的话一遍遍地重复,这也挺让人烦的,关于那只老猫,他是说了一遍又一遍。巴建国这会儿又把这话重复给了齐哈。说想不到给猫看病比给人看病还要贵。光化验就他妈六百块,输一次液四百块。巴建国对我说本来可以输那种国产的液体,但宠物大夫说还有一种进口的是四百,要比国产的贵二百块。

效果怎么样?巴建国问宠物医生。

进口的当然好啦。宠物医生说。

巴建国就决定给猫输四百块一次的液体。

这家宠物医院所有人都穿着那种相同的护士服，只不过不是白的，而是淡绿的，上边的图案都是猫，各种姿态的猫，这让他们看上去都很年轻，都像孩子，这倒和那些猫猫狗狗很协调。他们除了给猫猫狗狗看病就是待在那里看手机。那些猫猫狗狗说来也怪，它们一来宠物医院就都变老实了，都会乖乖地待在那里接受检查，它们可能也知道自己病了。巴建国陪着那只老猫输了五天液，他坐在那里没事就和宠物医院的那几个人都混熟了。

二百块就行了，输四百块的是不是有点白花钱？我那天对巴建国说。

因为它从来都没病过，也从来都没输过液。巴建国说。

因为老猫的事，所以巴建国在手机里对齐哈说，晚上一定要回，但可以晚一点。

你不知道我有多少话要对你们说。齐哈在手机里长长叹了口气。

它都大小便失禁了。巴建国又说。

我知道巴建国是在说谁，还是在说他那只老猫，这真没劲。

唉，都十三年了。齐哈又在电话里说。

这时前边来车了，过来一辆，又过来两辆，又一连好几辆。

他在开车，待会儿咱们见了说吧。我把巴建国的手机抢过来给挂了。

我把巴建国的手机给抢过来挂了，巴建国就好像有点不高兴，巴建国说你是不是不放心我开车，我的技术你又不是不知道。

十六年的猫，要是人，估计够八九十岁了吧？我觉得我有必要说一句关于猫的话，这有助于缓和我和巴建国的紧张。

什么八九十岁，够一百二十岁。巴建国说这事他问过宠物医生。

我不再说话，不再说猫的事，我朝车窗外看了又看，希望看到乌鸦，天渐渐黑了下来。车开到齐哈院子外边的时候，我和巴建国看到齐哈已经等在了那里。天已经彻底黑了，齐哈旁边还站着一个人，个子好像比齐哈还要高，进了屋才发现是个姑娘，二十多岁的样子，好像在什么地方见过，说来也怪了，只要是女的，我总好像是在什么地方见过，现在的漂亮女人长得几乎都一个样。漂亮女人总是让我犯迷糊。

不会吧？是不是又找了一个？我小声对巴建国说。

我看说不定。巴建国也小声说。不过这个个头也太高了。

我好像在哪儿见过。我又小声对巴建国说。

漂亮姑娘其实都差不多。巴建国说。

我们跟着齐哈进屋，眼看着这个大个子姑娘去了另一间屋。

怎么回事？又找了一个？巴建国小声问齐哈。

一切都过去了，齐哈小声说，一切都过去了。

我和巴建国都不知道齐哈这话什么意思，我俩都看着齐哈。

十三年了。齐哈说。

什么意思？我和巴建国都不知道齐哈是什么意思，什么十三年？

先坐，先喝茶。齐哈说。

我和巴建国知道齐哈肯定有话要对我们说，齐哈换了拖鞋"吧嗒吧嗒"，红拖鞋，他妈的。齐哈去了厨房，他去张罗喝的。就喝红茶吧？齐哈在厨房里问。这时我就又开始抽我刚买的电子烟，这对我来说是件新鲜事。齐哈从厨房出来了，他把煮红茶的电壶放下，鼻子动了一下，又动了一下，说他也要试试。我这才想起我给他买的那支，我打开盒子给他装了一下，然后递给他，我告诉他盒子里是两种口味的烟弹，里边还有一根充电用的数据线。

齐哈吸了一下，又吸了一下，说这没什么味儿，不太像烟。

这个味道算是正常，巴建国说还有一种是精子味的。

你瞎说。巴建国朝那边看了看。

我马上知道巴建国接下来会做什么，他的那个放烟弹的盒子已经被他从口袋里取了出来。巴建国的电子烟是上次出国买的，和国内的不太一样，人们叫巴建国抽的那种电子烟叫"小烟杆儿"，盒子上边的说明都是英文。巴建国把盒子递给齐哈。

齐哈看了一下，我操！还真有这种。

你老土，巴建国说这不算什么，还有一种香水也是精子味儿的。

你加糖不加糖，要不来点儿？齐哈说，又朝那边看了一眼。

我也跟着朝那边看了一下，放低了声音问齐哈，是不是又找了一个，也太年轻了吧？

齐哈又朝那边看了一眼。别瞎说，找什么找，女人没一个好东西。

我也来点儿，巴建国说想不到这种红茶放糖味道还真不错。

我对齐哈说我再要一个杯子，我要对比着喝，一个加糖一个不加糖，或者再来一个加盐的，我就喜欢这么喝。

齐哈站起来，穿着他的红拖鞋，他妈的，真刺眼，红拖鞋。他去了一下，回来的时候一只手拿着两个杯子，另一只手拿着两张照片，好像是照片。齐哈把照片放在沙发前的桌子上，他也没说让我们看，但我想他是准备让我和巴建国看的，我朝那两张照片瞅了一眼。

齐哈说我想给你们讲个故事，都十三年了。

齐哈又侧过脸对我说，你完全可以根据这个故事写个小说。

这时我们都听见了脚步声，我想应该是那个女孩儿，我看了一眼齐哈，其实我不太想听他讲什么故事，我突然觉得我们应该开始吃东西了。

齐哈好像猜到了我在想什么，说牛肉已经拿到旁边的那家餐馆让朋友去做了。

一会儿就好。齐哈说，清了一下嗓子，这是他的毛病，这说明他要开始讲他的故事了。但他的话马上就被巴建国给打断了，因为巴建国站起来去接了一个电话，电话是巴建国老婆打过来的。巴建国老婆说那只老猫可能不行了，你快回来吧。

真不行了？巴建国几乎是大叫了一声，声音都变了。

巴建国的老婆又在手机里说了句什么。

怎么就这么快。巴建国又说。

我家老猫恐怕不行了。接完电话，巴建国一屁股坐下来，对我和齐哈说。

都有这一天。齐哈说，所有的生命无一例外。

十六年了。巴建国说，问题它跟了我有十六年了。好像是，巴建国马上就要哭出来了，这么一来，我和齐哈就不好再说什么。巴建国这人真的有可能哭。

巴建国就把他老婆的话对我们复述了一遍，就这会儿，老猫满嘴都是白沫子。

都是白沫子。巴建国又说。

这就说明它光有出气没有进气了。巴建国又说。

我和齐哈就都不再吭声，我们都能看得出巴建国挺激动的。

也许没事吧，猫的命都很长，猫有九条命。齐哈烟雾腾腾连吸了几口才又说，齐哈说完这话我明白我也应该说句同样安慰的话，但我明白我只要是一说，巴建国也许就会停不下来了，我就不说，看着巴建国，巴建国眼泪汪汪的。

别那么激动，还没死呢。齐哈说。

它跟了我十六年，你不知道这只猫有多乖。

巴建国停不下来了，开始讲述这只老猫给另一只小猫接产的事，这种事对一般人说保准人家不会相信，当然巴建国家的另一只猫我也见过，就是那只圆球样的虎斑猫，这只猫现在几乎就像一个大号的篮球，事实上这只篮球猫是巴建国家那只老猫的老婆。当年是我开着车拉着巴建国去一家宠物店买的这只猫，当时这只猫才五个月。宠物店的那个女人可能正当更年期，我和巴建国也没说什么，我基本不怎么说话，因为有一个巴建国就够了，他也只是不停地问怎么养这种虎斑猫的事。

那开宠物店的女人不知怎么突然就不高兴了，突然来了一句，我的脾气可不是好惹的。

当时我就火了，我火了我有收拾她的办法。我根本就看不上这种女人。

我对巴建国大声说，你挑好了没，你知道不知道我约好炮了，我马上要去透一盘，也许透三下，连着透，一直透到晚上！

那宠物店的女人吃惊不小，马上就老实了，不说什么了，她手里好像正在做什么，谁知道她在做什么，好像结账，手边一大堆票据什么的，但宠物店会有那么多票据吗？我至今都想不明白。

我好长时间都没透了，我太想透了。我又来了一句。

宠物店女人就更不敢说话了。

巴建国就笑了起来，我知道这让他很开心。

其实我当时很想让巴建国再去几家宠物店，但巴建国这家伙鬼迷了心窍就看准了那只篮球猫，当然这只猫是后来才变成篮球猫的，滚圆。关于这只猫的故事其实很简单，紧接着就是这只篮球猫怀孕了，才五个月的小猫，本来不应该让它怀的，应该再让它长长个儿。巴建国说他也想不到家里的那只老猫怎么一见这只小猫就不行了，马上就发情了，叫，追着楼上楼下跑，当然它很快就干成了，而且是干了又干，基本是十分钟来一次，篮球猫的肚子就大了起来。

巴建国继续说他的，他的关于猫接产的话其实我听过不止一次，但可以肯定的一点是齐哈没有听过，因为我们跟齐哈有很长时间没在一起待过了。我的天哪，巴建国说，那天我根本就不知道小母猫会下小猫。但因为觉得小母猫有可能快下小猫了才把放衣服的橘色大塑料篮子放在了一进门鞋柜的后边。当巴建国意识到小母猫在下小猫的时候已经是晚上的事了，其实当时已经有一只小猫生了出来。只不过被压在小母猫身体下。巴建国马上就拉了一把椅子坐在那里看小母猫下小猫，也就是努，小母猫下小猫的样子有点像是在拉屎，一个劲地弯着身子在那里努，到了后来，巴建国说最让他感动的是一直在看老猫在给小母猫接产。小母猫每生一只，老猫就帮它把这只小猫的胎衣马上给吃了，吃得干干净净，还帮着小母猫把刚出生的小猫的身体舔干净。而且，到了后来，照顾小猫的事好像老猫也都包了下来，小猫拉的屎它都会给吃掉，而且还会给小猫用舌头清理屁眼儿，也就是往干净了舔，每一只几乎都会舔到。老猫不但会给小猫清理屁眼儿，而且还会给小母猫清理，追着舔它的屁眼儿。

我看着巴建国，明白他接下来还会说什么。

唉，直到后来那些小猫一只接着一只离开那只小母猫。

但你们并不残酷。我笑了一下，说。

巴建国喝了一口水，是的，我们可没有那么残酷，我们给小母猫留下了一个孩子，巴建国又喝了一口水，就是那只黑猫。我们把它留了下来，让它和小母猫做个伴，其实是我自己一直都希望能养一只黑猫，所以我和我爱人决定把它留下来。

黑猫避邪。巴建国说，真黑，一到黑夜你就会看不到它。

巴建国说话的时候我已经不再抽了，电子烟让我有点口渴，我开始喝我那杯水，我一边喝水一边想我应该说点什么才好，我想我应该打断巴建国，这样一来就可以让齐哈有说话的机会了，但我不知道应该说些什么。这时候送餐的人来了，这是餐馆的人，因为他穿着餐馆服务员才会穿的那种衣服，还戴着挺高的带有许多褶子的那种白帽子。他手里提着两个大塑料袋子，里边是一个一个的塑料食品盒，香气已经散了开来。我闻到了孜然和香菜的味道。

可以吃了，可以吃了。齐哈把桌上的东西拿开，一个很大的银锭形的大漆盒，里边放着齐哈的手串和零零碎碎的小古董。一个洗脸盆那么大的放水果的瓷盆，盆里放着两个干了的佛手，还有那个老大的瓷花瓶，里边的花也早就干了，但很好看。齐哈没动那两张照片，就让它们放在那里。

巴建国还是停不下来，他叹了口气，想不到这么好的一只老猫说不行就不行了。

真香，我对巴建国说，你刚才不是饿了吗？先吃吧。

我都没胃口了。巴建国说。

小楚——齐哈把酒拿过来了，他对着楼上喊了一声。

我和巴建国马上就都吃了一惊。我们当然知道齐哈的儿子才叫小楚。

小楚——齐哈又喊了一声。

我和巴建国都看着齐哈。

那姑娘下来了，但看样子她不准备在下边吃，她好像不怎么爱说话，她也不怎么看我和巴建国，她不知从什么地方拿了一个很大的盘子，太大了，她夹了一块牛扒，取了两三块切成了三角形的那种软饼，可以用这种饼卷牛肉吃，还有一杯粥，还有炒的青菜。她一直不怎么说话，这么一来我和巴建国就不好意思问她什么或盯着她看，我虽然不好盯着她看，但我看她还真是很眼熟。她端着东西又上楼去了，因为楼梯不在一进门这边，而是要拐一个弯，所以我们也看不到她是上了楼还是去了别的房间。我们开始吃饭，我希望吃饭的时候巴建国不再说猫的事，说实在的，我真是听够了。我们应该听听齐哈说什么。比如说说他的第二个妻子，看看她到底是怎么回事。一般人贩子都有许多让人心惊胆战的事，当然到后来这些故事都会让人伤心欲绝地流泪，这种电视节目总是能赚到大量的眼泪。

我们开始吃牛排，每人弄了一份儿放在自己的盘子里，吃牛排的时候巴建国总算是安静了一下。齐哈说咱们每个人先吃一块儿牛排再喝，96度不吃点东西胃可受不了。我把牛排在盘子里先切成一小块一小块儿，我喜欢这种吃法，我还喜欢在上边多搞点粗胡椒粒儿。我问齐哈有没有胡椒锤子，齐哈起了一下身，从壁柜上取了过来。齐哈说他也喜欢这么吃。这时候巴建国已经开始吃，他是切一块儿吃一块儿。我切的时候说了一声，还是五成熟的好，你看有多嫩。巴建国也跟着说了一声，真好。那瓶96度的波兰酒放在桌上最显眼的地方，巴建国把它转了一下，让酒瓶的商标朝着自己。

还真是96度，巴建国说，这酒能一举两得。

什么一举两得？齐哈说。

既可以喝又可以消毒。巴建国说。看样子他想要倒酒，他站了起来。

我来，你们是客人，我来倒。齐哈说，给我。

这时我已经吃光了盘中的牛排，我把手放在腿上，我习惯把餐巾放在腿上，我擦手，又擦了一下嘴，我说，这牛肉真是不一般。其实我的心里还在想着那个姑娘，我觉得齐哈应该喊她过来跟我们一起吃。你怎么不喊她过来一起吃？

小楚吗？齐哈说，声音非常小。

她怎么也叫小楚？我对齐哈说。

巴建国停下了手里的刀叉，他已经又往自己的盘子里弄了一块儿肉，也看着齐哈。

她就是小楚。齐哈说，不过我还没想清该怎么办？

我有点吃惊，我看着齐哈。

他在泰国待了十三年。齐哈小声说，刀子用力一划，盘子"吱"的一声，又一声。

这可真是够让人蒙的，我和巴建国都有点蒙。这是个女孩儿啊。

我不该说，我还没想明白怎么办。齐哈说，"吱"的又一声。

我往自己的盘里夹牛肉的时候，看着齐哈，你是不是不知道自己在说什么？

我也不知道自己该怎么办。齐哈说，我想说，但你们想想看，我能不能说？我怎么办？

我说那得看是怎么回事儿。我看着齐哈，希望他说。

决定了再说，我们喝吧。齐哈端杯的手有点抖，这我注意到了。

你们能来真是太好了，太好了。齐哈说，咱们先干了这杯。

你不说我们怎么能知道你该不该说。我说。

决定了再说，太复杂了，我现在还不能说。齐哈说。

我和巴建国对视了一下，也都把杯里的酒干了。这时上边有脚步声，从这边到那边。我和巴建国都很注意上边的动静。我们不知道齐哈到底发生了什么事。

我给齐哈把酒再次倒上，齐哈又一口干了。

论喝酒我们谁也比不上你们蒙古族。我说。

这你们就知道了吧，齐哈是蒙古族，只不过他从小就到了内地，但他还是能喝，真他妈能喝，我没见过有谁比他能喝。

周丽环真不是人，应该把她毙了。齐哈突然说，用拳头砸了一下桌子。

我看了一眼巴建国，我不知道周丽环是什么人。但我和巴建国马上就明白过来周丽环是什么人了。我们也明白齐哈马上就要开始了，开始讲他的事。但齐哈又停了下来，不说了，他把拳头张开，五指伸展，用力，然后又攥成拳头，又伸开，又攥紧，不是所有的人都能够把手关节攥出声音的。

我看了一眼巴建国，齐哈也许要开始了，开始说他的事。

巴建国捅了一下我，我不知道他是什么意思，我觉得有点儿上头，我把杯子再次倒满，我把桌上的那两张照片拿过来看了看，小一点的照片上边是个男孩儿，应该是小楚。

我一看照片，巴建国就跟上也看。

我指着那张小照片对巴建国说，我觉得照片上应该是小楚，我觉得照片上的小楚应该跟楼上的那个姑娘有什么关联。怎么回事儿？到底是怎么回事儿？这时齐哈又去了厨房，他去取另一瓶酒。我趁此小声对巴建国说，咱们少说点儿，听听齐哈怎么说，他有话想对咱们说，这里边肯定有故事。

巴建国真是个混球，齐哈从厨房提了酒再次坐下，还没等他开口说什么，巴建国的手机就响了，是他老婆打过来的，这次厉害了，我和齐哈都看着巴建国，他几乎是跳了起来，一下就激动了起来，因为他老婆说那只老猫已经没气了。

已经没气了吗？巴建国大叫了一声，站起来。

真没气了吗？巴建国的声音真大，他又坐下来。

巴建国的老婆在电话里好像是说了句什么，好像是说你快回来吧。

我家老猫死了！巴建国这次是对我和齐哈大声说，其实他不必用这么大的声音，我们都已经听到了，问题我们都不是聋子，问题这只不过是一只猫。

我侧过脸盯着巴建国，看他会不会哭。我觉得他会哭。果真他就哭了起来，是抽泣。

死就是把痛苦给结束了。齐哈说，想安慰他一下。

你还要不要再喝？我问巴建国，想提示他不要哭，不就是一只猫吗。

巴建国抽泣着又往自己的盘里夹了一块牛排，牛排有点凉了，他又用胡椒锤子往牛排上拧了不少胡椒粒。我看着他，希望他只管吃他的牛排,希望他不要再说什么,他哭也可以,但只要不说话就行,我真的很想听听齐哈说说齐哈的事。其实我知道齐哈请我和巴建国来也不单单是为了让我们来吃牛排。但是巴建国把事情整个弄砸了,他抽泣着又开始吃,一边吃一边流泪,一边不停地说老猫的事。

你们是不是不想听?说到一半的时候巴建国还问了一声。

想听想听,你说吧。齐哈说。

其实巴建国真的是说出新的内容来了。关于这只猫是怎么从北京带回到家的事。他这个细节以前没跟我说过。他说那次去北京他还带了一个"鸡",晚上他们在一起,他们在一起当然是要做事的,那只老猫当时才三个月大,巴建国和"鸡"做事的时候那只猫不停在叫啊叫啊,是一刻不停,一刻也不停,结果是他和"鸡"都找不到感觉了。

那时安安还小,才三个月。巴建国忽然又开始抽泣。

我这才想起来巴建国的那只老猫名叫"安安"。

齐哈站起身去了厨房,往厨房走的时候齐哈把电视开了一下,"轰"的一声,电视像是要爆炸了,挺吓人的,声音也太亮了,齐哈又返身把电视音量往小调了一下。

我拿起杯子又喝了一口,这时候这个波兰酒喝到嘴里已经让人感觉不到它有96度了。我看了一眼巴建国,我不知道自己应该说点儿什么,但我什么也没说。这时楼上又响起了脚步声。

再接下来就是我也去了厨房。

齐哈靠着冰箱站在那里,脸上毫无表情,只能说毫无表情。

我和齐哈碰了一下,其实他的杯子里已经没酒了。我把我杯里的酒给他倒了一点。

他没什么新鲜事可说,他就这样。我对齐哈说。

就让他说吧。齐哈说。

我也不知道为什么要提小楚的事,我说你怎么把楼上那个姑娘叫小楚？

她就是小楚。齐哈的眼圈儿一下就红了。

怎么会？怎么回事儿？我说。

齐哈蹑手蹑脚，他过去把厨房门关了。

希望小楚别听到，齐哈用手指指上边，事情还没定下来，我还不能对任何人说，我也不知道该怎么说，他在泰国被人动了手术，这你明白了吧，他现在已经不再是男孩儿啦。

齐哈蹲了下来，我跟着也蹲了下来，我把一只手放在齐哈的肩膀上。

让我想不到的是，齐哈突然哭了出来。

怎么回事儿，怎么回事儿，你别哭。我拍拍齐哈。

我自己也不知道这是怎么回事儿了。齐哈说。

他这么一哭，我看得出来他比刚才放松了一点了。

十三年前，小梦就是被周丽环卖到泰国的。齐哈说。

这真让人吃惊，我吃了一惊，真吃了一惊。

周丽环这个贱人！齐哈说，我真想给她几刀。

我看着齐哈，明白自己是吸了口凉气，真是吸了口凉气。

老天保佑，老天保佑……齐哈还想说什么，但他的脸已经被自己的眼泪弄得一塌糊涂。

我和齐哈从厨房里出来，齐哈擦了一把脸，这样就显得好多了，我们重新坐下，想不到巴建国又开始说他老猫的事，他真是喝多了，这一点巴建国真是够让人讨厌的。他又开始说，不停地说明天该怎么埋那只老猫，埋在哪里？埋在院子里的树下还是埋在河边的地里？用不用给老猫洗一下？他问我和齐哈，我和齐哈真不知道该怎么回答他，我们只能面面相觑。

其实是应该洗一下的，再给它把爪子剪一剪。巴建国说。

也许应该这样。我说。

我要像对待人一样对待它,你们不知道,它除了不会说话什么都知道。巴建国再次有点不对头了,声音不对了,再说下去也许又要哭了。

我真是不敢相信。齐哈看着巴建国,看了好一会儿,突然说。

巴建国不知道齐哈要说什么,他看着齐哈。

想不到你的感情还会这么丰富。齐哈说。

巴建国点了点头,真不知他的脑子里在想什么。

这个夜晚真是很不一般,我对齐哈说我不想再吃什么了,一点儿也不想吃了,也吃不进去了。这时要做的事就是叫一个代驾把车开回去,巴建国肯定是不能开车了。

他肯定是不能再开车了。我对齐哈说。

真想不到你的感情还会这么丰富。齐哈又对巴建国重复了一句。

巴建国不再说话了,但也只是静了片刻。

你想什么呢?我对巴建国说。

唉,巴建国叹了口气,我想明天应该把老猫埋在什么地方。

我不敢再说什么,我笑了一下,对着齐哈摇了摇头。

还剩不多了。我摇了摇酒瓶。

还想再来一杯吗?齐哈对巴建国说。

巴建国长叹了一口气,说,十六年了。他把杯子伸给齐哈。

我把酒瓶从齐哈手里一下子夺了过来,我觉得这是我应该做的事,我把瓶盖拧好。

我听见我在笑着说:酒的好处就是可以让一个人的感情丰富起来。

我和巴建国离开齐哈家的时候,那个代驾已经到了,他居然还戴着一个头盔,我们从屋里一出来他就把头盔从头上摘了下来。齐哈出来送我和巴建国,那个姑娘也从楼上下来送我们。我只犹豫了一下,然后,

轻轻抱住了她,我小声对她说:

老天保佑,我以前抱过你,你那时还是一个小男孩儿。

有什么在齐哈的脸上闪闪发光,他凑过来了。

有什么也在小楚脸上闪闪发光,但她什么也没说。

我想了想,我觉得我应该再说句什么,但我确实是不知道该说什么了。

感情怎么还会这么丰富。我听见我在说。

等待父亲

米格和朋友们说好了下雪天要去吃驴肉，结果真下雪了。

米格的家住在六中的西边，其实米格的院子的东墙就是学校的西墙。没事的时候米格可以从南边的窗子看到学生们在上课。冬天天黑得早，学校教室里的灯早早就亮了。每次朝那边看的时候，米格就会想到自己上学的事，米格那年代数只考了8分，天啊，这简直是没人会相信，但米格那年确实是只考了8分。没人知道这件事对米格的打击有多大，那之后米格经常会做有关考试的噩梦，而且每次做梦总是考代数，又总是考不好，每次做这样的梦他都会觉得很累，而且很败兴。他对父亲说过这事，米格的父亲说你不要去想它就好了。并且说，我记得你小时候算术也不比别人差。从小到大，米格的父亲很少关心米格的事，他好像很烦他这个儿子，他的精力好像都放在了搞女人的身上，米格记不住父亲到底有过多少姘头，只记得有一个姘头打上门来，被父亲用手拽着头发不停地往墙上撞，而马上他们就又和好了。

下雪了，雪不是很大，这个季节按说不应该再有雪了，但现在的季节都很乱，不可能发生的事情会经常发生。米格在电话里对彭比说自己要洗一下澡再过去，时间还早呢，估计他们下午才会回来，晚上七点左右吃饭也不算晚。因为米格早上去的那个地方实在是太热了，暖气送得有点过了头，人也太多，那么多的女人在练瑜伽，男的倒没几个，房间里充斥着一种让人看不到却能感觉到的性的气息，时不时米格都担心自己是不是会勃起，这让他多少有点紧张。米格对电话那边的彭比说他现在身上都是臭汗味。米格洗澡的时候听到了飞机飞过的声音，声音可真不小。米格在浴室的喷头下用手顺着自己的胸口往下摸，毛从胸口一直漫延到它该漫延到的地方。米格很羡慕那些身上没毛的人，他在澡堂里看到过，米格准备去搞一瓶那种脱毛剂，据说只要往毛多的地方一抹，用不了十分钟毛就都掉了。这种脱毛剂买来后就一直在卫生间门口的书架上放着，他一直没敢用。米格洗完澡从屋里出去，他站在镜子前看了一会儿自己，他很喜欢看自己的裸体，这不能算是什么错，说实话米格的体型还真不错。他和父亲一起去洗澡，父亲还对他说什么你和我年轻的时候几乎一模一样。父亲这么说话的时候惹得旁边的人不住朝这边看，那时候米格的父亲已经瘦极了，简直就是骨头架子，有点吓人，米格认为这都是父亲当年纵欲的结果。没人会喜欢自己有一个纵欲的父亲。

这是我儿子。父亲那天还对搓澡的师傅这么说。

米格对这种话也很反感，觉得父亲这人其实一点意思都没有。

外边的雪其实消得已经差不多了，这个季节一般来说雪一落在地上差不多就消掉了，所以街道上总是湿漉漉的，只有树上和屋顶上的雪会存在一两天。米格透过北边的窗户可以看到街上的行人不是很多，如果雪全部消掉的话行人也许就会多起来。一只黑猫正举着它的尾巴慢慢慢慢穿过街道往这边走，它一点也不担心会有车出现什么的，它好像什么都不担心，完全是在瞎逛游，这你就可以知道路上的人到底有多少了。米格还知道下雪的时候是鸟们最难过的时候，它们会成批成批地饿死，雪对它们而言就是一场战争。因为下雪，它们什么吃的东西都找不到，它们一般是黑夜从树枝上"啪哒、啪哒、啪哒"掉下来死掉,也就是说它们也许是正做着梦就死了,所以说做梦并不是什么好事,这个梦、那个梦并不是什么好事,人还是要真真实实活着的好。那些鸟在夜间从树枝上掉下来,然后就被流浪猫当了晚餐,这也是人们一般根本看不到死鸟的原因。

米格已经请彭比和他的另外几个好朋友直接去火葬场了,他需要他们的帮忙,这种事,他想了想还是不准备去了,虽然按理说应该和父亲做一次最后的告别。但米格说算了,下一辈子我也不打算再跟他做父子。彭比和他的那些朋友对米格的这种决定好像很吃惊,但也表示理解,他们也没说什么,这毕竟是米格自己的事情,每个人都有每个人的做法,但大家都一致认为这是件伤心的事,正常的情况下一般人都会这么认为,但对米格来说,这不是伤心而是烦心,是一件很让他烦心的事。他明白自己也不是很怕面对火葬场的工人们把那个火化死人的长方形铁盘子从炉子里拉出来给他看,人人都能想得到里边是一个人形,当然肌肉和毛发什么的都不会存在了,人人都知道到这种时候里边只会剩下一具尚未烧尽的骨头渣子或几颗牙齿,一般来说几乎是所有的人都不愿意看到这种玩意儿。所以米格打发彭比和他的朋友们替他去办这件事。米格准备把老爷子的骨灰先存放到自己家的地下室里,然后再处理掉,如果现在就马上处理掉总好像有什么地方不对头,再说要是他的姐姐真要赶回来的话也是个问题。这么一想的时候米格就忍不住笑了一下,想一想姐姐会怎么看那一堆骨头渣子,到时候最好骨头渣子里有几颗烧剩下的牙齿。也许为了这他才决定不马上把父亲的骨灰处理掉,只有这样他认为才能打击一下他的姐姐。但他想这种东西最后总是要处理掉的,总不能把它老放在自己的地下室里,怎么处理父亲的骨灰米格也想好了,也许就把它扬在老爷子最喜欢钓鱼的那个地方。那地方原先是个很大的湖，现在什么都没有了，湖早就被填平了，房地产商在那地方盖了不少从外面看上去可真是漂亮的楼房，这就让米格很为难，但也让米格很开心，米格已经想好了，到时候就把老爷子的骨灰撒到那些楼群里去，到时候即使有人看到也想不到他是在那里撒骨灰，因为米格早就想好了，到时候不会举行任何形式，也不通知谁到场。米格最讨厌形式了，到时候他只需把老爷子的骨灰放在一个布口袋里就行，别人也许会认为他是在给小区的某些植物施某种化肥。米格现在很庆幸自己没结婚，米格根本也不想结婚，米格从来都不缺少性生活，他会变着方法让自己一个高潮接着一个高潮，这谁也不能说他不对。

  上次去养老院，这里必须要说明的一点是，米格的父亲其实可以不去养老院，而他自己非要坚持去就那么去了，因为他有个女朋友也在那里，她和他一样都很老了。但米格还是想父亲这个岁数会不会在养老院里找机会和他的老女朋友来那么一下子。在此之前，父亲本来也可以不去上海，但他非要去，其实米格觉得父亲可真是够蠢的，他只不过是想去吃一碗正宗的上海葱油面而已，然后就坐上飞机去了，然后就正好赶上了疫情，只好在上海待了二十多天。从上海回来，这边又不准许他回家，让他再隔离十四天。虽然米格在防控中心上班，但他也没什么办法可想，他也只能眼看着老爷子去了这边的那个破宾馆，被隔离的人都去那个宾馆，那家宾馆条件说不上好，但收费很高，最要命的是这家宾馆的地板是很过时的那种，像玻璃一样滑极了，你要是趴下身子把脸靠近地板你都可以对着地板刮胡子，这你就知道了吧。老爷子那天晚上出去，其实他就是想去护士那里要一个棉棒，想把耳朵掏掏，不知怎么一下子就滑倒了，他倒在那里一动不动大约待了一个多小时才有人过来问他怎么了。老爷子听到旁边还有个人说可能这个人也不行了，不知道用不用上氧气机。前边问话的那个人马上好像就生了气，大声斥责这个人说现在哪还有氧气机，还有一个是给副市长留着的。然后他们就互相看着什么也不敢再说了,他们都知道自己是说走了嘴。再到后来,他们眼看着米格的爸爸自己在地上把身子稍微侧了一下。米格的父亲当时穿着一件油绿色的皮夹克,这就让他显得比原本的岁数小,米格的父亲总是喜欢穿各种皮衣,米格的父亲有五六件皮衣,他穿皮衣好多年了,所以家里总是有皮衣的那种味道。他对米格说男人穿皮衣的好处就在于不用老是洗衣服,又省水又省洗衣液。结果米格现在跟他父亲一样,也总是喜欢穿各种皮衣,米格有十多件皮衣,但他还总是在淘宝网上看各种皮衣。

米格的父亲倒在地上的时候,旁边那些人还不知道眼前的这个老家伙髋骨骨折了,而且很厉害,而且他是后脑勺先着地,所以第二天米格的父亲就昏迷了。现在想想,可以说米格的父亲是从上海吃那碗葱油面开始就交上了倒霉运。然后,米格的父亲直接就住进了养老院。这倒和米格的想法挺一致,如果回家更麻烦。父亲从出事到前天死亡前后只有半年时间,但还不能算是植物人,他还会一句两句地说话。有时候还会问到他的那个老女朋友,但人家根本就不理他,也没过来看过他,就像是压根不认识他这个人一样。

她不来更好,父亲那天还算清醒,对米格说,一个老女人把脚指甲染得那么红可真让人受不了,最难看的女人就是染脚指甲的老女人。关于这一点,米格也同意父亲的说法,米格也很讨厌把脚指甲染红的老女人,会硬不起来。

"父亲终于死了。"整整两天的时间里,米格总是能听见自己心里在不停地说这句话,这让米格很烦,这让米格觉得自己根本就不是什么好东西,一个人,如果在疾控中心待久了也许就真的会变得很坏很麻木,起码是一看到人就烦,不但是米格,他们许多人都这样,给前来做核酸的人有意把棉棒往人家喉咙深处插,或往人家鼻子眼儿的深处插,好像这么一来他们就有了某种快感,听到对方的尖叫,这种快感就会来得更加强烈些。

米格不想想这些了,尤其是不想让心里再响起"父亲终于死了"这句话。米格对彭比说过,说每个人的心里其实都还有一张嘴,这张嘴会说各种话,只不过这种话只有他自己才能听到,也好在别人听不到。

米格此刻坐下来,他先给自己的脚指甲上涂了点药水,那种小瓶装的日本药水,他把两只脚都涂了涂,然后开始看那本图册,那是本专门讲男士手镯的书,其实是本印得很粗糙的图册,是朋友自费印的那种书。米格马上又把书合上了,米格奇怪自己怎么现在连一点儿都不悲伤,甚至还一下子觉得轻松了许多,真是十分轻松。但那个人毕竟是他的父亲,所以这让他多多少少觉得有点罪恶感,有点儿对不起父亲。他现在是在等朋友们从火葬场回来,但那边来电话告诉他要排队,因为有许多人都在等着进那个炉子,所以,他们非要等到下午才可能回来。米格已经把钥匙给了他的朋友彭比,让他直接把车开到地下车库去,直接把父亲的骨灰盒放到自己家的地下室,那里边有不少酒,可以说除了酒就是酒,他让彭比帮他把父亲的骨灰盒就放到那里边,他不愿看也不愿碰那个东西,一般人都不愿意碰那种雕着花的木头盒子。米格想好了,等他们办完了这事要请他们去吃饭,吃这个城市里最好的烤鸭。再说他自己也好几天没好好吃过一顿饭了。米格和他的朋友们都在疾控中心工作,他们最近的事特别多,主要是检查,给各种人做核酸,这都是让人烦死的事。因为父亲的事,米格才好不容易才跟单位的领导请了两天的假,米格想让自己借此好好儿轻松一下。

米格又看了看自己的手指,想象一下戴上银戒指会是什么样。米格觉得男人戴戒指是不是要比戴镯子好一些,虽然自己一直想的是银镯子。

米格又想到了图册里边的那个银镯子,那个银镯的款式他十分喜欢。他准备从网上买这只银镯，也可以算作是对这个特殊的日子的一种纪念。他很早就想给自己买一只银镯子，因为米格认为男人戴银镯有种特别的味道。他甚至都想好了配什么衣服，当然是黑色的衣服。父亲刚刚去世，他正好穿黑色的衣服。米格有许多件黑色的衣服，但他最中意的是那件黑色带帽子的皮大衣，衣服的后肩那地方有一根莫名其妙的小皮带儿，小皮带儿的末端是个长条形小银片，很好看，这正好和银镯子搭配。

结果是，米格把书翻来翻去并没有买那个银镯，而是兴致勃勃地给自己买了两个镀银的戒指，一个要一百多，另一个才要了三十一块钱。米格是一下子就喜欢上了这两个戒指。他想自己应该把它们戴在右手的食指和中指上。

这时候有人打来了电话，是彭比，他嘻嘻哈哈在电话里说，事情办得差不多了，就只剩下骨头渣子了。彭比这家伙很爱开玩笑，也不分什么场合，但米格对这些一点儿都不在意。

差不多就好，我们也只不过都是些骨头渣子。米格说。

彭比又嘻嘻哈哈问要什么价位的那种盒子。

哪种盒子？这种盒子以后就没什么用了。米格马上说，要便宜的，省下钱咱们喝酒。

米格这么一说，彭比就在电话里停了好一会儿，他好像有点不相信米格会这样对待他的父亲，或者这是他说的话，这是不是有点太对不起死者了？

咱们可以不喝酒。彭比说。

你什么意思？米格说。

最贵的那种才两万多，黄花梨的。彭比小声说。

要便宜的。米格马上又说，没用，再贵也没用。

你说的也是。彭比好像被吓着了，不再说什么。

你决定了吗？彭比把电话已经给了米格的另外一个朋友，让这个朋友再跟米格证实一下，这个朋友在电话里说。

几百块钱的就行了，如果有一百块钱的也可以。米格说。

电话就这么放下了，因为紧接着那边就没一点点声音了。米格想象不出那边是什么情况，也想象不出他的那几个朋友此刻是在烧死人的炉子边上还是在什么地方，如果在炉子边上那味道肯定不怎么好闻，那味道可能与烧烤的味道有点接近。但米格知道父亲现在一定还没有被推进那个烈焰腾腾的炉子，因为等着进那个炉子的人据说今天实在是太多了。米格长这么大只去过一次火葬场，那还是二十多年前的事，记着那个院子里种了不少杨树，那根大烟囱，大家都知道那根大烟囱是怎么回事，大家也都知道从里边冒出的青烟是怎么回事，是一个人又一个人从那里边升到了天空之上，如果只这么想想，人来到这个地方也可以说是种幸福，化作一缕青烟总比埋在地下喂蛆虫幸福得多。

确实是什么盒子都一样。米格对自己说。

其实把骨灰放在榨菜坛子里也不错。米格又在心里说。

不知怎么，米格忽然有些犯困，他想就在屋里溜达溜达，让自己不再犯困。他往起一站，那条很肥的老狗也就跟着马上站了起来，从前天开始，它就已经一声不吭了，这时突然"哼"了一声，可以看出它很悲伤，米格也知道它肯定是已经知道了一切。关于它是怎么知道的，米格就不清楚。从父亲去世那天开始这条老肥狗就不吃一点东西。这让米格想到了不少事情，想到他以前带着这条老肥狗去养老院看望父亲。比如说第二天要去，它不知道怎么头一天就肯定会知道，而且会兴奋得不停打转。米格现在想应该给它找点东西吃，看它会不会吃，米格去了厨房，厨房里弥漫着一股炒菜的味道，楼下不知道哪一家人家又开始做饭了，但这个钟点肯定不会是中午饭，但说它是早上的饭似乎又晚了那么一点。但米格知道这家人很会做菜，他们一年到头总是在下边又烹又炒，各种味道到时会准时窜到米格的屋子里来。米格还是把油烟机开了一下，但从楼下窜上来的味道说实话确实不错。米格用鼻子分析了一下，这家人应该是在烧烤，孜然的味道说不上好闻但很吸引人，米格忽然觉得饿了。

米格给老肥狗找出来两个前几天的包子，把它们放在那个铁盘子里，那盘子是老肥狗的餐具，但老肥狗只闻了闻，可以看出它是没有一点点胃口。要是米格的父亲活着，肯定又会把这条老肥狗一顿臭骂。但米格只用手轻轻拍了拍老肥狗。米格对老肥狗说，他死了，我看你也快了，活着其实没什么意思。说完这话，米格愣了好一会儿。

米格其实只迷糊了一会儿，也许才只有十来分钟，但就在这十来分钟的时间里，米格不明白自己怎么就一下子站在了养老院的院子里，这真是神奇，所以说这可能只是一个短暂的梦。他正准备往里边父亲住的那个屋子走的时候，那个叫小贺的年轻人不知道什么时候也忽然出现了，他对米格说前几天院里给你父亲换了一间屋子，已经不在那边了，你往这边来，这下好了，你父亲天天都可以晒到太阳了。米格这么一听心里很高兴。米格紧跟在小贺的后边，看着小贺穿的那双鞋子干净得出奇。小贺穿了双李宁牌的白运动鞋，白运动鞋上是红鞋带，这可真是够鲜明的。米格还能看到小贺脚上穿的是白袜子，米格对白袜子一直都很有好感。米格就那么跟在小贺的后边。他们的前边还有一个人，就是那个个子很高的瘦管理员，瘦管理员的手里"哗啦哗啦"拿着一大串亮晶晶的钥匙，只有他把那道铁门打开人们才能进到养老院的宿舍里去。他们现在都很怕米格，自从出了上次那件事之后。说起来，其实，也没有什么太大的事，只不过是有天夜里有人把米格的父亲打了两下，是夜里，谁也看不见谁，就有人摸黑在米格父亲的脸上连打了两拳。恰好第二天米格去了养老院,他是去给父亲送茶叶,还有那块修好了的老上海牌子的手表,米格不知道父亲住在养老院里还坚持戴手表是什么意思,时间对他还有什么意义?米格是长这么大第一次看到父亲的脸上挂花,刚开始,米格还以为是父亲自己碰的,比如说上厕所不小心滑倒了。但米格马上明白父亲连地都下不了怎么会去厕所。父亲的脸上其实也不能说是挂花,只是脸上靠近眼窝的地方青了两块儿,用父亲的话说就是"乌眼青",父亲的样子当时差点让米格笑出声,可到了后来米格马上就生起气来。因为父亲那几天口齿还算可以,只要他清醒的时候就可以把话说清楚。米格马上就知道了晚上发生的事情,是有人摸黑往父亲脸上来了那么两下子。米格把这事对彭比说了,米格知道彭比的一个姐姐在纪检委工作,这种事只能让彭比的姐姐来帮忙,这种事对彭比的姐姐来说当然是小菜一碟。彭比的那个姐姐可真是够意思,马上就给民政局打了电话,让民政局局长打电话把养老院的院长臭骂了一顿,并且说还要把视频调出来查一下打人的那个人是谁,而且还要马上派人下去查一下养老院这几年的账目。这可把养老院的院长吓得够呛。

你算是找对人了。小贺后来对米格说那个管理员马上就给换了,快让他滚得远远的。因为他,院长把我都骂臭了。小贺还对米格说那个人其实精神上有点问题,晚上被你父亲吵得睡不着所以就生气了。

我父亲是吵还是打呼噜?米格说。

是打呼噜。小贺说。

连荷尔蒙都没了还打什么呼噜。米格笑着说。

米格就和小贺两个人都笑了起来,说荷尔蒙可是个好东西。

让我们还是说梦吧,在梦里,米格跟在小贺的身后,小贺跟在那个个子很高的瘦管理员的身后。米格问父亲新换的这个病房是不是朝南。

必须朝南。小贺说。

住病房有太阳晒真是好事。米格说。

应该叫宿舍吧？小贺小声说。

米格马上觉得自己又说错了，又把那些老年人住的房子叫成了"病房"，上次他这么说也是被小贺及时纠正了一下。米格后来想想，养老院的那些住人的房子还真是不能叫作病房。

这些老年人很怕别人把他们的宿舍叫病房。小贺小声对米格说，有时候他们就因为有人不小心把他们住的屋子叫了病房而闹事。

米格问小贺他们怎么闹事，都七老八十了，荷尔蒙都没有了。

小贺说他们闹事就是不吃饭，乱摔东西。

把吃的东西扔满地。小贺说。

那怎么办？米格问小贺。

没办法。小贺说所以这地方只能用这种摔不坏的塑料碗和塑料盘子，当然勺子也是塑料的，怎么摔也摔不坏。

你们还能没办法？米格小声对小贺说，到时候不能把他们一个一个都绑在床上？

你怎么知道？小贺用那种目光看着米格。

这不难想象。米格说，人老了就是让人讨厌。

话可不能这么说。小贺马上说。

人老了就什么也没有了，随便你们怎么样都行。米格又说。

小贺不知道该怎么说了，他对此心里更明白。小贺小声告诉米格，院里有许多老年人根本就没人来看他们，一两年都不来一次。

其实也没啥好看，有什么好看。米格听见自己说。

米格的话让小贺觉得很吃惊，他就不再说什么了。但他想了想还是对米格说，你父亲其实一点也不招人讨厌，他很平易近人。

那是在他不清醒的时候吧。米格笑了起来。

小贺就更不知道说什么了，他实在想不出应该说什么话了。

米格其实只迷糊了一会儿，也许顶多就十多分钟，他马上就又醒了过来，这个梦真是奇怪，居然又让自己去了一趟养老院，那个养老院，自己以后不可能再去了。米格发现自己还坐在电脑前的那把椅子上，这就更让他明白自己刚才是做了一个梦。梦这个东西真是奇怪，什么地方都能去。

米格看看时间还早，忽然就想起刚刚上映的一部电影来了，这部电影宣传得够火的，但不知道好看不好看。电影院就在米格家的北边，米格觉得自己还不如先去看个电影再说，看电影是打发时间的最好办法，电影看完彭比他们也许就从火葬场那边回来了。米格看看时间，电影还赶得上，米格马上站起身子，去找他的皮夹克，他准备穿带帽子的那件。米格找衣服的时候那条老肥狗紧跟着他，米格对它说你是不是也想去看电影？老肥狗和米格对视了一会儿，米格就准备带上它一块儿去了，米格把皮套在它的脖子上套好，这条狗可真是太肥了，米格早就对父亲说过要他给这条老肥狗换一个脖套，以免哪天不小心把它给弄窒息。米格把狗脖子上的皮套卡在最前边的那个孔里，老肥狗这时候就开始喘，"呼哧呼哧"，不过它早就已经习惯了。米格也习惯了，连邻居们也都习惯了。

进电影院的时候，米格先带着老肥狗去了一下光线暗淡的卫生间，卫生间刚刚擦过地板，水渍还没太干，米格站在那里"哗啦哗啦"的时候就听见那个三十多岁的清洁工很不客气地对他说：

请你把烟头捡起来。

米格这才看到他旁边的地上有个烟头。但米格没抽烟，所以他就觉得自己没有回答的必要，想不到那个年轻的清洁工站在他身后把刚才的话又重复了一遍：

请你把你的烟头捡起来。

那不是我的烟头。米格觉得自己应该把话清楚。

米格说话的时候那条老肥狗一直抬头看着他。

不是你的那又是谁的？年轻的清洁工看上去像是刚才碰到了什么不高兴的事，所以情绪很不好。实际上是刚刚有人来检查，因为某种原因罚了他的款，这让他很不开心。他说话的时候老肥狗也一直抬头看着他。

我哪能知道是谁的？米格突然也有点火，对这个年轻的清洁工说，你问问它是谁扔的。米格又说了一句，我又不抽这种烟。

烟屁股都一样。年轻的清洁工气性不小。

我的烟就没有烟屁股。米格大声说。

这时候又有人进来了，解开了裤子，看着米格和这个清洁工，他希望他们打起来，看样子有这个可能，他有点尿不出来。

这时候米格把他的电子烟取了出来，并且马上抽了一口。

年轻的清洁工这下子不说话了，转了一下身，到一边去去整理他的画报去了，电影院的卫生间代卖许多刊物，还有报纸，当然主要是画报。现在看这些东西的人好像不多了，但还是有人在等电影开演的时候在这里随便看看，所以那里的不少旧画报已经被翻得很烂了，但还是放在那里。自从有疫情以来，好像是有人提过要把那些被人翻过的旧画报都处理掉，或者都用酒精喷一遍，但那些旧画报现在还放在那里。反正离电影开演还有一会儿，米格不知怎么就又站到了那些报纸和旧画报的前边，也就是说他又站到了那个年轻的清洁工面前。

年轻的清洁工一下子就站了起来，他好像对米格很戒备。

请你别找我的茬。年轻的清洁工说，我刚才弄错了。

米格对他笑了笑，我知道你很烦。

刚才因为是在小便池那边，光线暗，看不太清，现在这边光线好了，可以看出来这个年轻清洁工要比刚才的感觉年轻得多。米格对他说，我说什么你别在意，刚才那个烟头确实不是我扔的，我就不抽那种烟,我只抽电子烟,电子烟除了有时候会漏一点点油,其实很省事。

你这么年轻怎么会在这地方干这种工作?

米格问这个年轻人,米格忽然很想和这个年轻人说说话。

年轻人显得很不开心,笑了一下,说他是替他父亲临时照看一下,他父亲这几天有事。所以,其实,说真的,年轻人好像一下子就不会说话了,年轻人说他真的不喜欢不停地用个拖把去擦别人的尿液,有人总是把尿撒在外边。

米格看见年轻人的手边放了几个三合板做的小圆片,米格过来的时候年轻人正在往上边涂那种叫"哥俩好"的胶。这种胶要事先涂在上边干到一定时候才能粘到什么地方去。味道挺刺鼻的。

老肥狗这时把头猛地摇了一下,它肯定不喜欢这种味道。

米格翻着一本旧杂志,随口问了年轻人一句:

你这是粘什么,我看差不多了,要是干得太厉害就不行了。

年轻人对米格说里边坐便的隔板上又出现了好几个"鸟洞",他要把它粘住。年轻人一说"鸟洞",米格就明白了,哈哈哈哈地笑了起来。电影院的厕所里有"鸟洞"太正常了,电影一旦开演就很少有人关心厕所这边会发生什么事。所以有人就专门喜欢到这种地方来做他们喜欢的事,这种地方比较安全。

你粘也白粘,过两天他们又会把它们弄开。米格说。

其实他们应该去开钟点房。年轻人说。

问题是钟点房还得花钱。米格说。

年轻的清洁工笑了一下,说他要去粘了,胶到时候了。

我看是白粘。米格又说了一句。

你说的对,也许刚粘上就又被弄开了。年轻的清洁工返身进去了,去粘蹲坑与蹲坑之间木壁板上的"鸟洞",那些"鸟洞"大小可以从这边往那边塞进一颗鸡蛋。

电影马上就要开了，米格带着老肥狗往里边走的时候，检票员看了一下老肥狗的嘴套和它屁股后边的那个尿不湿就放行了，这是这家电影院的规定，以免宠物在电影院里又拉又尿。戴上嘴套也能让它们不随便乱叫。

看电影的时候米格变得开心起来，他笑了好几次，每次他发笑的时候老肥狗就会来一阵骚动，但它叫不出声。因为看电影的人不算多，米格旁边的座位都空着，米格就把老肥狗费劲地抱在了椅子上，再到后来，老肥狗把两只前爪子搭在了前排的椅背上。但这样子肯定是让它感到不舒服，它就又从椅子上跳了下来趴在了米格的脚下，它习惯把前边的两个爪子放在米格的鞋子上，以证明它的存在。与此同时，坐在米格前边的那个年轻女人一直在喋喋不休地给另一个老女人讲述正在上演的这个电影的情节，这真是有点煞风景。米格心想这应该是母女二人，讲述电影的应该是姑娘，听她讲述的可能是这个姑娘的母亲，这个做母亲的还时不时地提出些问题，这又接近像是某种讨论，这可更让人心烦了。但从某种意义上讲，这才可以算是真正陪人看电影，她们实际上不是在看电影而是在靠这部电影联系彼此的感情或增加感情。从小到大，米格的父亲从来都没有在看电影的时候给米格讲过电影，米格也没有给父亲讲过。

电影演到一半的时候，彭比突然从火葬场那边打来了电话，马上就轮到了。

什么意思？米格小声问，因为他不能声音太大，这会影响别人看电影。

想不到火葬场这边还有和尚，那帮和尚问要不要在老爷子进炉子前超度一下。彭比说，其实也用不了多长时间。

怎么超度？米格低声说。

在炉子旁边念经呗。彭比说。

不要。米格说，那些和尚又会收不少钱。

他们说一般人都会做这种超度。彭比说。

不要。米格又说。

他们说还可以打折。彭比又说。

那就更不要！米格又重申了一下。彭比那边就没有声音了，不是没有声音，彭比好像是在和那边的什么人在说话。米格心想另外的那几个人肯定就是那些和尚，米格真想不到火葬场里会住着一帮这样的和尚。

真他妈的，什么事都有。米格在心里骂了一句。

没事了，没事了。彭比的声音又在电话里出现了，说很快就轮到咱们了。又说，那几个和尚可是真气坏了。

他们什么都做，应该看看他们口袋里边有没有避孕套。米格这么一说就忍不住笑了起来，这句话真是挺好笑。

你现在在干什么？彭比在电话里问，你真不赶过来吗，现在还来得及。

米格告诉彭比他正在看电影，一部很好笑的电影。

你在看电影？彭比说。

对，我在看电影。米格说。

马上就进炉子了，你就不来见最后一面吗？彭比又说。

我见够了。米格说，我在家里等着他。

彭比那边不再说话，把手机挂了。

我在家里等着他。米格又说。

其实没人听米格这句话，米格只好用手拍了拍老肥狗。

没过一会儿，米格在电影院里又睡着了，这次他睡得很香，醒来的时候他发现那条老肥狗不见了，电影也散了，还有一些等着连看下一场的年轻人，三三两两坐得很分散，虽然人不多，但他们大部分都成双成对，靠着、撂着，或者是把身体往对方的身体里用力拱。

老肥狗不见了。米格在电影院里找了又找，还是不见老肥狗的影子，米格几乎把电影院的角角落落都找了，还是没有，米格想它也许是随着散电影往外走的那些人走出去了，它也许这时候正在外边转着圈子急呢，米格出去了，但外边也没有。米格问了一下那个年轻清洁工，年轻清洁工说也没见，说他一直就在这里从没离开过一会儿。米格甚至又进到了厕所里边，里边只有两个人在那里站着互相看着撒尿，根本就没有老肥狗的影子。米格觉得自己是不是应该沿着回去的路再找找，也许这条该死的老肥狗正在路上晃晃悠悠地走着，而且走走停停还时不时跷起一条腿往什么上边做点记号。米格现在的心思都在老肥狗身上，这条老肥狗在米格上中学的时候就有了。它的消失让米格有点慌。

彭比的手机就在这时候响了起来。

我们回来了。彭比在电话里说那个盒子已放在地下室里了。

放好了？米格说。

还没呢。彭比说。

彭比想问的一个问题是把米格父亲的骨灰盒放在地下室那些架子的什么地方，是放在上边还是放在下边。米格的家里有两间地下室，地下室里都打着齐房顶高的那种货架。里边的架子上都放满了各种杂物，但主要是食物。

放在上边还是放在下边。彭比在电话里问。

放在哪儿都行。米格说，反正我也不会进去。

电话里又没了声音，彭比想不到米格会这样，他心想也许是米格心里太悲伤了，他宁可相信米格是这样。一个人伤心过度时可能就会变得十分反常。

米格不再找那条老肥狗了，一般来说它走到什么地方都丢不了，它认识家，有一次它丢了有一个多月，后来还是晃晃悠悠自己回来了。

米格没有回家，他打电话给彭比，说他直接去饭店了，让他们放好东西马上赶过来。

咱们可得好好儿喝几杯。米格说。

是应该喝几杯。彭比说。

我先过去了，先去点菜。米格说。

米格先去了饭店，他用手拍了拍衣服，因为天上又在下雪了，雪不大。他在饭店门口站了一会儿，雪在饭店门口的灯光里显得特别密集。米格好像是第一回看到雪会是这样。米格奇怪自己怎么会一点都不悲伤，自己怎么会是这样。

可以肯定一点的是，父亲肯定是不会再回来了。米格进了饭店，找到了那个雅间，点菜的时候，米格突然对那个点菜生说：

我父亲死了，今天，不，是昨天，不，好像是前天。

镜子

阿泽发现刘小药比以前胖多了,头发也像是少了许多,刘小药还不到掉头发的时候,但确确实实他的头发比上次见少了许多。阿泽在心里想人也许一胖就会掉头发,阿泽用手抓抓自己的头发,把身子侧了一下,想照照对面的镜子,这个饭店里有不少镜子,鬼才知道饭店老板怎么会在店里安这么多镜子。刘小药这时候已经把他的那条围巾从脖子上取了下来,其实这个季节已经很少有人围围巾了,槐树花都已经开败了。阿泽随口问了一句,你怎么现在还在围围巾?刘小药说,脖子最怕受凉。好像怕阿泽听不清,刘小药举起手比画了一下,指指自己的脖子又说了一句,脖子这地方千万不能受凉。阿泽就笑了起来,把手伸过去拍了拍刘小药的肩膀,你比熊都壮,还怕凉。

喝什么酒?阿泽说。

当然是白酒。刘小药说。

阿泽和刘小药毕竟已经有两年没见面了。阿泽想起了他们上大学在一起游泳的情景,那时候阿泽和刘小药天天早上要在一起游两个小时的泳,游泳的时候刘小药会偷偷从后边袭击一下阿泽。那时候他们游完泳总是喜欢洗凉水澡,他们站在游泳馆的一大排水龙头下,一会儿洗洗水温适宜的,一会儿又会猛地跳到凉水龙头下冲一下,那可真是刺激,那会儿他们可真是充满了活力。在学校读书的时候，阿泽和刘小药是上下铺，到了后来呢，他们说好了，一个月一换，这个月刘小药睡下铺，下个月阿泽睡下铺。

上大四那年，阿泽知道了刘小药的秘密。其实那也不是什么秘密。有一天，阿泽请刘小药出去吃饭，当然他们喝了些酒，而且是白酒，那种酒鬼们都比较喜欢的高度酒。阿泽和刘小药每人都喝了那么三个小扁瓶，也就是每人都喝了六两，然后又上了一捆啤酒，酒店这时候人已经不多了，但还是时不时地有人进来，所以阿泽和刘小药也不急着走，他们就那样喝啊喝啊。喝到最后刘小药突然趴在桌上大哭起来，这让阿泽吓了一跳，因为他没一点点准备。

刘小药趴在桌上大哭。

你怎么了？阿泽说你不应该哭啊，咱们喝得好好儿的。

刘小约还是哭，不停地哭。

我没说错什么吧？阿泽说。

这时候已经都快凌晨一点了，店里已经没有别人，饭店的服务员很客气地对阿泽和刘小药说他们也该收拾一下了，时间不早了，因为他们明天一早还要开门。但刘小药就是不肯走，几乎和服务员吵了起来。阿泽对服务员解释说刘小药喝多了。后来店长也出来了，店长是个中年人，人真的很和气，头上扎着一块很好看的蜡染布，后边打着结，其实是一种帽子。他一边鞠躬一边对刘小药说时间真是不早了，但刘小药真是醉了，说什么都不肯走。也就是在阿泽和饭店服务员把刘小药架起来往外走的时候，刘小药突然从口袋里把什么掏了出来，是个皮夹子，然后阿泽就看了那张照片，刘小药说这天是他母亲去世第十个年头的忌日，所以自己才会这样失态。阿泽看了一下刘小药母亲的照片，照片上刘小药母亲的样子真是吓人，脸已经不是一张脸，脸上布满了烧伤留下的疤痕。后来阿泽才知道是刘小药的父亲把大半瓶硫酸都洒在了刘小药母亲的脸上。这都是好多年以前的事了，这件事对刘小药的刺激实在是太大了。刘小药一直把那张照片放在那个皮夹子里，那个皮夹子可不小，里边还放着一个小圆镜子。刘小药还告诉阿泽，他的母亲在手术后找到了一面镜子，自己看了一下自己，可能那是她最后一次看自己，然后就从医院的二十三层病房的窗口跳了下去。

刘小药告诉阿泽，说他只有这么一张母亲的照片，其他照片都让他那个混蛋父亲给烧了，全部烧了。刘小药还给阿泽看过那面小圆镜子，说他的母亲就在这面小镜子里，永远待在这面小镜子里了。

我那时才上初一。刘小药对阿泽说。

你爸呢？阿泽还是问了。

从里边出来不久就死了。刘小药对阿泽说他的父亲其实早就该死了。

阿泽把手伸过去放在刘小药的手上，阿泽不知道说什么好。

没什么。刘小药说，把阿泽的手抓住，用力抓住。

我不该让你喝这么多。阿泽说。

刘小药这才又对阿泽说美术系的周芬芬喜欢上他了，所以才让他今天的心情这么乱。也就是这天早上，周芬芬用手机发信息给刘小药说马上就要毕业分开了，也不知刘小药是什么意思，也许就要错过了。

是她主动的。刘小药说。

这又不是什么坏事。阿泽说。

这不可能。刘小药说这不可能。

这有什么不可能？这是正常的，去约她，去开房。阿泽说。

婚姻是一场谋杀。我这辈子都不会结婚。刘小药说。

你心里的阴影太大了，这不好。阿泽说。

今天谈这种事本身就是个错误。刘小药说。

问题是人家周芬芬也不知道你母亲的事。阿泽说。

刘小药真是喝多了,刘小药的身子真重,后来阿泽只好把刘小药背在身上。刘小药的出气很重,吹着阿泽的脖子。后来两个人就都摔在了学校的草坪上,就那么在草坪上睡着了。直到太阳升起,有人开始跑步了,塑胶跑道上有许多露水,每有人跑过就"咯吱咯吱"地响,而且还会溅出水来。

我这辈子都不会结婚,也不会喝酒了。刘小药对阿泽说。

那抽烟呢?阿泽问刘小药。那时候,阿泽已经开始吸烟了,每天一包。

烟我也不会抽。刘小药说。

阿泽马上就给刘小药点了一支,笑嘻嘻说近朱者必须赤。

因为是你给我的。刘小药说要是别人的烟我根本就不会接受。

我就喜欢抽烟。阿泽说,不抽就觉得难受。

妈的,烟就是你的命。刘小药说。

后来,像是有两次吧,是刘小药,忽然从口袋里掏出了什么,居然是烟,而且是阿泽经常吸的那种"南京"烟。这让阿泽很吃惊,问刘小药哪来的烟,你又不抽烟。刘小药说是去参加什么聚会,人人都有一盒。刘小药这么说阿泽居然相信了。后来又有一次,刘小药又慢慢从口袋里掏出了什么,又是烟。而且还是阿泽喜欢的那个牌子。再到后来,阿泽就知道是怎么回事了。再就是毕业的时候,那天晚上同学们都喝了不少,几乎闹了一夜,好像人们都没了睡意,学校的草坪上、湖边的椅子上到处都是人。那天晚上刘小药从上铺把什么扔了下来,天都快亮了,阿泽实在是困得要死。醒来后才发现枕头边上是一条烟,是刘小药给他买的。也就是那天,阿泽才知道了刘小药的秘密,才知道了刘小药为什么总是有零花钱的秘密。

你怎么有钱给我买烟?阿泽问刘小药。

我告诉你,你可别对任何人说。阿泽说,嘴里在吃着什么。

阿泽说我保证不会对任何人说。

刘小药就悄悄告诉阿泽他去捐精的事，捐一次会得到五百元的报酬。

阿泽真是吃了一惊，嘴张得老大，看着刘小药。

你说什么？阿泽说。

我都告诉你了。刘小药说我不会再重复第二次。

问题是，阿泽想知道刘小药一共捐了多少次。

记不清。刘小药说他自己也记不清有多少次了。

刘小药其实是不想说，这种事最好不说。

在那一霎间，阿泽像是不认识刘小药了，一直看着刘小药，想象不出他在精子银行里会是个什么样子，躺在那里还是站在那里。怎么回事？阿泽笑了起来。阿泽笑的时候刘小药也跟着笑，有那么点不好意思。

你说，怎么做？阿泽说。

其实很容易。刘小药说。

我可来不了。阿泽说。

你记不记得我们那次去毛团实习。刘小药说。

阿泽想起来了，想起毛团公园里广玉兰树上落下来血饼子似的种子，正好落在阿泽的肩上，那天阿泽穿着一件白衬衫，那可真是狼狈极了。

那次我也捐了。刘小药说。

你是怎么找到那种地方的？阿泽问。

可以打电话询问嘛。刘小药说，这还算什么事？

阿泽还是很想问问细节，做了个手势，多少下才可以？

什么多少下？刘小药说。

那个，还有哪个。阿泽说。

我不知道你说的那个是什么。刘小药说,但实际上他已经明白了。

就这个。阿泽又比画了一下。

刘小药说这没什么意思,不说这好不好,咱们说点别的。

阿泽说,你说这个没意思,那你说什么有意思?

有意思的就是我不结婚,但我有孩子。刘小药的两只眼睛突然亮了一下,看着阿泽,又重复了一下,我虽然不会结婚,但我有很多很多孩子。

这可真是绝门儿。阿泽说。

我不想结婚,但我想我应该有很多孩子。刘小药又重复了一句。

阿泽忽然觉得有些伤感,点一支烟给刘小药,能结婚还是要结。

这个,我快被你教出来了。刘小药举举手里的烟,呛了一下。

如果碰上合适的……阿泽说,他想开导开导刘小药。

那我也不结。刘小药说,我知道在这个世界上有我的孩子就行,我的孩子可能比你们任何人都多。

阿泽想想,说,这倒是,你到处捐。

只要可能我就去捐,不结婚其实没什么,我的孩子遍天下。刘小药说。

你老了怎么办?阿泽说一个人不能总是在父母的阴影里活着。

你信不信,刘小药说,我父亲要是活着我会杀了他,他老了一定会是这种结果,被他儿子杀了,好在他死了。

阿泽不知道自己该说什么了,老半天才说,问题是他已经死了嘛。

他不管我倒也罢了,怎么会把一瓶硫酸都洒到我妈的脸上。

是不应该。阿泽说。

我妈长得很漂亮,那一阵子我父亲总是说她在外边又搞上了。刘小药说。说出事之后他妈在医院里住了整整四个月,但后来还是又出事了,因为镜子,在医院里,有个规定,就是不能给面部烧伤的人照镜子,除非大夫同意,所以想在医院烧伤科找面镜子真还不那么容易。刘小药说那天的情景他永远也不会忘记。那天他去了医院,他从东边的那个大门进来,然后往左手拐,那时候丁香花刚开,空气里都是丁香花的香气,往左拐然后再往西走就是住院楼,太阳从西边照过来真是晃眼,刘小药说他当时什么都没看到,只听到"嘭"的一声,那声音也不算是太响,就像有人从楼上往下扔一个麻袋,紧接着楼上就有人喊叫了起来。刘小药根本就没听到上边喊什么,也没想到跳下楼的那个人会是自己的母亲,直到他进了电梯,上到了二十三层,到了母亲的那间病房,病房里的另一个烧伤病人正被吓得抖作一团,那个病人的脸上都是纱布,身上也是,因为包着白纱布,一般人根本就不会知道那是个女的,而且是个年轻姑娘。

你妈跳楼了。那个包着白纱布的姑娘哆嗦着,像在打摆子。

刘小药往外跑的时候听见那个姑娘尖叫着说,都怪那面镜子,都怪那面镜子。

哪儿来的镜子?刘小药又跑回病房,那面小圆镜子就在窗台上,刘小药把那面小镜子放在了自己的口袋里,那是一面很小的圆镜子,人们平时放在口袋里的那种。

刘小药挤进了电梯,电梯里人可真多,有人提着饭盒,味道很怪,是一种油的味道,或者是什么菜的味道。有人捧着一束鲜花,黄色的康乃馨。有人举着一个吊瓶,吊瓶下边却没有人,还有一个人提着一篮水果,香蕉一根一根地向上戳着。

你年纪轻轻挤什么!有人对刘小药大声说。

我妈跳楼了!刘小药听见了自己的尖叫。

电梯里马上就没人说话了,好一会儿,有人小声说,就不能给烧伤病人看镜子,这个医院是怎么搞的,听说那个病人看到镜子里的自己了。医院出什么事总是传得很快,人们都知道有人刚才跳楼了。

刘小药对阿泽说自己直到现在还总是在做那个噩梦，梦见老妈脸朝下躺在地上，人薄得像一张纸片，周围全是血。后来有警察出现了，有好几个人拉着刘小药不让他过去，那场面实在是太血腥了，但刘小药还是看到了两个警察在用两把铁锹慢慢慢慢把地上纸片样的人铲起来，铲的速度很慢，围观的人不知道是谁猛然呕吐了起来，空气中忽然弥漫出一股很不好闻的韭菜味。直到后来，在学校，那天阿泽去打饭，阿泽打饭总是和刘小药在一起，阿泽忘不了那次学校食堂的主食是韭菜馅儿包子，快到打饭窗口的时候刘小药忽然拔腿就往外跑，跑到外面就"哇哇"吐了起来。

你怎么啦？阿泽也跟着跑出来。

刘小药吐得眼里都是泪。

韭菜。刘小药说。

韭菜怎么了？阿泽说。

我受不了韭菜。刘小药说着又吐了起来。

后来，刘小药才把那天在那种场合闻到了韭菜的味道告诉了阿泽。

所以我一闻韭菜味就不行了。刘小药说。

你受的刺激太大了。阿泽说这是条件反射。

后来，还是刘小药问阿泽，你猜猜是谁给的我妈镜子？

那天他们是在学校的草地上晒太阳，阿泽当然猜不出是谁。阿泽看着刘小药，刘小药看着另一边，有人在那边挖什么东西，已经挖了不少了，好像是在挖什么野菜，刘小药朝那边吐了口唾沫，说，操，给我妈拿镜子的是我爸。

阿泽听见自己叹了口气，不知道自己该怎么说话了。

你说他是个什么男人？他就是想要我妈死。刘小药说。

阿泽拍拍刘小药，咱们不说这个了好不好。

我长这么大只记着他们总是不停地吵架。刘小药说。

人与人的命运不同，有喜欢你的，你还是要结婚。阿泽说。

我不可能结婚，我不想害自己也不想害别人。刘小药用手撑了一下地站了起来，朝那个人走了过去，离那个人不远还有一个人也在挖野菜。刘小药本来想问一声她们挖的那是什么野菜，但刘小药不想问了，只说了一句，草地都是让你们这些人挖坏的，你们比兔子的破坏力都大。

刘小药又朝另外那个人走过去，把这话又重复了一下。

草地都是让你们这些人挖坏的，你们比兔子的破坏力还大！

让阿泽想不到的是刘小药突然就火了起来，突然抬起脚把那个人挖好堆在那里的野菜踢飞，踢得到处都是，挖野菜的也被吓坏了，站起来，什么都不敢说。阿泽从后边抱着刘小药，在那一瞬间，阿泽能感觉出刘小药在颤抖。

走吧走吧。阿泽对刘小药说在这里挖野菜的差不多都是学校里的人，说不定他们就是哪个老师的家属。后来刘小药安静了下来，阿泽把胳膊搭在刘小药的肩上搂着他往草地西边走，草地西边是另一个活动区域。有小孩儿出现了，是学校附属幼儿园的孩子们在做户外游戏，很多小孩儿在那边跑来跑去。

跟你说句话。刘小药小声对阿泽说。

你说。阿泽说。

也许，那些小孩中间的某一个就是我的孩子。刘小药说。

也许吧，这事可还真说不定。阿泽说，也朝那边看，那个阿姨，可真是胖。

我不结婚，但我有孩子。刘小药又说。

阿泽从侧面看了一下刘小药，他觉得刘小药挺可怜。阿泽想抽支烟。

刘小药用手做了几下动作，笑了起来，我的孩子最大的也许都有五六岁了。

最近怎么样？没去捐？阿泽说。

我有一个多月没去了。刘小药说。

阿泽和刘小药有两年多没见了，上次见面还是同学聚会。这次见面，阿泽发现刘小药真是比以前胖多了，头发也像是少了许多，刘小药还不到掉头发的时候，但确确实实他的头发比上次少了许多。阿泽在心里想人也许一胖就会掉头发，阿泽带刘小药去了饭店，在靠窗口的地方选了个座。

咱们都两年多没见了。阿泽对刘小药说。

空调好像没开。刘小药说。

你现在肯定没腹肌了。阿泽说。

以前也没嘛，那不能算是腹肌。刘小药说。

游泳的时候还有嘛。阿泽说。

刘小药说他记不清了，笑着说，也许是排骨吧。

阿泽把服务员喊了过来，点了菜，又问了一下空调开了没。

阿泽想知道刘小药这两年来都有些什么变化，其实阿泽只想知道刘小药是不是有女朋友了。关于他频频出国的事他并不关心。阿泽对出国没什么兴趣。阿泽想，也许刘小药已经改变了主意。比如，看上了哪个姑娘，比如，也许要结婚了。阿泽很想知道这些。但刘小药对这些问题不感兴趣，他在看墙上挂的那些破烂儿，这家小饭店的墙上挂了不少工艺品，而且每个单间的门口都还挂着一个木牌子，每个牌子上都写了一句话，而每一句话大多又与佛教分不开。还有陶罐，大大小小的陶罐，里边插着芦苇什么的，还有那种老木匾，上边也都是好听的老话，"诗书传家"什么的。这些东西都是不知道从什么地方收来的。最重要的是，这个小饭店有自酿啤酒。所以阿泽比较喜欢这个地方。

你跟我说，你跟女人上过床没？喝着啤酒，阿泽问刘小药。

我不要女人。刘小药说。

那毕竟不一样。阿泽说，用手做了一个动作，能一样吗？

你什么意思？刘小药看着阿泽。

我的意思是你可以不结婚但你可以和女人上床。阿泽说。

结婚我肯定不会了。刘小药把话锋一转，说他最近去尼泊尔的事。

那地方不错。刘小药说。

我也想去，但就是没有时间。阿泽说咱们从上大学一直说到现在但就是没一起去成，想不到你单独去了。这么说的时候阿泽的脑海里出现在了蓝天、雪山、佛塔，还有肤色很黑的人群，还有那种看上去多少有点怪的服装，那种比半大大衣短一点的衣服，尼泊尔人总是穿这种衣服，上边的衣服好像不那么薄，但下边却是光着的两条腿，也不知道他们是冷还是热。

那边听说跟西藏差不多，奶茶其实不难喝。阿泽说。

我吃了不少方便面。刘小药说自己到处走，在吃上边从来都不挑，但一般来说就是吃方便面。我几乎什么牌子的方便面都吃过了。刘小药说自己在尼泊尔就是整天吃方便面。原来还以为那种地方不会有方便面，想不到各种牌子的都有，还有"老干妈"。

刘小药这么一说阿泽就笑了起来，想起他们在学校抢着吃"老干妈"，那时候他们吃得可真凶，一瓶"老干妈"两顿就吃光。

"老干妈"。阿泽笑着说。

"老干妈"干煸牛肉丝是一绝。刘小药说。

你现在会做饭菜了？阿泽说，以前你可不会。

我现在做得很好。刘小药对阿泽说。

一个人的饭可不好做。阿泽说，不是做多了就是做少了。

那太简单了，刘小药说要想省事就最好吃饺子，又快，又方便，而且既有肉又有菜,到超市买点肉馅儿,再买那种擀好的饺子皮,从做到吃连四十分钟都不到。刘小药说最近他最爱吃芹菜猪肉馅儿的那种,芹菜最好不要剁得太碎,只要用水一焯,再用一块布把水挤去就行。把弄好的芹菜和肉馅儿拌一拌,最好不要放别的调料,只放一点好酱油就行。

茴香馅儿的也不错。阿泽说,看着刘小药。

从做到吃也就四十多分钟。刘小药又说。

我是最爱吃韭菜鸡蛋馅儿的那种。阿泽说,但阿泽马上想起刘小药是不吃韭菜的,阿泽说对不起我把这事忘了,你不吃韭菜。

接下来,刘小药就又说到了尼泊尔的事,说想不到他们那里也会接受捐那个。说话的时候刘小药的脸上几乎要放出光来,我虽然不结婚但我的孩子比你们谁的都多,连尼泊尔那边都有了。

刘小药把手放进了口袋取什么。是烟,他把烟取出来了。

你现在抽烟了?阿泽感到了小小的意外。

阿泽觉得刘小药的那个烟盒有点怪,怎么外边缠着一层胶带纸。

我生存的意义你知道吗?刘小药说。

阿泽不知道刘小药的话是什么意思,看着刘小药。

他妈的,你别笑,我的生存现在具有国际意义。刘小药笑着说,我的孩子连国外都有了。刘小药看了看那个烟盒,里边只有一根烟了,刘小药就又从口袋里掏,这回又掏出了一盒烟。阿泽一下子就看出那盒烟是什么牌子,是"南京"牌。刘小药把烟盒拆开,一般人拆烟盒只需拆一个小口就行,刘小药却把烟盒都拆了开来,阿泽看着刘小药把盒里的烟都倒了出来,然后再一支一支把烟放在刚才掏出来的那个旧烟盒里去,那个旧烟盒上缠着透明胶带纸。

刘小药总算是把烟都放到了那个旧烟盒里去了。

你这是干什么?阿泽说。

不干什么。刘小药说。

倒腾来倒腾去。阿泽说。

牌子一样。刘小药说。

你捐的跨国了,国际需要你。阿泽笑着说,开了一句玩笑。

管他需要不需要,反正我要去捐。刘小药说。

不可能吧?阿泽说,只是为了去捐一下?

刘小药却突然说起尼泊尔的那种羊毛套头衫了,说尼泊尔的那种羊毛可真好,又细又暖和,再冷的天气只要穿上尼泊尔的那种羊毛套头衫都不会觉得冷。

我给你带回来一件,下次我带给你。刘小药说。

谁知道你下次会在什么地方,你现在是国际播种机。阿泽说。

阿泽这么一说,刘小药就笑了起来,这就是不结婚的好,没负担。

播种机。阿泽拍了一下刘小药。

合理化的播种机。刘小药也笑。

老播!阿泽说我以后就叫你老播。

我希望有人给我拍个纪录片,那才有意思。刘小药说。

你下次准备去什么地方?阿泽问刘小药。

如果可能的话我去日本。刘小药说美国和英国那种国家可能不会接受一个黄种人的捐赠。到时候会出现一大批混血儿,乱套了。

阿泽接过刘小药递给他的一支烟,叹了口气,不管怎么说,还是结婚好。

老也不见面,咱们不说这。刘小药说。

想不到你现在也抽烟了。阿泽说。

还不是你教的。刘小药吸了一口,看看手里的烟,然后站起来,是去卫生间。阿泽看着刘小药往那边走,往右边一拐。阿泽把杯里的啤酒干了,便又给自己倒了一杯,再给刘小药那个杯里续满。阿泽又夹了一个干炸丸子放在了嘴里,干炸丸子味道很好。这个小饭店的菜式都还说得过去,但这家小饭店最好的地方是允许人们抽烟。一般来说,喝了酒嘴会很干,但一抽烟,嘴马上就不干了,这很怪。

阿泽把刘小药放在桌上的那盒烟拿了过来,又取出一支,但他忽然愣住了,那个烟盒,被胶带纸缠了一层,原来是个旧烟盒,烟盒上居然还写有一行字。阿泽把它拿起来看,是,一下子就想起来了,上边的字是自己写的,那是两年前的事,他和刘小药分开,也喝了酒,刘小药那天喝得有点多,刘小药去厕所的时候阿泽就用笔在他的烟盒上写了这么一行字:"干吧,天下好女人很多,有合适的就干,干完就成家!"阿泽看看手里的烟盒,再朝那边看看,忽然笑了起来,心里突然又很感动,都两年了,这个烟盒居然一直被刘小药带在身边,还在上边缠了一层胶带纸。阿泽朝那边看着,刘小药还没从卫生间里出来,卫生间紧挨着柜台,有人在那边不知结账还是在买酒,又有一个人过去了,柜台的左边是一个红色的冷藏柜,柜里放着许多饮料和啤酒,紧靠着冷藏柜是收款机。

这时候刘小药从卫生间里出来了,他一从卫生间里出来就去了柜台那边,阿泽知道他要做什么,马上就站起来走了过去。

你不能结,我来。阿泽把钱一把又塞回到刘小药的裤袋里。

结我的,为什么我不能结?刘小药对收款的说。

不许收他的钱。阿泽对收款的服务员说。

收款的服务员倒是很幽默,她对阿泽和刘小药慢条斯理地说,要不我收你们双份儿好不好,你们下次来就不用再结了。

这倒是个好主意,但谁知道过几天他在哪里,也许去日本了。阿泽笑了一下,看着刘小药。

播种到日本。刘小药也笑了起来。

老播!老播!老播!阿泽笑着,拍拍刘小药。

阿泽又要了一瓶啤酒，他和刘小药又回到了刚才的座位上。

来，再来一下。阿泽对刘小药说，碰了一下。

下次喝还不知道是什么时候。刘小药说除了日本自己还想去泰国，今年一定要去泰国。说这话的时候他们又碰了一下，这是最后一杯，时间不早了，已经是下午三点半多了。

从小饭店出来的时候阿泽把那个写了字的烟盒放在了自己的口袋里。

真想不到，真想不到，你还留着它。阿泽说。

刘小药没说话，其实什么也不必说。

这时候倒是阿泽话多了起来。

下次再见面时我会把它还给你。阿泽又拍拍口袋，太有纪念意义了。

你认出你的字来了？你居然也没忘掉。刘小药说。

唉，真他妈快……阿泽说，突然有些伤感。

从小饭店出来，他们径直去了宾馆，他们准备先好好睡一觉，晚上呢，晚上去做什么？这连他们自己都没想好。刘小药一上床就睡着了，他喝得有点多，睡觉的时候他翻了一个身，有什么从他的裤子口袋里掉了出来，掉在了地上，是一串钥匙，还有几个硬币，还有亮亮的一个圆形的东西，是那面小镜子……

护工牛秋丽

怎么说呢，植物人躺在那里已经够两年了，出事的时候人人都不知道究竟发生了什么事。比如说，是心脏病还是脑血管？人怎么一下子就倒在了出租车里？那个出租车师傅人真是好，马上就把他送到了医院。经过了好长时间的抢救，人就是这样了，躺在那里，没一点知觉，就像是一块木头一动不动。这一过就是两年，两年的时间里，植物人有时候手指会轻微地动一下，守候在一边的妻子便兴奋得了不得。生命只有在快要消失的时候才会显出它的珍贵，所有的亲人和朋友都知道他也许马上就会永远离开，但生命又是十分顽强的，植物人居然在没有一点点知觉的情况下挺过来了，一年，又是一年。两年过去了，他的妻子天天往医院跑，一天三趟，风里雨里，人是越来越瘦，头发忽然全白了，也枯了。但她总还是往好处想，只要有一点点动静她就觉得植物人马上就要醒了，要坐起来了，要下地了，要坐在餐桌边了，要开始吃饭了，但随之又是失望。护工牛秋丽把植物人护理得那么好，植物人的皮肤原来是粗糙的，比如那双脚，上边原来都是老皮，但现在老皮一点都没有了，一双脚就像是小孩儿的脚，那么干净，那么柔软，这连护士都有点吃惊，这是怎么回事？人已经植物了，但他的身体却在一天一天地年轻态起来。有经验的大夫这时说话了，说这都是护理得好。

就这个护工牛秋丽,是乡下人,随着男人到城里来打工,孩子和家都留给了婆婆,婆婆可真是够辛苦的,所以后来婆婆得了重病需要钱,牛秋丽的男人回家去照顾母亲,而牛秋丽却一个人留在城里当起了护工。护工虽然挣得多,但是一般人还是不愿意干这份工作,是又脏又累,是一刻不离,是病人的吃喝拉撒都要经过她的手来料理,护工真是个苦差事,而这苦差事还得通过护工公司介绍才能找到,还要事先培训,并不是所有的人一上手就能当护工,跑医院当护工的都是照顾那些重症病人,不能动了,或者是就要死的,总之,家里人是实在再没办法照顾病人了,才会请护工,护工的工资是一天二百,十天就是两千,一个月就是六千,一般人是请不起的,请护工的人家一般也都知道病人活不了几天了,再多花几个也就无所谓了,再说也花不了多少日子。但是,牛秋丽护理的这个植物人现在可以说是"生长茂盛",只是不会说话、不会动、不会睁眼睛,但他的身体却好像是越来越好。而且,还胖了,这就让植物人的妻子更束手无策,因为植物人的妻子岁数也不小了,孩子又不在身边,而是生活在另一个城市,所以只好请牛秋丽待下来,因为这种病人不能住在家里,就像某些植物必须生长在特定的盆子里,而他们是必须待在医院,所以,更苦的是护工,病房呢,是三张床,每张床上都躺着半死不活的病人,中间用一个布帘隔开。护工是一天到晚总要待在病房里,累了,坐在那里马上就睡着了,而牛秋丽几乎是一年四季都没脱过衣服睡觉。因为是全护,她整天都要待在病房里,按照规定她一个月有五天的休息,但植物人的妻子身体实在是太差,所以,又多加了一千块钱,那五天也要她来护理了。这样一来呢,牛秋丽就是没有一天休息,是一天二十四个小时都要待在病人的身旁。这样一来呢,牛秋丽的收入就更可观了,在这个小城里,一个月能拿到七千块钱的人几乎没有,这样一来呢,植物人的妻子在经济上就更紧张了,她和她的爱人原来都在同一个科研所工作,他们退休已经好几年了,苦苦熬到退休他们老两口的工资加起来才八千多。除去给牛秋丽的护工工资就只剩下一千多，还要给病人吃饭，还要自己吃饭，还要交电钱水费物业费，日子可真是苦不堪言，但植物人的爱人都忍了，她希望她的爱人有朝一日会忽然醒来，会忽然不再是植物人，会坐起来，会跟她说话。但几乎是所有的人都向她传递了一个信息，那就是不太可能。每当她彻底绝望时，植物人又会有细微的变化让她惊喜，而这惊喜是她一个人的。植物人的手指动了一动，脚趾动了一动，对她来说都几近惊天动地，而那天，植物人的眼睛竟然慢慢慢慢睁了一下，那目光是深不可测、看不见底，不知植物人看到了什么，或什么也没看到，总之，这给了他的妻子巨大的惊喜。这整整一天，植物人的妻子逢人就说这件事。她还把电话打到另一个城市的孩子那边去，把这个喜讯告诉他们。然后再把电话打到四面八方去，告诉几乎是所有的熟人和朋友。

"睁开眼了，睁开眼了。"

忽然一天，她更惊喜了，打电话给孩子：

"那天右手也动了，手心原来朝下，后来手心就朝上了。"

当然，几乎是所有的亲戚和朋友当然都希望植物人会醒过来，大家都说，这个世界上什么奇迹都可能发生。他们只能这么说，他们还能怎么说？但就是这样的话，给了植物人的妻子莫大的安慰和信心。她那天对护工牛秋丽说这话的时候，牛秋丽一下一下把她的手攥紧了，眼睛却看着别处，牛秋丽不敢看植物人妻子的那双眼。牛秋丽也不说一句话，她现在也很矛盾，她既希望拿到一个月七千块钱的工资，又希望植物人马上死掉。只有她知道植物人的妻子有多苦，牛秋丽也知道，如果一拔掉那根插在植物人鼻子里的管子，一切就都结束了，植物人就不再痛苦，活人也不再痛苦。牛秋丽叫植物人的妻子叫赵老师，怎么会就叫赵老师呢？植物人的妻子从来都没当过老师，但牛秋丽一这么叫别人也跟上叫了。那么，就叫她赵老师吧。赵老师呢，管牛秋丽叫"二盆儿"，这倒没错，因为牛秋丽的小名就叫二盆儿，她姐姐叫大盆儿，她弟弟却没叫三盆儿，叫了金盆儿。牛秋丽是上边一个姐下边一个弟，三个盆儿，用牛秋丽妈的话说是两个瓦盆一个金盆儿。牛秋丽对她妈的这话没什么意见，她早听熟了。但牛秋丽的男人白刚强却有意见，家里遇上出钱出力的事时他就会嘟嘟囔囔说："你在你妈的心里只是个瓦盆儿，所以这钱咱们不能出，让金盆儿出去。""这事让金盆儿做去，你是瓦盆儿小心别碰坏了。"但现在白刚强也不这么说了。他只觉得自己女人太苦，该休息休息，自从回家伺候自己的老娘，白刚强就更不说那话了。"你别累着就行。"白刚强总是说这一句话，他从来都不敢问牛秋丽是怎么睡觉怎么吃饭，他不敢问，他知道牛秋丽必须一天到晚待在病房里，一天十多次，浑身是汗地给植物人翻身，一会儿朝左边翻，一会儿朝右边翻，每翻一次身还要给病人把身子擦拭擦拭，植物人虽然植物了，但还是会出汗，如果不勤着擦，也许就要长褥疮了。褥疮可不是什么好东西，会一烂一个大洞，而且是里边大外边小，而且还不好长住会越烂越大。赵老师在的时候会过来帮她一把手，帮她给植物人翻身。牛秋丽给植物人擦身子已经是个程序，一只手抬起植物人的胳膊，把热毛巾从植物人的手上一路往下擦，顺着擦，毛巾擦到病人的胳肢窝时会顺势一拧，也就是把手转一下，胳肢窝就擦到了，是朝左拧一下，再朝右拧一下。这条胳膊擦拭完了就是翻身，当然在翻身之前要先把这半个身子都擦到，是从上到下，擦下身的时候会顺着大腿外侧先擦下去，顺着把脚也就给擦了，然后一手把植物人的腿抬起架在自己的肩膀上另一只手擦植物人腿的内侧，是顺着擦上来，一直擦到大腿根，这样一来呢，就擦到私处了，植物人不会动，到了夏天，私处的汗就更多，是，必须要擦到，是，必须还要擦干净，如果擦不干净这地方也许会烂掉。牛秋丽是中年妇女，植物人是个大男人，但此刻植物人也像是已经没了性别，他的身体的每一个部分在牛秋丽的眼里不过是一个树枝，一个树瘤，一个树洞,一个树桩。细树枝、粗树枝、直树枝、弯树枝,但这些树枝只是树枝,没有叶片也没有藤蔓,怎么说呢,也没有生命,是死树。牛秋丽面对这株横陈在病床上的植物,有时候真想让它动起来,那一次,当然旁边没有人,她给植物人剪指甲的时候有意往深了剪了一点,牛秋丽看着一丝血从指甲缝里渗了出来马上变成了一滴,要是一般人会大叫起来,所谓十指连心,但植物就是植物,没一点点痛感,也没一点点动静,就像你在路边把一棵树上的树枝折了下去,那棵树是没任何动静的。但树与植物人这种假植物相比,植物还会开花结果,风来了的时候树还会哗啦哗啦喊叫。而植物人是没一点点动静。虽没一点点动静,但植物人要比有动静会不停动的人还要累人,因为植物人不会配合,是死沉死沉。牛秋丽有时候会静静看着他,心里却可怜赵老师。而谁来可怜牛秋丽呢?她觉得自己也已经变成了某种植物,也已经扎在了这个病房。一天二十四个小时,吃饭的时候她会出去一下,早饭,十多分钟,吃个饼子或喝一碗豆腐脑,是匆匆去匆匆回,只怕植物人会出什么事,但能出什么事呢?他永远就是那样了,但牛秋丽还是不放心。中午的时候,赵老师来送饭,植物人每天的三顿饭就是一袋子糊糊样的东西,要用一个针管打到植物人通过鼻孔插入胃的那根管子里,这就是吃饭。因为赵老师在,牛秋丽的时间就会多一点,她会出去到医院门口的流动餐车那边吃一碗面条,再加一颗鸡蛋和一根长条的豆腐干,这就够了,她本来可以加一个菜,炒青菜或者是炒山药丝,或者就来个麻婆豆腐,她最喜欢吃这个菜了,但她不舍得。吃着东西,她有时候心里会特别的难过,她想孩子了,她的两个孩子,一个上了六年级,一个才上二年级,上六年级的是个男孩儿,胖胖的,他下边,是个妹妹。牛秋丽在心里特别觉得自己对不起孩子。一年三百六十五天,也只有过年的时候才能回去五天,这五天,是那么短暂,几乎是什么都不能做,在这五天里,她就不知道该给两个孩子吃什么好。好了,那她就坐在那里给孩子嗑瓜子。孩子们已经睡了,她一边和白刚强说话一边嗑,她不但自己嗑,也让白刚强跟上嗑。把瓜子嗑了,皮剥了,瓜子仁放在一个碗里,她已经嗑了有一碗了,有两碗了,有三碗了,但她还在嗑。好像不这么做心里就更难受了。五天,因为时间是多么的短暂,她都不想睡,把家里能做的活儿都做了,黑夜还在做,只要她一回来,那个地就擦个没完。孩子的脚天天都是她洗,然后是剪指甲,一回来就剪一次,临走的时候必须再剪一次,但两个孩子的手指甲和脚指甲都还没长长呢,那也要剪。这五天,牛秋丽就简直是不把自己当人了。她天天晚上还必须让白刚强把那事也做了,但那事好像已经与她无关了,只是与她的爱人白刚强一个人有关,她感觉自己就像是饭店里的服务员,把饭菜不停地端上来让白刚强吃,而她自己是一口也不吃,一点感觉都没有。她知道自己是太累了,也许都已经累出毛病了。什么感觉都已经没了,又总是睡不着,闭上眼睡不着,而睁开眼却马上又困了。她回来五天,还要做的一件事就是给白刚强擦拭身子,她要自己这么做,就像是给植物人擦身子那样按着程序来。起因是那天,孩子们都睡了,她和白刚强也要睡了。

好家伙。白刚强忽然很吃惊地看着牛秋丽。

怎么啦?牛秋丽也看着白刚强。

真是苦了你了。白刚强说,想想也让人吃惊,你说你一年挣多少?你一年挣八万四!

牛秋丽不知道说什么了,想想,对白刚强说,我是既怕他死,又想让他死。这个死字说得很重。

白刚强说你说谁?你想让谁死又怕他死?

牛秋丽说,还能有谁,植物人。

白刚强说,人的寿命都是天定的,谁知道呢,好死不如赖活着,活着吧,不是他,咱们能一年进八万四吗?

他还是死了好,他留那一口气做什么,一下子咽了,自己省事,赵老师也就不可怜了。牛秋丽说植物人要是不死赵老师也迟早会给累死，但牛秋丽突然又不说话了，老半天才又说，和赵老师比我还是幸福。

你要是实在太累了你说话我去替替你。白刚强对牛秋丽说。

你根本就做不来。牛秋丽说，问题是你不会。

你教我我就会了呗，那有什么难？白刚强说。

你躺着。牛秋丽忽然来了兴致，再说也晚了，也不会来人了，两个孩子也睡了。牛秋丽说我就给你比画比画。怎么比画呢？牛秋丽让白刚强把衣服都脱了，然后平平躺下。白刚强忽然小声笑了起来，两手捂着那地方，说这光溜溜的像什么？我都有点怕了。

牛秋丽已经把孩子睡觉的那间屋子的门轻轻关了，然后她给白刚强比画起来。牛秋丽对白刚强说你别动，就当你是植物人，你要是动了或者是配合了就不当真了。牛秋丽已经接了一盆水，兑了一下，是既不烫也不凉，她把毛巾先湿了，然后就比画起来，她先给白刚强把脸擦了，顺下来是脖子。白刚强说："好痒。"牛秋丽说："植物人是不会说话的，你别说话。"然后是，牛秋丽把白刚强的一条胳膊抬起来了，手里的毛巾是顺着手擦下去，从膀子那地方擦下去，再从白刚强的手往上擦回来，这么一来就要擦到胳肢窝了，白刚强就猛地低声笑起来，"嘻嘻嘻嘻，嘻嘻嘻嘻"，孩子们已经睡了，他怕把孩子们笑醒。牛秋丽说："笑什么笑？你就当你是植物人。"然后，牛秋丽手里的毛巾再顺着白刚强的上身往下擦，大腿小腿一直到脚，然后呢，再从脚往上再往上，在擦腿的内侧了，小腿过去，顺上来便是大腿，白刚强的脚已被架在牛秋丽的膀子上，这样牛秋丽会省点劲，要不是这样，一条腿的重量可不是你想的那么轻。牛秋丽手里的毛巾顺着腿往上再往上，一擦两擦，马上就擦到那地方了，白刚强想笑，但突然笑不出声。牛秋丽的毛巾已经擦到私处了，白刚强忽然把脚从牛秋丽的肩上一收坐起来。

"给他也这样？"白刚强说。

"是啊。"牛秋丽说。

"你连他这地方也擦过?"白刚强说。

"他是个植物,他懂什么?"牛秋丽说。

"唉——"白刚强突然把牛秋丽抱住了,这时候外面远远近近响着鞭炮声。牛秋丽推推白刚强,突然说话了,她对白刚强说:"你说我给植物人擦身子的时候我想啥?"白刚强看着牛秋丽,当然想不出她会想啥,这可是太难猜了。牛秋丽就对白刚强说:"我就想,这地方是我家里的桌面,我就使劲擦,我就想,这地方是我家里的灶台,我就使劲擦,我想这地方是我家里的香皂盒子,我就使劲擦,我想这地方是我家里的筷子,这是碗,这是花瓶,这是电视机,我就擦啊擦,心里就不别扭了。"牛秋丽这么说的时候白刚强就把她抱得更紧了。牛秋丽继续说她的,牛秋丽说:"擦他的背,擦他的肚子擦他的手我都会想,但一擦他的脚我就不会想了。"白刚强叫了一声盆儿,说:"那你就什么都别想。"牛秋丽说:"不想就不会擦了,我就想那就是你的脚,我只要这么一想就什么都不嫌了,就会把脚趾头缝都给他擦干净了。"白刚强又低低叫了一声,"盆儿",然后说,"咱们不去了,不挣这个钱了,你回家好好睡觉,想做什么就做做,不想做就什么也别做,咱们不去了。"牛秋丽好半没说话,看着白刚强,隔了好一会儿才说出一句话,白刚强就把她抱得更紧了。牛秋丽说:"其实我把植物人当作家里的这当作家里的那我就不苦了,再说,要是我不去,赵老师就更苦了,赵老师那人不错。"牛秋丽叹了口气,说,"人要死就一下子死,千万可不能变成植物人!"

"他想死呢,到了这时候想死他自己也动不了手了。"白刚强说。

"其实只要一拔那管子,什么事都没了。"牛秋丽又说。

"你说的真吓人。"白刚强说。

"我要是那样了你可千万别管我,你让我死,你不帮我,我不会怨你。"牛秋丽说。

"我要是管了呢？"白刚强说。

"我就咬你。"牛秋丽说，"就这么咬你。"

"盆儿，盆儿。"白刚强躲着，左躲右躲，不躲了，一下子又把牛秋丽给紧紧抱住，"我的盆儿，你才是我真正的金盆儿。"

盆儿是不会说话的，但牛秋丽这个盆儿突然说了话，牛秋丽把脸贴在白刚强的胸上对白刚强说："你不知道赵老师有多苦，你看她吃的什么，穿的又是什么，好一点儿的衣服都拿去卖了，咱们没钱，要是咱们有钱我就不收她的钱了。"牛秋丽又对白刚强说："我宁愿白帮助她一分钱都不要。"牛秋丽的声音更低了，又说："我宁愿植物人赶快死，因为大夫也说了，他不可能再醒过来，我宁愿他死——"这个死说得很重拉得很长。白刚强不说话了。

牛秋丽过完年了，其实她的身子虽然在家里，可心呢，又都在医院那边，这让她心烦意乱，她在想，植物人现在怎么样了？赵老师会不会累病了？会不会两只手又抖得拿不住东西？牛秋丽要回去了，她给赵老师带了些他们这儿的特产，那可不是一点，是一大包，是煎饼，是腌香椿，腌香椿是牛秋丽他们这地方的特产，装在一个又一个密封的塑料袋子里，吃的时候取出来用水泡泡就行，味道可好了，炒鸡蛋、拌豆腐都好，什么都不炒切得碎碎的就饭也好。牛秋丽还给赵老师带了一块驴肉，他们这地方的驴肉特别出名，特别的香。临走的时候，牛秋丽对白刚强说："我真希望这回回去植物人就没了那口气，不挣那个钱也不能看着赵老师那么苦。"白刚强忽然又想起了什么，让牛秋丽等等，他那天给牛秋丽买了一包花生蘸，那种切成一长条一长条的花生蘸，牛秋丽特别喜欢吃这种糖，从小就喜欢。

"他还是活着吧，他活着咱们就有一年八万四的钱好挣。"白刚强说，"这可不是个小数字。"

赵老师支撑不住了，过了年她就病了，她这个病就是忽然走不动路了，关节痛得上不了楼，但她还必须得上，一手扶着腰，一手扶着楼梯，是上上歇歇，上上歇歇，直把自己疼得满头大汗。这都是过春节这五天牛秋丽不在的时候给累的，说来时间也不算长，才五天，但她是病人，身子从内里讲早已经给累垮了，只是她强撑着，让自己不要倒下。这五天真是漫长。虽然她的儿子和媳妇因为过年都赶回来了，但赵老师的儿媳妇还要照看那两个孩子，也够她忙的，为了帮助婆婆，有时候赵老师的儿媳妇带着两个孩子就直接跑到医院里来了，但赵老师的儿媳妇说实话也帮不上赵老师，她是儿媳妇，躺在那里的植物人是她的公公，是一丝不挂，是浑身赤裸。赵老师也不让她帮，总是把她推开，说我一个人能行、我一个人能行，她装着没一点事，她现在也学会了像牛秋丽那样给植物人擦身子，程序是一点都不乱，但她没牛秋丽那样的岁数和身体，她毕竟老了，而且有病，主要是身体太虚弱，她应该好好休息，应该好好吃点东西，但她不能不把时间都给了植物人，她没法休息，她也不能吃什么有营养的东西，那需要钱，她把这些都给了植物人。而且，因为过年，她又从仅有的生活费里给孙子和孙女挤出两千块钱，毕竟是过年，压岁钱还是要给的。虽然儿媳妇又偷偷把钱给她压在了家里的枕头下，还又加了三千，就是五千了。五天的时间其实很短，马上就过去了，赵老师的儿子和儿媳妇要马上赶回去，工作还在那边等着他们。他们是晚上走，自己开车，这样到了半夜他们也就赶回去了。孩子们不在跟前，赵老师也就不再需要掩饰什么，喘，捶腰，做一会儿趴在那里歇一会儿，但她必须要做，过春节的这几天，天气猛然冷了几天，所以这几天医院里的暖气送得特别足，病房里也特别热。赵老师要给植物人擦身子，但不一会儿她就坚持不住了，一天两天三天四天五天，到了最后这一天，赵老师正在给植物人翻身，她人靠在床上，这么一靠呢，好像床就给了她一点劲，她就能站稳了，她此刻是浑身大汗，她一使劲，又一使劲，想把植物人给翻过来，翻一个身，植物人没给翻过身来她却一屁股就摔在了地上，是，怎么也站不起来，是，想站起来，人却整个躺在了地上，这时候她身边又没人，天还没大黑，她的儿媳妇和儿子都出去了，他们想在走之前谢谢医院里的大夫和护士，他们的生活再紧张，他们也要感谢，他们在饭店里定了一桌，这是晚餐，他们去招待人吃饭去了，他们算计好了，吃完饭然后就开车回北京，路上想必是车很多，但六个多钟头也差不多回去了，到了家也半夜了。儿子和儿媳妇也已经跟赵老师说好了，吃完饭就走，不再回医院跟她告别，再说也没有时间了，已经是初五的晚上了，他们都要回去了，有工作在那边等着他们。再说，牛秋丽说好了也要回来了，她一回来，赵老师就可以歇歇了。

赵老师躺在地上的时候，是怎么也没法子让自己起来，她此刻是既着急也害怕，但又出奇的平静，赵老师想，自己要是就这么死了也许就不会看到植物人那么痛苦了。既然爬不起来，赵老师索性就让自己那么躺着，居然，不一会儿就睡着了，她是太累了，病房里的另外两个病人已经被家里人接回去过年了，所以只有植物人和赵老师。

牛秋丽从外边提着大包小包进来的时候都快半夜了，她是坐了最晚的那趟车赶回来的，她也是想跟家里人多待待，每逢这种时候她的心里就很难受，如果有更晚的车她也许还会坐那趟更晚的车回来，按规定她只要初六上班就行。牛秋丽一进病房就给吓了一跳，给吓得不轻，她把手里的东西一扔，她以为赵老师死了。但生命是坚强的，不允许一个人说死就死，赵老师虽然躺在那里起不来，但她还是睡了一觉。牛秋丽往起一扶她，她就醒了。是牛秋丽抱住了她，也是她抱住了牛秋丽。

"我还活着，活着。"赵老师说，很虚弱地说。

"我扶你起来。"牛秋丽说，但牛秋丽扶不动，牛秋丽想抱赵老师，把赵老师抱到旁边的那张空床上去。牛秋丽站起身,她要把身上的衣服脱了,这样方便些,她已经出了一身的汗,牛秋丽站起来,地上的赵老师让她已经泪流满面。牛秋丽把衣服脱下来了,手有点抖。她把衣服放到旁边的那张床上了,那张床与植物人的这张床中间有一道布帘,这样一来呢,只要把布帘一拉上就谁也不会看到谁了,也不会影响谁了。牛秋丽脱衣服,其实她脱得很慢,她迟疑了一下,心突然乱跳开,跳得那么厉害。赵老师躺在地下,她只能望着天,她还是只能一动不能动。牛秋丽把衣服脱下来的那一刹那间好像是不由她,她再也管不住自己了,忽然,她手脚那么麻利,一点声音都没有,她伸了一下手,另一只手把植物人鼻子上的那条儿胶布揭了下来,再一伸手,一下子就把植物人鼻子上的那根管子给拔了下来。这一切都来得很快,地上的赵老师看不到牛秋丽在做什么。牛秋丽又把植物人病床这边的布帘"嚓"地一拉。

牛秋丽能感觉到自己的心在狂跳,也能听到自己的哭声,但很低。躺在地上的赵老师也听到了,听到了牛秋丽的哭声。赵老师说:"我没事,你别哭,我躺一两天就好了,躺一两天就好了……"

牛秋丽的哭声很小,走廊外的人一点都听不到,能听到的是远远的地方在放鞭炮,这是初五之夜,一切都喜庆安祥,明天是初六,初六按这边的规矩是要到处走走,把一年的六六大顺给走出来……

朋友

范东在山坡上盖了房子，一共三间，说是山坡其实是有些夸张，那只不过是一个坡，从坡上下来是范东老婆和她父母住的房子，是六间房子，厨房卫生间还有客厅。范东平时住在坡上面的房子里，房子里有很大的书架，是那种整整占满了几堵墙的书架，书架上全是范东心爱的书，但说实话许多书他还没有来得及去读，但他总还是不停地买书，平时范东就在那里读读书写写东西，人们都知道范东一直想当诗人，也一直在写诗。范东现在挣够了钱，挣够了钱之后他办的第一件事就是把公司给关闭了，这让范东的许多朋友都感到吃惊。这片果园，是他很早就买下来的，他先是把坡上和坡下的房子盖了起来，然后是把那些果树都收拾了一下，果树是原来的主人种下的，范东买下这片果园的时候那些果树都已经纷纷开始结果。但说实话，让范东看准这片果园并且把它马上买下来的原因是在于果园里的那个苹果地窖，那个苹果地窖可太好了，范东从小就想象自己应该有一个地下室，而那个苹果地窖不就是一个很好的地下室嘛。范东的日子现在很好过，除了写诗，他就总是在果园里忙，果园里的事很多，让范东感到高兴的是能听到鸟叫，范东有许多年没有听到过鸟叫了，大城市里的鸟都不知去了什么地方，午夜时分能听到的只是汽车来去的声音。果园里的鸟很多，有的鸟是从清晨叫起，有的鸟是在傍晚的时候叫得最厉害，而很少有鸟会在晚上叫，范东也想不到晚上还会有鸟叫，那叫声特别的清幽而多少还有那么一点让人伤感的感觉。有几次，范东重新穿好他那身大格子睡衣悄悄出去，只是为了听听在夜里啼叫的鸟声，他还想找到那只不停啼叫的鸟，范东脚步轻轻地朝着鸟叫的方向走，声音是越来越清晰了，但总是当他一走近，那鸟叫就马上停了下来。范东对自己现在的生活很满意。让他最满意的是他可以和植物那么亲近，在这里他可以闻到各种植物的气息，他还可以种一些自己喜欢的蔬菜，比如西红柿、茄子什么的。范东今年还特意从外边买了葫芦种子，因为他的老朋友肖四喜欢葫芦。有一次打电话，肖四在电话里说你那里没种葫芦吗？范东说什么葫芦？肖四说就是那种可以装酒的葫芦。肖四这么一说范东就明白了，是那种到了秋天可以摘下来锯成水瓢的葫芦。但肖四说他准备用这种葫芦做一个鸟巢，也就是在整个葫芦上只掏一个小洞，然后把这个葫芦挂在阳台上，到时候小鸟就会住进去。范东便把这事记在了心上，到了秋天的时候，范东摘了两个最大的葫芦准备给他的老朋友肖四送过去，想不到肖四家里出了事，肖四的爱人突然去世了。肖四住在另一个城市，那个城市在十月就会下雪。范东说，想不到会出这事，我马上就来。肖四说我知道你要来了，但你别来。范东说我马上就来，我把苹果全部处理掉我就来了。那几天，果园的树下都是从树上坠落的苹果。但范东没等处理完果园的苹果就去了肖四那里，他在肖四那里匆匆忙忙只待了两天。而现在，范东把苹果都处理好了，装了箱，让苹果商把它们一车一车拉走了，剩下的苹果范东把它们都放在了地窖里边。那是个砖砌的地窖，比两间屋子都大，其实就是一间大屋子，只不过是在地下。范东太喜欢这个地窖了。让范东想不到的是地窖里边居然在冬天的时候很暖和，而到了夏天里边又很凉快。范东在地窖里放了一张几乎用破了的双人沙发，有时候他会躺在里边读读小说。这个地窖还真不错，六面都是用砖砌的，虽然里边多少有点潮，但那种感觉真是很奇特。有一次，范东把他老婆叫到了地窖里，他们就在那张沙发上做了，后来，吃饭的时候或者是做别的什么事的时候，只要范东一说"地窖"这两个字，范东的老婆就会笑起来。有时候范东带着老婆去和朋友们一起聚会，范东会突然看定了自己老婆，突然说："地窖！"范东的老婆就会大笑不止，朋友们都不知道范东说的地窖是什么意思，为什么他一说地窖他老婆就会大笑不止，这让他们觉得很奇怪。再后来，范东发现地窖里居然住了一窝土拨鼠，土拨鼠还居然在沙发上做了窝，让范东吃了一惊的是他看到了粉嘟嘟的五只小土拨鼠，都还没有睁开眼睛，这把范东吓了一跳。这都是春天时候的事，后来范东发现那些土拨鼠都不见了，他不知道它们去了什么地方。把苹果一箱一箱放进地窖里的时候范东还在心里想，它们想吃就让它们随便吃吧，这么多苹果，那么漫长的冬天，它们吃什么呢？为此，范东还查了一下辞典，才知道土拨鼠喜欢吃的东西其实是谷类和豆类，它们并不那么喜爱苹果，吃多了苹果它们就会拉稀。范东小的时候养过兔子，范东知道兔子只要一拉稀就完了，蹬腿了，没救了。但范东在接了一个电话之后突然又把主意改变了，他把储藏起来的苹果又都全部卖给了苹果商。

范东把苹果全部处理之后，秋天可真的是来了，棕红色的树叶每天都会落下厚厚的一层。范东收拾好一切，包括那两只葫芦，他坐了火车，去看他的老朋友。范东的爱人对范东说你不是刚刚才去看过他吗，怎么又要去？范东的爱人算了算，上次范东去肖四那里距现在还不到半个月。范东说，谁让我们是朋友，我真是对他不放心。在火车上，范东的耳朵里总响着老婆的这句话。范东的那个提箱不是太大，里边放了两个大葫芦和一些衣物就再也没有地方可以放别的什么。当然范东还给他的老朋友肖四带了酒。火车朝着北面开的时候，范东把衣服从提箱里取了出来穿在身上，然后打了个瞌睡。这个瞌睡打得可真够长，后来他被冷醒了。

范东知道他的老朋友肖四现在还是一个人住；还知道肖四已经搬离了原来的房子，现在租的房子是两层；范东知道只要自己一到，肖四屋子里的味道马上就要变了，是烟草的味道，肖四还会给范东找出他从国外带回来的哈瓦那雪茄，他会让范东抽这个。雪茄这东西，抽的人倒不会觉得有多好，但闻的人会觉得很香。肖四曾经对范东说过他老婆有时候会要求他抽几口雪茄，其实肖四是不抽烟的。上次范东去看肖四的时候，肖四一说这话，范东就和肖四对视了一下，那天范东不知道自己该说什么了。那天范东和肖四一边抽烟一边喝酒，他们先是喝了半瓶五粮液，然后肖四又开了一瓶兰陵王，他们就那么一边喝酒一边吃点什么，喝酒其实是不用吃什么太多的东西，范东特意给肖四带来的那种口味很咸的黑肠，那肠子可真黑。怎么这么黑？肖四说。范东就说这是黑猪肉做的。肖四把酒又给范东倒了一些，想说黑猪肉是指猪的毛是黑的，猪肉还有黑的吗？但这个黑肠可真是好吃。范东和肖四一边喝酒一边谈打猎的事，这都是过去的事了。说打猎，其实他们也就是打打野兔子，在这个城市附近，除了兔子和田鼠几乎不会再有什么了。范东又说起了前不久去云南的事，范东说他去老虎那里住了十多天。老虎是范东和肖四共同的朋友。范东说老虎在云南那边盖了不少房子，用红砖，像炮楼。范东说不知道老虎盖那么多房子做什么，有谁会去住？肖四说明年天气好的时候也许会去看看老虎，会去他那里住几天。很长时间了，他们从西藏回来后就再也没有见过面。范东说老虎在试着做红茶，想创个红茶的牌子，但已经一年了，还没见他做出什么来。范东还说老虎种了许多蔬菜，蔬菜多得吃都吃不完。所以老虎晒了许多干菜。你说他晒干菜做什么？范东说。我看他是闲不住。肖四说。范东说我在老虎那里是一个人住一套房子，准确地说是一个人住一个炮楼。范东这么一说自己就先笑起来。一个人住真没意思，也就是看看书、看看手机。范东说所以我今天要跟你一起住,就像我们过去那样,我们在床上可以说话到很晚。肖四说那当然,我想你跟我一起住,我们还是睡一张床。你现在打呼噜吗?肖四问范东。范东说你又不是不知道我从来睡觉都不打呼噜。但接下来他马上就开始打呼噜了。范东坐了一夜的车,又喝了酒,他可是太累了。他一上床就马上睡着了,范东的呼噜不那么厉害。睡到后来,范东翻了一个身,把一条胳膊搭在了肖四的身上。这时候,那三只猫开始一只一只从另外一间屋子进来。它们轻轻跳上床,然后再跳下去,那只最老的巧克力色的猫过来闻了闻肖四,打了一个喷嚏,然后也跳下了床,它们原来打算睡在主人的床上。但它们不习惯雪茄的味道。这时候,范东醒了一下,他口渴,坐起来喝了几口水。怎么醒了?喝水的时候范东听见肖四说了一句,你怎么也醒来了?范东说,然后又躺下,后来范东把胳膊伸过去搭在了肖四的身上,后来他们就互相抱在一起又睡着了。他们在一起打猎的时候会去很远的地方,他们总是带着那么一个军绿色的帐篷。他们都已经习惯了。在野外,在雪地里,好像这么抱在一起睡才安全,也暖和。除了这些,还能有什么呢。

咱们还是去西藏吧。范东睡不着了,他知道肖四也没有睡着。

肖四没说话,把身子转过去,点了一支烟。

你以前不抽烟。范东说。

你知道这不是我想要的日子。肖四说。

我想让你跟我去西藏住一时段时间。范东说。

会的。肖四说。

别难过,人人都要去那个世界的。范东说。

两个人停顿了有好一会儿,外面有车声响了过去。

好,我一定跟你去,去了西藏也许就什么都忘了。肖四说,把烟在烟灰缸里掐了,说,明天他们都要过来聚一聚。他们?他们是谁?范东当然知道肖四说的他们是谁。睡吧。肖四说,把身子背过去。范东却不睡了,坐起来又把那支雪茄点着抽了起来,那支雪茄估计能抽到明天。肖四突然说,她在就好了,她就喜欢这种味道。

范东打断了肖四的话。

你说他们明天要来,他们都是些谁?范东说。

就明天。肖四说。

范东在这个城市有很多朋友,肖四的朋友差不多都是范东的朋友。他们都已经知道范东来了。肖四说他们都想要聚一聚,从那以后我还没跟他们坐过,所以要热闹热闹。肖四说三毛已经给他打过电话了,说他已经准备好了,让他们明天都过去,三毛还用手机给肖四发了个定位图,因为他现在住在郊外风景很好的地方,那地方有很老的大树和池塘,三毛在电话里说要是天气不太冷他们就在池塘边上烧烤。三毛要肖四告诉范东,说他那里还养了两只蓝孔雀,到时候也许会来个孔雀开屏,但孔雀的叫声可真是不好听,就好像有人在操它。三毛那天这么一说肖四就笑了。

三毛那里养了两只孔雀,我们可以去看看孔雀。肖四说。

范东去了厕所,在厕所里待了好一会儿,然后才出来,接下来,他又睡着了。范东睡得很轻,他做了梦,在梦里看到了孔雀,把屁眼儿对着他,张开的翅羽发出哗哗哗哗抖动的声音,也许这不是个梦,只不过是闭着眼瞎想。过不一会儿范东又下地去了厕所。肖四说你才去过怎么又去。范东说我去放屁,总不能把屁放在被子里。两个人就又都笑了起来。

别难过。范东又说。

好在她不再受罪了。肖四说。

你怎么好像一直没有睡着?范东说。

肖四说他最近总是这样,肖四说他不准备再坚持了,他要吃两颗阿普唑仑。然后他就坐起来吃了。范东听见肖四喝水的声音,一口,又一

口,又一口。

　　范东和肖四的事其实不能算是一个故事。让范东的爱人吃惊的是,她那天早上在苹果树下烧那些烂树叶子,就看见有两个人朝这边走了过来,越走越近的时候她才看清楚是范东,范东是两天前走的,范东说好了这次也许最少要在肖四那边待二十多天。这也许就是这篇小说的结尾,但也许不能说这是一个结尾,和范东一块走过来的那个人是肖四。我把肖四带了回来,这是范东的话。让范东爱人感到吃惊的是范东让肖四住到了那个苹果地窖里,他说肖四就是为了要在苹果地窖里住一阵子才过来的,虽然那里边有些潮,范东给肖四搞了一床电褥子,放了一个电炉子,这就足够了。肖四就住在了那里,有时候范东和肖四说话说得太晚了也会住在那里,两个人挤在一起。有时候范东会给肖四朗诵自己最近写的诗歌,范东最近写的诗歌几乎都和果树有关。

　　那天早上下了雪,果园里的雪可真是好看,苹果树的树干啊树枝啊在雪里显得是那么黑。范东的爱人把饭直接送到那个苹果地窖里,范东和肖四还睡着,范东的爱人把饭放在苹果地窖里就上来了。雪还在下着。

芝士店

这个芝士店应该叫作芝士馄饨店，因为这家小店最出名的就是芝士馄饨，当然店里还有许多别的东西可吃。但人们来这里就是为了吃芝士馄饨。志峰和美莲坐下了，这时天已经黑了，有个男人从芝士店前走过，外面的灯已经亮了，对面商店的灯五颜六色。从大玻璃门可以看到那男人走得很急，手里还提着什么。店里有几个人在那里吃东西，都吃得很慢，一边吃一边看手机，坐在志峰旁边的那个女孩也一边吃一边在看手机，这女孩可真够漂亮，是志峰喜欢的那种类型，长发，白白的，偏瘦，戴着一副很合适她的眼镜。志峰心里想：她要是不戴那副眼镜也许就没现在这么漂亮了。靠门那边是两个人在用餐，看样子是母女，也都不说话，都只顾吃东西，好像她们都满怀心事。

志峰对美莲说："你看那个女孩儿多养眼，好看。"

美莲侧一下身朝那边看看，"就那样吧，流行样式，到了韩国都是这种。"

志峰就不说话了，他知道美莲不想听自己夸奖那个女孩儿。

"那是一台彩电。"美莲对志峰说，指指那边，"不过坏了。"

志峰朝那边看了一眼，说今晚有篮球赛。

美莲说："你回去看吧，反正还要住一晚上。"美莲知道志峰喜欢看篮球。

志峰说:"我赌公牛队。"

美莲笑着说:"估计你待会儿就顾不上看了。"

志峰说:"我浑身都在痛,咱们是太猛了。"

志峰这么一说美莲也觉得身子有些痛。

他们已经有很长时间没有见面了,每次见面都恨不得把对方塞到自己的身体里去,就好像他们不是夫妻,他们总是很久才会见上一面。

"咱们也只好在这里吃点东西。"志峰说等我挣到大钱再说,到时候请你吃石斑鱼。

"不是你我晚上都不吃。"美莲说晚上不吃饭其实很舒服。

"好好吃。"志峰说,既然咱们总也没机会在一起吃饭。

志峰和美莲坐好了,他们面前有两份餐单,上边印着本店的菜谱。他们看了一下,然后美莲就站起来去点餐了,志峰对她说你想吃什么就点什么,你给自己好好点一下。志峰拿好主意了,他要美莲好好吃一顿,这顿饭由他来请,虽说花不了几个钱。志峰看着那边,看着美莲站在柜台前跟服务员说话,志峰掏出手机拍了一下,照片里的美莲只是个背影,志峰马上就把这张照片发给了自己的朋友,志峰喜欢这么做。拍完照,志峰把身子朝后靠,看着那边,说实话美莲的身材还真是好,虽然她已经不是小姑娘了。志峰又环顾了一下四周,这可真是一个小店,所以柜台必须很小,必须不能占太多地方。柜台上放了一个饮料机,饮料机上的那个桶里黄黄的可能是橙汁,还有一个自动取筷机,还有收款机,还有罐装饮料,还有酒,还有一小碟一小碟的小菜,其实就是咸菜,因为没地方放,就摞在一起,但摞得很整齐,这种小菜是免费的,谁想吃就自己来取,算是这个小店给顾客的福利。柜台后面的墙上是花花绿绿的灯箱,上边都是本店的各种招牌菜。

志峰又对站在柜台那边的美莲说了一声:"你想吃什么就点什么,

多点几个。"

"好。"美莲转了一下身,对志峰说。

志峰对美莲说话的时候那个跑堂的年轻人侧过脸看了一眼志峰,那个年轻人,是太年轻了,在志峰和美莲进门的时候他正在收拾餐桌,收拾得很麻利,一擦两擦桌子就干净了,他手里的那个托盘是橘色的,很好看的颜色,这么一来呢,就让这个年轻人显得更精神、更好看。他收拾完就坐在那里开始看一张报纸。他手里是一瓶啤酒,他不时地喝一口。这是那种快餐店,即使是最忙碌的时候也不会太忙,总是一会儿进几个人,吃完走了再来几个,或者是吃完了也不走,坐在那里说话。所以那个年轻人有时间坐下来看看报,或站到店门口看看外边。志峰注意到这个年轻人是在看门口那辆摩托车,那是一辆很漂亮的摩托车。在柜台那边收款的也是个年轻人,好像岁数要大一点,也是很帅、很精神。看他们的样子,都好像不是这个餐馆的服务员,倒像是搞什么艺术的。

志峰的眼睛一直都在看那个收拾桌子的年轻人,那年轻人冲志峰笑了一下。

"待会儿就好,很快。"年轻人对志峰点点头,把手里的啤酒瓶送到了嘴边,又喝了一口。其实从志峰一进门年轻人就在喝,啤酒瓶就没离开过手。

"我们还没吃过芝士馄饨。"志峰对那个年轻人说,"虽然我们吃过不少地方的馄饨。"

"这是我们这里的招牌菜。"年轻人说,又喝一口。

志峰马上就觉得这个年轻人说错了一个字,馄饨怎么可以说是菜呢,志峰把年轻人的这句话在心里念一下,但也不知道该怎么说了,要是说招牌饭好像也不行。好像是说品牌还可以。在志峰的想象之中,这个小店的芝士馄饨应该像是外国的奶酪火锅一样,应该是浓浓稠稠的那么一个奶酪锅,馄饨就下在锅里,这可是想一想都让人激动的美食。

美莲坐回来了,她点完了。志峰问她都点了些什么。

美莲说点了三个菜,"一个荤两个素。"

"够了?"志峰说。

"不够再点。"美莲说。

志峰想知道是什么素菜,美莲却告诉他有一个凉盘牛肉。美莲知道志峰喜欢吃牛肉。

"我想还应该有一个拌海带丝。"志峰说。志峰这么一说美莲就笑了。

志峰知道美莲喜欢吃海带丝,几乎每次到饭店都要点一盘。

这时候那个年轻小伙子进了里边,不一会儿又出来了,他一边往出走一边在穿一件服务员穿的那种衣服。这下他就像是一个服务员了,他又去了门口,朝外张望,手里的啤酒瓶子举了起来,又一口,志峰不知道这个年轻人去看什么,也许又是去看那辆摩托车,志峰探头看了一下。

"没下吧?"美莲说。

"要不我再给你点个凉拌黑木耳。"志峰说。

"吃着看。"美莲说晚上咱们都也吃不多。

志峰说我真累了,"晚上还得继续,所以要吃好。"

"都三个月了。"美莲说从上次回家到现在整整三个月了。

这时候,馄饨被那个年轻人端过来了,不是端,是用一只手举着,举着那个盘。他先把菜端过来,然后是两碗冒着热气的馄饨。放馄饨的碗很大,可以看得出用来吃馄饨的碗和那只勺子是配套的,也都是橘色的,很让人喜欢的颜色。志峰用两只手把馄饨朝美莲那边推推,这也算是一种礼貌,毕竟他们很长时间没有见面了,他们见一次面可真不容易,因为工作的问题,他们也只能在一起待一两天,所以吃饭就不是什么大事,重要的事是他们一见了就投入那件事情里边去。只有在那种时候他们才知道对方是多么美好。但这次他们说好了一定要出来吃点东西。这是美莲说的,美莲说上次也没在一起吃点东西。志峰说这次一定要出来吃点好的。好了,想不到芝士馄饨让他们碰到了。

"想不到还会有芝士馄饨。"志峰说。

"我吃出来了。"美莲一只手用小勺一只手用筷子,她吃了一个馄饨,马上就吃出了芝士的味道。美莲喜欢这种味道,她真不知道这个馄饨是怎么做的,里边居然有芝士,而且味道很浓烈。馄饨当然是肉馅儿的,但肉馅儿馄饨怎么会有芝士的味道。

"怎么回事?"美莲问志峰。

志峰已经吃了两个,志峰对美莲说芝士好像是包在馄饨里边的肉馅儿里。

"会吗?"美莲说。

"大概是这样。"志峰说。

这时候志峰又咬开了一个馄饨,他把馄饨里边的馅儿指给美莲看,那肉馅儿里边果然有个小洞。这时美莲用勺子从自己的碗里给志峰舀了两个馄饨。志峰说你不要给我,咱们待会儿可以再要一碗。志峰又把那两个馄饨舀在了美莲的碗里,又说,你的饭量我又不是不知道,咱们再要一碗,每人分半碗。

美莲把身子朝前倾了一下对志峰说,"咱们有三个月没在一起吃饭了?"

志峰却突然笑了起来,志峰说,"要不是那张照片,要不是那张照片。"

"还说,别说照片的事。"美莲说,"这么好的芝士馄饨都占不住你的嘴。"

志峰又吃了一个馄饨,这次他是从美莲的碗里夹的馄饨。美莲也又吃了一个,是从志峰的碗里夹的。他们以前总是这么吃东西,你吃吃我碗里的我吃吃你碗里的。或者是我喂你一口你喂我一口。这时候芝士馄饨店里人还不多,志峰转身朝那个年轻人招了一下手,年轻人以为志峰还要什么,马上就过来了。志峰问年轻人芝士是不是就包在馄饨的馅儿里。年轻人马上回答说是。然后就离开了,因为又来客人了。

"我也应该来瓶啤酒。"志峰对美莲说。

"喝吧。"美莲说,"啤酒没度数。"

志峰站起身去了柜台那边,拿了一瓶啤酒回来。

"你让服务员拿就行了。"美莲说。

"我看看都有些什么牌子。"志峰说还是冰镇的来劲。

这时候志峰和美莲差不多都快吃完了他们的馄饨,志峰看看美莲,说咱们再来一碗好不好?咱们分开吃,如果再要两碗恐怕就吃不完了。志峰想好了,他要再去要一碗馄饨,之外再加一个凉拌木耳,顺便把账给结了,虽然美莲是自己老婆。志峰又站起身去了柜台那边,站在柜台那边才可以看到里边有一个很窄的过道通往右手,有人进去了,又有人把什么端了出来,志峰想那里应该就是厨房。厨房边上就是洗手间,洗手间的门和厨房的门紧挨着,门上都挂着白色的布帘。志峰让服务员又加了一碗芝士馄饨顺便又点了一个凉拌木耳。志峰让服务员把账结一下,结账的时候志峰忽然有点吃惊,想不到这家饭店的价格实在是太便宜,三碗馄饨四个小菜居然才要了十七元钱。

"你猜猜花了多少?"志峰重新坐回来的时候对美莲说。

"多少,不多吧。"美莲看着志峰。

"想不到才十七块。"志峰说,要知道这是三碗芝士馄饨再加四个小菜,"好家伙,太便宜了。"

美莲就笑了起来,但她没说什么。

志峰说:"你笑什么?"

美莲没说话,只是笑。

"这家店可真便宜。"志峰又说。

美莲把那碗馄饨分开,美莲只往自己碗里舀了几个,剩下的都给了志峰。

"你是不是还想再喝一瓶?"美莲说。

"好,那我就再喝一瓶。"志峰说。

志峰又去了一下,这一次,志峰手里是两瓶啤酒。志峰对美莲小声说我要请那个年轻人喝一瓶。"我喜欢肯出来打工的年轻人。"志峰朝那边看了一眼,美莲也朝那边看了一眼。那个年轻人还在喝,可能是又一瓶了,时不时地来一口。志峰想这可真是一个喜欢喝啤酒的年轻人。志峰注意到了,年轻人给客人送餐的时候那瓶酒就放在他裤子侧面的口袋里。

志峰朝年轻人招了招手,要年轻人过来。

年轻人过来了,他以为志峰还想要点什么。

"我请你喝瓶啤酒。"志峰对年轻人说,把那瓶啤酒拿给年轻人。

年轻人想不到会有人请自己喝啤酒。他看着志峰,有点吃惊的样子。

"来,别客气。"志峰把那瓶啤酒递给年轻人。

年轻人说自己好像是已经够了,但还是接了过来,年轻人又加了一句,说工作的时候他一般不吃饭就只喝啤酒。

志峰要年轻人坐一下,年轻人看看周围就坐了下来。

志峰说你知道不知道我们一开始还以为你们这里卖的是那种奶酪火锅。年轻人想必还没听过什么是奶酪火锅。他看着志峰,听志峰说。志峰说就是那种每人一个的小火锅,这么大,里边全是融化了的奶酪,然后,志峰对年轻人说,一般是蘸面包条儿吃,很好吃,当然蘸薯条也可以。

"就这样,"志峰比画着,夹起一个馄饨,在醋碟里蘸了一下,"就这样在火锅里蘸一下，很好吃的。"

"特别好吃。"志峰又说。

"但你们这个也很好吃。"美莲在一边插了一句。

"这是我们老板想出来的。"年轻人说。

志峰和年轻人碰了一下。志峰说你怎么年纪轻轻就出来做事？不上学了？

"为了买摩托车。"年轻人说他可喜欢摩托车了，他朝门外看了一眼说那是老板的摩托车。志峰回过头朝坐在柜台那边的年轻人看了一眼。年轻人马上小声说他不是我们老板，我们老板是个女的，在里边忙。

"女的？女老板？"志峰说。

"女的，比我才大一岁。"年轻人说。

志峰又和年轻人碰了一下，年轻人忽然小声对志峰说今天是他的生日，所以他可以多喝点啤酒。志峰说你一共喝了几瓶？年轻人想想说已经三瓶了。

"今天是我的生日。"年轻人说。

"那辆摩托车挺漂亮。"志峰说。

年轻人说老板喜欢摩托车，除了这辆还有一辆。

志峰想不到一个女人会喜欢摩托车，这出乎他的想象。

"你也准备买一辆？"志峰说。

年轻人说自己先要把去日本的学费挣出来。

"好事情。"志峰说。

这时候又有客人来了，年轻人把身子一旋，迎了过去。

"我跟你说我喜欢这样的年轻人。"志峰看着那边，对美莲说。志峰突然想起自己的老朋友老高来了，老高的儿子今年都三十二了，大学毕业后就一直待在家里什么也不做，整天就在电脑前耗着。美莲也知道老高的事。老高在肉联厂工作，爱人在医院化验室。老高的儿子据说已经有七年没出过家门了。有一阵子，老高见人就说这事，到了后来，人们都觉得老高病了，好像除了说他儿子的事就不会再说别的了。

"七年了，不出家门一步。"志峰说。

"还是他能活下去，要是活不下去他就会走出家门了。"美莲说。

志峰说老高什么办法都想过了。老高对他的儿子说我们不能养你一辈子，我们死了你怎么办？老高的儿子一句话让他们哑口无言。老高的儿子对老高说，你们死我也死，我本来就不想活在这个世界上，活着太累了，如果娶个媳妇、生个儿子就更累了，我不想让自己那么累。

志峰说老高那个儿子完了，"把自己关在家里七年！不找工作也不要女人。"志峰说真不知道现在怎么会有这种人。

"要是没有电脑、没有手机，我看他就不会在家里待着了。"美莲说。

"也可能。"志峰说。

"老高说他儿子没有一个朋友。"志峰说。

"有可能啊，这种人。"美莲说。

"有时候老高的儿子连吃饭也不到老高那里。"志峰说，虽然老高的儿子和老高住门对门，但老高的儿子宁肯吃方便面也不愿从家里走出来，"要知道，"志峰说，"从老高儿子住的那间房里出来到老高住的那间房才不到五步。"

"这可真是病了。"美莲说，美莲听志峰说过，老高的父亲去世后，老高的儿子住进了那套一居室房子后就再也没出来过。老高的父亲就住在老高对面，当年买门对门两套房子也是为了好照顾。为了让儿子走出家门，老高找了不少人去做儿子的工作，志峰还去过。志峰当然还记着那间屋子是什么样，靠着东边墙的地上都是书，挨着书是地铺，志峰去的那天老高儿子刚起来，被子总算还叠了叠，被子旁边也都是书，有一个电风扇，有一台电视，还有一台电脑，然后就是衣服，放得到处都是。老高的儿子对志峰说自己什么都不需要，有这些就都够了。老高对朋友们说他儿子有时候会在晚上出去一下，还几乎都是半夜的时候。

"老高现在都快愁死了。"志峰说。

"要是我，我就把他的手机、电脑和电视机都没收了，看他从屋里出来不出来。"美莲说。

"没让你遇上。"志峰说，"让你遇上你也许更没有办法。"

志峰喝完了他的啤酒，站起来，说要去一下洗手间，志峰说喝啤酒就这样，一旦喝多，就会不停地去厕所。这时候店里又来了几个人，靠门那边的桌子也有人了，志峰朝里走，他知道洗手间紧挨着厨房，但过去才发现紧挨着厨房看上去是个门的地方原来是个过道，只不过在上边挂了一个布帘人们就以为是洗手间了，洗手间还在里边。志峰撩开布帘走进去，洗手间还算干净，有两个小便池，小便池对面是个蹲坑，也很干净。

志峰在里边那个小便池前站稳了，这次时间可真够长的，喝了啤酒都是这样。志峰解完了手，洗手的时候有人突然从外面冲进来了，志峰突然吃了一惊，是那个年轻人，让志峰更加吃惊的是年轻人的手里居然托着橘色的托盘，托盘里是一盘菜一碗馄饨。他从厨房里出来，要把托盘里的东西送到客座上去，但他可能是憋不住了，就那么托着托盘直接进了洗手间。年轻人是用一只手托着那个托盘，他对志峰笑了一下，托盘的那只手仍然举着，另一只手却已经开始解裤子了，志峰想不到会这样。志峰的第一反应是把手伸过去。

"来，给我。"志峰对年轻人说。

年轻人把举着的胳膊放下来，志峰就把托盘接过来了。

志峰想对年轻人说你怎么托着饭菜就进洗手间了？但志峰没说。

可能不单单是志峰，恐怕是所有人都想不到年轻人会托着要送到座上去的东西就进了洗手间，这真是让人想不到。志峰忍不住笑了起来，年轻人也笑了起来。年轻人也是啤酒喝多了,"哗啦哗啦"好长时间。然后洗了手,接过志峰手里的托盘出去了。

　　志峰和美莲从芝士店里出来的时候,那个年轻人追了出来,笑着,连连说,"不好意思,不好意思。"他手里是两瓶啤酒。年轻人把一瓶递给志峰,啤酒已经开了盖。

　　"我也请你喝一瓶。"年轻人笑着说。

　　志峰接过啤酒瓶和年轻人碰了一下,虽然志峰不再想喝。

　　志峰忽然也笑了起来,看着年轻人笑了起来,年轻人又笑了起来。

　　美莲不知道他们为什么笑。对面商店的灯光照过来,五颜六色的灯光,不断有人从商店前走过去走过来,卖水果的摊子也出现了,有人在那边买水果。后来美莲去了旁边的面包店,她想买点吃的,到了晚上也许志峰会吃,她想好了,明天她和志峰不起来去吃早饭,所以她又买了两袋牛奶。

劳动妇女王桂花

1

怎么说呢，桂花难受了两天才敢把自己的事情告诉给建国。她怎么个难受？是下边难受，奇痒，而且痛，说痛又不对，是奇痒。她背着人把下边洗了又洗，她讪脸红红地把手指头伸进到那里边去，但她明白，那条该死的蚂蟥已经在里边住下了。晚上，她睡觉的时候采取了十分难看的睡姿，那就是在睡觉的时候把内裤脱了，尽量把两条腿叉得大一些，她希望那条蚂蟥会自动爬出来，她的脑子，现在时时刻刻全集中在自己身体的那个地方，她能感觉到那蚂蟥在里边的一举一动，只要里边的那条蚂蟥一动，"啊呀，啊呀，"她的身子马上就会跟着难受地拱起来，那蚂蟥可要比建国厉害多了，弄得桂花像中了电，人躺在床上，腰朝上拱，拱啊，拱啊，样子难看死了。桂花忍了两天，两天没出去挣工分，像她现在这个样子也没法子出去，到了现在，挣工分倒是小事了，那条钻到她身体内部的蚂蟥，让她说什么都受不了啦，她要建国回来，马上从水利工地上回来，她到队上给建国挂了电话。

"出了啥事？"建国在电话里问。

"我再也不下那块稻田了。"桂花说。

"稻田怎么啦?"建国说,"是不是碰上水蛇了。"

桂花说,你就不用问了,你赶快回来吧,都两天啦,我受不了啦。

"工地上可忙呢。"建国说。

"你是忙,你又不是难受。"桂花说。

"好好好,好好好。"建国答应了。

2

建国是中午回来的,这几天工地上特别忙,建国人晒得特别黑。回来先吃饭,过水小米子捞饭,用甜菜叶子拌了一大块长豆腐,里边搁了好多大蒜。吃饭的时候因为有公公在跟前,桂花没敢把叫建国回来的原因对建国说,尽管建国一边吃饭一边连问了几次,问得桂花满脸通红。吃过饭,桂花马上把门关了起来,她怕公公听见这事,公公像是已经察觉出她这两天的动静,这让当公公的很不高兴。"什么骚样子!"公公在心里说,用筷子狠狠敲了几次碗边,以示自己的不满,更让公公不高兴的是,一吃过饭,桂花就把门关了起来。桂花顾不得那么多了。关好门后,她脸红红地把下边的事告诉了刘建国。刘建国一屁股坐在了床上,看着桂花却忍不住笑了起来,说那稻田的蚂蟥怎么这么流氓,它可找到个好地方了!桂花大红了脸,说建国你这时候怎么还开玩笑?我都快要难受死了。建国又笑了起来,说这是个舒服事啊,还会难受?那么多女人在稻田里薅水稗子,怎么蚂蟥就会偏偏钻你?因为你是新媳妇还是因为你漂亮?建国这么说着,桂花却猛地把身子弯了下去:

"啊呀!来了,来了,又来了。"

"疼还是怎么?"建国忙把桂花扶住。

"快,快,快!"桂花说。

"马上,马上。"建国开始脱衣服,露出好看的腱子肉。

刘建国跟桂花上了床,这是大白天,村子里的习惯,没有大白天就关门关窗上床的。桂花的意思是，她要建国用他自己的物件把那条钻到自己下边的蚂蟥引出来，也许，那条蚂蟥会一下子叮住建国的物件，建国顺势就可以把它拉出来。桂花这么一说建国就又"嘻嘻嘻嘻"笑了起来，说就是不知道里边是条母蚂蟥还是公蚂蟥，要是母蚂蟥一定不会有什么问题。

"不行了，不行了。"桂花说，"你快点办好不好？"

"好好好！"建国嘴上虽然这么说，但心里还是有点害怕，虽然建国小时候玩儿过蚂蟥，捉一条小蚂蟥在手指甲上让它爬行，但现在那不是手啊，那可是正经地方，男人的正经地方，谁能保证一下子不给叮坏。刘建国上了床，大白天的，他忽然有些不好意思，结婚以来，他还从没大白天做过这种事。建国马上就有感觉了，好家伙！真有个东西，在里边一滑，马上就缩成了一个团儿，这不是蚂蟥又是什么？

刘建国给吓了一跳，不动了，看着桂花，小声说：

"桂花桂花，我碰着它了。"

"我没说瞎话吧。"桂花说。

"没人说你说瞎话。"建国说。

"你怕不怕？"桂花说。

"你别说，我还真以为你是开玩笑。"刘建国又说。

"你说，别人要是这地方也爬进去一条蚂蟥会不会对别人说？"桂花说。

"当然不会说。"建国说这地方的事怎么说，问题是这地方。

"也许不只我一个人给蚂蟥整了。"桂花说。

"可能。"建国说那块稻田里蚂蟥实在是太多了，那不是块好稻田。

"你是不是怕了？"桂花说。

刘建国小声说自己还确实有点儿怕，但自己是个男人，既出了这种事，他希望这条蚂蟥马上来叮自己，"叮就叮吧，谁让我是你的男人，

225

只有叮住了我才能把它给拖出来,虽然这狗日的蚂蟥叮的不是个地方,虽然它钻的也不是个地方!"刘建国跪在那里,用自己身上最小的那一部分感觉着,但桂花的那里边,好一会儿没一点点动静,刘建国又让自己出来一点,这样一来,就可以给里边的蚂蟥腾一点空间,但里边的蚂蟥还是没动。"这家伙肯定是吃饱了也喝足了,不想再吃点什么。"刘建国俯下身子小声对桂花说也许这家伙已经睡着了,所以我要把它弄醒过来。桂花同意了,小声说它要是总在里边睡觉怎么行,你就弄醒它,把它鼓捣醒!刘建国就撑起上身开始动,一开始动得很慢,他始终能感觉到里边的蚂蟥,是一个圆圆的球儿,动的时候,建国还调整了一下方向,让自己冲着那个球儿戳,而且用了力气,这么做显然是起到了一定作用,建国感觉那个球儿忽然给戳长了,贴着自己的家伙一下子就拉长了,这可把建国吓了一跳,他忙把自己从桂花的身体里一下子抽出来,那条蚂蟥却没有给带出来,他再进去的时候,那蚂蟥又蜷成了一个球儿,他能感觉到那圆圆的球儿,他又调整了方向朝那个球儿用力猛戳,这一次,他是白努力,那个球儿没再拉成长条儿,而建国已经把自己给彻底戳软了。

"建国,建国。"这时候建国的父亲在外边喊了。

"听见了。"建国在屋里答应着,忙穿衣服。

"你大白天鼓捣啥呢?"父亲在外边喊。

"不干啥,不干啥。"建国在屋里说。

"你出来。"父亲在外边说。

"好,好。"建国在屋里说。

"啊呀,来了,来了,又来了。"桂花这时候却突然又呻吟了起来,又猛地把身子拱起来,拱起来。

"还不到工地上去,小心队里把你开了,多少人想去还去不了呢!"刘建国的父亲又在外边大声说了,很生气地说工分是一年只算一次,工地上拿的可是活钱,你知道不知道什么是活钱?你知道不知道村子里只有几个人去工地?"

"知道。"建国在屋里小声说,"那还不是靠我舅舅。"

"那你就赶快回去。"建国的父亲在外边说,"一个男人家别那么贪媳妇,那还不是你的?你贪什么贪?有工夫再贪!该贪不贪,不该贪乱贪!"

3

建国从屋里出来了,他已经穿好了衣服,但他满脸都是汗,红通通的,看样子是使了大劲。建国父亲看看建国,更生气了,张张嘴还想要说什么,他想用更难听的话教育一下子建国,骨子里,他更想教育的是桂花,看她这几天那样子,看她那身子扭的,看她那身子一扭,嘴就一动一动的骚样子。但建国的父亲还没等把话说出来,就吃惊地张大了嘴,因为建国已经用很低的声音把榴出里的蚂蟥钻到桂花下边的事说了出来。

"蚂蟥——"

"你说什么?"建国的父亲说。

"是蚂蟥。"建国又说。

"蚂蟥怎么啦?"建国的父亲说。

"您小点儿声,蚂蟥钻到桂花下边啦——"建国用更小的声音说。

"你他妈个笨蛋!你怎么不早说!"建国的父亲吃了一惊。

"这事让我怎么说,这地方的事。"建国脸红红的。

建国的父亲张了张嘴,朝屋里望了望。这事还确实没法对人说。建国的父亲忽然笑了一下,他明白儿子一吃完饭就进屋是做什么去了,他也明白这种事确实也没法儿对人说。建国的父亲毕竟是父亲,吃过的、喝过的、听过的、做过的都比建国多。

"你弄出来啦？你没弄出来吧？这事你还不早对你爸说。"

"弄不出来咋办？"建国脸红红地说，"队里怎么让女人下稻田薅水稗子？"

建国的父亲想了想，他要建国把耳朵凑过来："你赶快去买半斤猪肉。"

"买猪肉？"建国不明白父亲是什么意思。

"赶快去，半斤就行。"建国父亲小声说。

"又不过年过节？"建国不知道父亲要做什么，村子里不年不节的吃肉可太稀罕了。

"你快去。"建国的父亲已经把钱掏了出来，要他赶快就去。

"买猪肉？"建国还是傻愣愣的。

"是啊。"建国的父亲说，"买回来你就知道了。"

"买肉做什么？"建国又傻愣愣地问了一句。

"你怎么还问，回来再告诉你。"建国的父亲说。

4

建国骑着车子出去了，外边的太阳白花花的，昨天才下过雨，地面这时候给太阳蒸得直冒热气，看什么都影影绰绰。建国的父亲不再说什么，他心里的气现在是一点点都没有了，他不但原谅了桂花，而且开始为桂花担心，桂花是个好媳妇，家里家外什么都好。要怪就怪那块稻田吧，那稻田里的蚂蟥可真多，那不是块好稻田，总给人们找麻烦。建国的父亲想起来了，那年，一头母牛就是给稻田里的蚂蟥叮疯了，叮得到处乱跑，后来人们从牛的那里边一下子抓出了十七八条大蚂蟥。但是那头牛小产了，给蚂蟥叮得终于小产了。小牛产下来的时候已经死了，随着小牛出来的是十七八条大蚂蟥，还有众多的小蚂蟥，人们这才知道是蚂蟥钻到那头牛的那里边了。想到那头母牛，建国的父亲坐不住了，他不知道桂花有没有身孕，一个月，两个月，三个月，四个月，建国和桂花结婚四个多月了，要是有了身孕，那条蚂蟥，可了不得了！建国的父亲就要叫出声了。

建国的父亲在屋里坐不住了，他在院子里转了一个圈又一个圈，惊得那几只鸡都上了墙头。他转出了院子，站在院子门口朝外看了看，不用看，他知道建国这时候回不来。建国的父亲顾不上这么多了，要是建国的母亲在家，他就可以让建国的母亲去问，但建国的母亲上个月去山东了，去山东伺候闺女的月子。建国的姐姐嫁到了山东，人们都说山东那边的人性厚道，麦子又多，建国父亲的计划是要慢慢慢慢想办法把户口全都迁到那边。建国的父亲待不住了，他又转回了院子，他不知道该怎么问。但他实在是忍不住了，他隔着窗子，咳嗽一声，又咳嗽一声：

"桂花，桂花，桂花。"

屋里答应了，声音很小，羞答答的一声"爸"。

"你有了没?"建国的父亲说。

屋里声音更小了，又叫了声"爸——"

"我问你有了没?"建国的父亲又问。

老半天，屋里又小声叫了声"爸——"

建国的父亲不知道该怎么问了，大声说："建国给你买肉去了。"

5

建国去了没多长时间就把肉买了回来，那是条十分动人的五花肉，白是白红是红。这让桂花吃了一惊，她不知道建国的父亲是什么意思。想了想，也想不出个道理，又不是谁的生日，又没有什么稀罕客人，而且说是给自己买的。建国也不知道父亲要做什么。刚刚过了晌午，建国家的烟囱又重新冒出了扶摇直上的炊烟。桂花忍着难受把那条儿五花肉在小案板上切成一小块儿一小块儿下了锅，花椒八角——投进去，还有葱和蒜，炖肉的香气很快就四处飘散开。桂花炖肉的时候，建国瞅空子还睡了一觉。肉快炖好的时候，建国的父亲把院门关了，他要建国出来一下。建国还想再睡一会儿，他在工地上总是睡不够，再加上他刚才使了大劲儿，还又骑着车子出去了一趟，他觉得自己困得厉害。父亲叫他过去是为了知道一下桂花有没怀孕，这很重要。

"桂花有了没？"建国的父亲用手指轻轻杵了一下建国的肚子。

"好像没。"建国说。

"什么叫好像没？"建国的父亲不高兴了。

"没。"建国说。

"到底怀上没？"建国的父亲想把那头牛的事给建国说说。

"没吧？"建国说，他忽然有点儿害羞。

"看看你。"建国的父亲说，"我是没辙了才问的，要是你妈在，还用我问？"建国的父亲说："你上小学那年，村子里那头到处疯跑的母牛，你记着没？"建国的父亲看着儿子。

"就那头黑母牛，到处疯跑，到处疯跑。"

建国记起来了，有一次，那头牛都跑到了村小学里，吓得教室里的孩子们都不敢出去。

"你记起来就好。"建国的父亲说，"你知道不知道那头母牛为什么到处疯跑？"

建国当然不会知道，就是知道也影影绰绰记不清了。

建国的父亲就一下子说到了蚂蟥，说那头母牛到处疯跑就是因为蚂蟥，是稻田里的蚂蟥钻到了母牛的那里边！因为蚂蟥钻到了母牛的那里边，那头母牛到后来才会早产。建国父亲说到那头母牛一生下小牛，小牛就死了的时候，建国清醒了，睁大了眼，他没想到蚂蟥会这么厉害。再听到父亲说随那小牛一块儿从母牛肚子里出来的还有十多条大蚂蟥，还有很多小蚂蟥，建国的眼睛睁得更大了，他给吓坏了，他从来都没听过这种事。刚才他还说自己知道那头母牛的事,可现在他清醒了,他想都想不到小牛、蚂蟥、早产、那头疯跑的牛会搅在一起。建国蹲不住了,一下子跳了起来,他给吓得一点儿都不困了,他要进去问一问桂花,怀上没怀上。现在问题严重了,严重了,可太严重了。建国进了屋,站到了灶台旁边。桂花从中午就一直没好意思再在公公面前露面,她是又羞又气,下边的蚂蟥是一会儿一会儿地动,弄得她是站也站不住,坐也坐不稳,她想那该死的蚂蟥一定是在她的下边又是吃又是喝,不但又是吃又是喝,而且还不时地来回爬。这让她简直受不了,她打定了主意,要再不行,她就马上回娘家,难看就难看吧,怎么说都是自己娘家,她要让她妈给她想想办法。她刚才,甚至都想找根长柄子小勺在下边猛掏他妈一下子,她在碗橱里找了找,小勺柄子都太短,她想应该把小勺绑在一根筷子上,也许,掏一掏,就把那蚂蟥给掏出来了,那蚂蟥如果给掏出来,她一定要用剪子把它给碎碎地剪了!

建国进了屋,没头没脑问桂花:"你有了没?"

"什么有了没?"桂花说。

"这儿。"建国用手指轻轻杵了一下桂花的肚子。

"没!"桂花这才明白刚才建国父亲站在窗外的问话是什么意思了,她突然觉着十分的委屈,那委屈是一下子汹涌而至。

"真没?"建国又问,

"有了!"桂花心里十分的委屈一下子变成了生气,她说自己不但有了,而且是快生了,"都快半年了!在树林子那一回我就有了,你才知道?"

"瞎说!"这一下子是建国急了,他蹲下身子,想把一只手放在桂花的肚子上。桂花打了他一下,把他的那只手给打开。

"坏了!坏了!"建国说,脸色都变了。

建国的脸色吓了桂花一跳:"什么坏了?"

"那头母牛。"建国说。

"什么母牛?"桂花说。

"我小时候,那头母牛到处疯跑,就是因为蚂蟥钻到母牛的下边了。"建国把父亲刚才讲的事给桂花讲了一遍,"十多条大蚂蟥,还有小蚂蟥,肚子里的小牛一生下来就死了,那小牛让蚂蟥在母牛的肚子里吃得浑身都是洞,眼睛珠子都没了,牛鼻子、牛耳朵都给吃没了。"建国把父亲讲的事适当夸张了一下,这回轮着桂花害怕了,她用手捂着肚子,她根本就没想过自己怀孕没怀孕,这会儿她就更不敢想自己到底怀上没怀上。桂花害怕了,加上下边的一阵一阵难受,桂花一下子哭了出来。但她又不敢放声哭,那样一来,邻居就会听到了,会以为这家人出了什么事。桂花又把哭忍回去,眼睛红红的。她掐着自己的手指算了算,上星期,再上个星期,一个多月了,她已经有一个多月没来过了。

"我一个多月没来了。"桂花说。

"什么意思?"建国说。

"我可能怀上了。"桂花说。

"你怀上了?"建国跳了起来。

"一个多月了。"桂花又说。

"这可坏了,这条蚂蟥咋办?肚子里的孩子咋办?"建国看着桂花。

桂花的眼泪又出来了,她想说什么,但她突然又把身子弯下去,弯下去。

"啊呀,来了,来了,说来又来了。"

"妈的!"建国说,"我操它妈的蚂蟥!"

"来了,来了,又来了。"桂花蹲在地上了。

"要不,我去接你妈?"建国忙也蹲下来,侧着脸看着桂花。

6

"建国你出来,出来。"建国父亲在外边喊了起来,屋里的话他都听到了。

建国的父亲把建国叫了出去,说:"你个臭小子,桂花怀上了你都不知道,这件事可不能再等了,再等下去也许真要出事了!"建国看着父亲,说:"那有什么办法?去卫生所?""去什么卫生所!"建国的父亲说肉已经炖好了,香喷喷的趁热把那蚂蟥早诱出来早好。建国有些纳闷,他不知道父亲在说什么。用肉诱蚂蟥,怎么个诱法?他看着他的父亲。建国的父亲让建国把耳朵凑过来,小声把诱蚂蟥的民间法子告诉了他。建国一下子就拍着手笑了起来,他还从来都没听过这种事,原来炖猪肉是为了蚂蟥这事。建国看着父亲,好像一下子不认识他的父亲了,这也太好笑了,想想都好笑。待会儿桂花要光着下身蹲在那里,热腾腾的炖肉就要放在桂花的下边。

"你笑什么笑!"建国的父亲说,"老年人留下的方子没错,你赶快去做吧,要趁热,凉了就没那么大的香气了。"

"真用炖肉?"建国说。

"对啦,那可不是给你吃的。"建国的父亲说。

"谁说的?"建国说,"我就不信,它一个当蚂蟥的还想喝酒呢。"

"老年人说的没错,蚂蟥最喜欢炖肉的香气。"建国父亲说。

"真想不到要用炖肉。"建国又说。

"你以为我为什么让你买肉?"建国父亲说。

"妈的,我还吃不上呢。"建国又说。

"快去快去!再说桂花已经怀上了就更不能耽搁,那蚂蟥可是个活物,会到处爬,谁知道它一高兴会爬到什么地方,如果它从桂花眼睛里爬出来怎么办?"建国父亲说。

"不可能吧?"建国吓了一跳。

"快快快!"建国的父亲说肉既然已经炖好了,抓紧点儿时间。

为了让桂花放心,建国的父亲把草帽扣在头上,忧心忡忡地出去了,出去也没往远了走,就蹲在家对过那棵老树下。他现在忽然有些恼恨建国的母亲,恼恨她不在家,去的是什么山东!她要是在家就好多了,女人对女人好办事。他又有些恼恨桂花,怎么偏偏在这时候怀了孕,更可恨的是那条稻田里的蚂蟥,不迟不早瞅空子就钻进去了,还真他妈会找地方!队里也不像话,怎么要妇女下稻田薅水稗子!那蚂蟥现在还不知道在桂花的那里边鼓捣什么呢!建国的父亲蹲不住了,他站了起来,左右望望,满地的大白太阳晃得他睁不开眼。他想去问问村里的老赤脚,怎么说人家也是个大夫,怎么说人家也经常给人们看病,也许他有更好的办法。

建国的父亲往南边去了,老赤脚住在南边。

"中午也不睡会儿?"有人从对过儿过来了。

"你咋不睡?"建国的父亲闷着头说。

"建国从工地上回来了?"这个人说。

"是回来了一下。"建国父亲闷着头说。

"回来干啥?"这个人说。

"谁知道!"建国父亲闷着头说。

是谁和自己说话呢?建国父亲心里一怔,回过头,那人已经走到村巷北头了。建国的父亲忙又追了回去,建国的父亲看清那人了,正在朝北走,可那人不是老赤脚。

"都快急死我了!"建国父亲自己对自己说。

7

建国忍着笑把锅里热腾腾的炖肉一下一下都盛在了一个大碗里,把肉盛好，端进屋里，放在了床上，桂花还不知道公公让自己炖肉做什么。

"端过来做啥？"桂花说。

"想不到吧？会用这么珍贵的炖肉给你治蚂蟥。"建国说。

"用炖肉？"桂花的脑子拎不清了，她纳闷地看着建国。

"我一年也吃不上两次。"建国说。

桂花说家里还有酒呢，陪你爸喝点儿。

"快点儿，趁热，是给你治蚂蟥的。"建国说。

"唏——"桂花说怎么治。

"把它哄出来让它吃肉。"建国说。

"唏——"桂花又一声唏，"还给它吃肉！"

"你就快点儿吧，趁热。"建国说你要是再不动我拉你裤子啦。

"拉裤子？"桂花更不清楚了。

"我可要拉裤子啦。"建国说，"把肉放在你那地方，它闻着香就出来了。"

桂花的脸一下子就大红了，她羞得不行了，也气得不行。

"唏——它是个什么东西！"桂花说。

"你快点。"站在一边的建国突然一拍手笑了起来。

"你笑什么？"桂花说。

"我上边都吃不到的东西倒要给你下边吃了！"建国说。

"不行！"桂花说她觉得真是对不起那碗炖肉，那可是炖肉！

"还不就是碗炖肉。"建国说。

"不行！"桂花说。

"要不，就拿一块儿好了，一块儿也是肉香，一碗也是肉香。"建国说。

"你说只用一块儿？"桂花说。

"你说对不对？一块儿也是肉香。"建国说。

"一块儿也不行，它是个蚂蟥，它以为它是谁！"桂花生气了，是真生气。

"你要急死我!"建国说。

"我的事情我自己来,你去睡觉,看你这几天黑成了个啥。"桂花说。

"你说我黑成了个啥?"建国说。

"谁知道你黑成个啥!"桂花说。

"啥东西不晒太阳照样黑?"建国还有心和桂花开玩笑。

"啥晒太阳不晒太阳的!"桂花说。

"想不到你怀上了,我靶子准。"建国说。

"来了,来了,又来了。"桂花突然又难受起来,那蚂蟥又在里边动了。

"还是我来吧。"建国已经把那块儿肉放在了自己的手上。

"不行,还想吃肉?它是个蚂蟥。"桂花是气得不得了。

"你说,放点农药行不行,往里边?"桂花突然说。

"不行,不行,可不行。"建国说。

8

建国和桂花没了主意。天快黑的时候,桂花下边的那条蚂蟥又闹腾了一阵子,闹得桂花在床上一拱一拱地出了满身大汗。建国有什么办法呢?他只能出去看了一回又一回。父亲不知去了什么地方,建国往南边走的时候碰见了老赤脚。

"那还算个事?"老赤脚一看到建国就笑了起来,说,你爸去稻田弄泥去了。

"弄泥做什么?"建国说。

"你回吧,回去就知道了。"老赤脚说,"晚上我还要过去喝酒呢。"

天快黑的时候,建国父亲从外边回来了,"吭哧吭哧"提着一桶从稻田里弄回来的稀泥。建国的父亲真是去那块稻田了,今年的稻子长得真好,真正是又壮又齐,天黑之后,田鸡在稻田里叫得一片沸腾。去稻田之前建国的父亲去老赤脚家坐了好一会儿,他把桂花的事对老赤脚说了,老赤脚对建国父亲说你别愁眉苦脸,不光是桂花,南边刘建春的媳妇这几天也让蚂蟥给折腾得够呛,腰都快要拱断了,所以说下稻田薅水稗子这种活儿根本就不能让妇女去,尤其是那块稻田。

"蚂蟥这家伙真流氓,就没听过钻男人的那地方。"老赤脚说。

建国的父亲就忍不住笑了一下,说真还没听说过。

"你说蚂蟥钻女不钻男,是不是个流氓?"老赤脚说。

"女人那地方和男人那地方能一样?你说怎么能一样?"建国父亲说。

老赤脚看着建国父亲直笑,说:"你说怎么就不一样?"

"女人那地方是肉香。"建国父亲小声说。

"好家伙,还肉香!"老赤脚差点笑出声,"男人那地方呢?"

"妈的!你信不信,要让男人光屁股下地,钻进去的肯定都是些屎壳郎。"建国父亲说。

老赤脚笑得要止不住了,说刘建春的女人,让蚂蟥给难受了两天,腰都快要拱断了。今天那条蚂蟥还不是让我给弄了出来?那家伙可真是吃足了,比稻田里的蚂蟥一下子粗了两倍,用砖头砸出一地的血。

"建春他女人怎么弄出来的?"建国父亲说桂花可是怀上了!肚里怀上了!

"是蚂蟥出来,可不是建春女人出来,你再急也要说清楚一点。"老赤脚说。

"桂花怀上了,我能不急?"建国父亲说,"你忘了那头母牛了?让蚂蟥把胎里的小牛都叮死了,一大堆蚂蟥都钻到牛的那地方了,在那地方大会餐。"

"你不用急，蚂蟥也不想在那地方待，但蚂蟥这家伙会乱爬，如果爬到正经地方就得去医院开刀做手术。"老赤脚用一只手在自己的肚子上划来划去，"这地方，这地方，再往这儿，就到了子宫，蚂蟥很有可能会钻到子宫里边去。"

"那怎么办？"建国的父亲急了。

"你说蚂蟥在女人那里边爬来爬去找什么？"老赤脚说。

"找吃的，找喝的。"建国父亲说。

"蚂蟥又没有嘴，它吃什么吃，它只会吸。"老赤脚说蚂蟥在女人那里边爬来爬去是找那块稻田里的泥呢。老赤脚说老刘你也不用急，你现在就去那块稻田里弄一桶泥来，让桂花马上坐在泥上，不用一会儿工夫那蚂蟥就会出来。刘建春的女人就是我告诉她弄了一桶泥才把蚂蟥引出来的，要不是那桶泥，蚂蟥怎么会出来。

"弄稻田里的泥？"建国父亲站了起来。

"我这是当兵的时候从云南学回来的。"老赤脚说，"云南的蚂蟥比咱们这边大。这么大，伸开，有这么长，会爬树，还会和蛇打架。"

"稻田里的泥？"建国父亲说，"为什么偏偏要用稻田里的泥？"

"你说蚂蟥是从哪来的？是从棉花地？"老赤脚说。

"对，稻田。"建国父亲明白了。

"你想想。"老赤脚说。

"对，我明白了。"建国父亲说我闻见稻田的泥都觉着香。

老赤脚也站起来，说蚂蟥最熟悉的就是那块稻田里的泥了，它就是从那里来的，它一闻到稻田里的泥腥气就会出来。

"你现在就去弄，我晚上可是要过去喝酒。"

9

建国把父亲从稻田里弄回来的那桶稀泥倒在了一个木盆子里，把院门和家门都关好了,建国的父亲发现自己脚上叮了一条蚂蟥,是在稻田里弄泥的时候给叮上的,他用鞋底"砰砰啪啪"狠狠敲打了一阵那只脚,然后出去了。

稻田里的泥弄回来了,桂花却不见了,桂花不在屋里,建国喊了几声,却听到了屋后茅厕里有呻吟声。桂花在茅厕里,在地下,在打滚,桂花对建国说炖肉是过年才能吃到的好东西,怎么能给蚂蟥吃,她告诉建国说,她把农药倒到那里边去了,她要药死它,谁让它钻到这地方祸害人。

桂花在地上滚着,她觉得自己要难受死了,下边像是有个火炉子。

桂花就那么在地上滚来滚去。

"噗"的一声细响

　　北花一转身离开刘继红的时候，刘继红又把中指对着北花猛地捅了一下。北花猛地在自己的肚子上狠狠抓了一把，这一把抓得太用力了，北花忍不住叫了起来。怎么说呢，人们都说刘继红是个本事人，但现在看来刘继红根本就不是个人，八户人家，加上北花，一共九户人家都把地给他开了砖厂。乡里早就有规定不许农民烧砖，但县里要修老城墙，修城墙就得有砖，而且还必须是蓝砖，刘继红就把特批手续给弄下来了，刘继红跟九户人家都说好了，都是以土地入股，到年底分红，除了分红，这九户人家的劳力都还可以去砖厂上班，上班就可以拿工资。刘继红看得很远，说县里的城墙一修好，砖厂也就到头了，到时候，九户人家的地已经是个相当大的坑，索性到时候放水养鱼，办鱼塘要比种庄稼的收入高。当时还有人问刘继红，那么大个鱼塘怎么分谁是谁的？水上又不能打地埂。刘继红说现在养鱼都是用箱养，到时候在水上弄些浮漂就行了，刘继红还说养鱼赚钱没养螃蟹那么快，到时候就养螃蟹。这是三年前的事，三年的时间，人们才知道刘继红说的那些话离他们是越来越远，话一旦离人们太遥远便和谎话差不多。在砖窑上做事，工资三四个月才能算那么一回，或者是半年算一回，但总还算是欠不下，在砖厂上做事的人们也知道砖厂的砖要卖了才会有钱，但年底分红的事一过三年却从没有提过,这就不能不让人们着急。北花现在和她的大夏都在砖厂上做事,北花的男人王紫气在村里的小学校当老师,王紫气为人太老实,人们都说他太不像个乡下人,比城里人都爱面子。所以,家里的事都是北花一个人管,王紫气每月的工资不高,只有八百多块钱,每次发工资,王紫气只给自己留二十元,说口袋里有点钱就行了,往往是,到了下一回开工资,那二十元还在王紫气的口袋里,月来月去,二十元加二十元,到后来王紫气会把零钱攒起来凑成整数再交给北花。北花比王紫气小九岁,原来是王紫气的学生。北花从小就是个有想法的人,还在上学的时候她就打定了主意一定要嫁给当老师的王紫气,后来果然给她办到了,怎么办到的,细节不必说,但有关这件事的传闻是相当多。多少年都过去了,到现在,有几次她去参加同学的婚礼,同学们开玩笑叫她师娘,她心里有说不出的滋味,那滋味既是高兴,又像是有些失落。但这都是以前的事了,现在村子里比她过得好的人多得是,二层小楼一座又一座地往起盖,过去的同学见了她,往往会说什么时候王老师盖小楼我们都去帮忙。这话让北花心里更不是滋味,她在心里说,笑在最后才算是笑,你们有二层小楼住,但你们的儿子姑娘哪个学习能比得上我小夏。北花的心气现在仍然很高,她能听得见自己心里的那句话:"只要我姑娘小夏考进大学,你们哪个不是在我的下边!"北花的姑娘小夏也真是争气,首先是她肯学,其次是王紫气辅导得法,所以小夏学习一直很好,回回考试都是班上第一,这一次高考,北花的姑娘小夏是全县第一,一入八月就拿到了入学通知书,而且是省里的大学。无论王紫气怎么不同意,北花还是执意请县里的小剧团来唱了两天戏!那小剧团也就三个乐队,两个演员,唱又蕈又烂的地蹦子戏。北花是心花怒放,那几天出来进去脸上都有两朵花,心上的花却是一大片!她希望自己心里的那一大片花不要光是花,她希望自己心里的花结出果子,那就是小夏上完大学留在城里,大夏过些时候去城里学理发开发廊。她还有个计划就是一定要给王紫气生儿,她不怕村里计划生育管得有多严,再说这几年也不那么严,刘继红去年又得了一个小子,也不见村里拿他怎么样。但北花的情况跟别人不一样,她是自从生了小夏之后便总是怀不上,这让她十分着急,背着人不知道吃了多少药、多少偏方,人们都说她这岁数不会不坐果儿的,再坐果儿肯定会是个小子,也许还会一连生几个。那天王紫气的表哥家盖房子,上梁的时候北花过去帮忙,在厨房打下手。王紫气的表嫂是有口无心,随口说:"北花家盖小二层去的人肯定院子里都会站不下。"北花马上给了一句,说"小夏这一去就不可能回来,到时候我跟小夏住城里,城里的楼房才叫楼房。"王紫气的表嫂也是给盖房的事弄得高兴得过了头,说:"大夏还不是在村里?去城里做什么?想找个人说话都没有。要是个儿子也罢了。"王紫气的表嫂是说话无心,而北花手上的劲不禁使得大起来,每一个饺子的褶儿都捏得死死的,每一个褶上都有北花粗粗的指头印子,在砖厂上做事,北花的一双手现在是要多粗糙有多粗糙。

北花是个有主意的人,她既是这个家的统帅又是这个家的财政部部长,这个家全得听她的,她已经打定了主意,姑娘小夏上学是个绝好的机会,她要借着小夏上学的事去找刘继红把该分给自己的红要回来,虽然自己不缺那笔钱,家里存的钱加起来差不多能给大夏在县里开个小发廊了,她已经想好了,这笔钱说什么也不能动,小夏上学的钱她准备从别处弄,那就是去找刘继红,北花觉得这是个机会,这个机会能让她风风光光向刘继红张张口,三年的红加起来谁也不知道会是多少。北花对王紫气说能要多少要多少,三万两万当然好,没三万两万,一万也成。王紫气说这样不好吧?别人都不张这个口。北花说什么好不好,别人家的孩子还没考上大学呢!要是村里再有一家,我就不张这个口!王紫气说人家刘继红已经说过了,县里那边还没有给钱,要到城墙修好了一总算。王紫气的意思要北花别去。可北花有北花的主意，她的主意一旦定下，谁也别想再改动一分一毫。这就是北花，在这个家里，北花的一句话、一个主意，甚至是一个小小的想法都是一座从地下突然生出来雄伟的高山，王紫气休想绕着过去。

这天下午，砖厂里没事，北花带上小夏去找刘继红。北花把小夏那张大红色的入学通知书揣在了口袋里，她想好了，去了就先让刘继红看看通知书，然后再把要说的话说出来。已经是二伏了，前几天的那场雨并没给人家带来多少凉意，反而更热更闷。在路上，北花再三再四地盼咐小夏，去了别说漏了嘴，就说家里没钱，一分钱也没有！一分也没有！就说前不久还向你二叔借了两千块！小夏看看母亲，眨眨眼，有些害怕，一想起要说谎她就有些害怕，但她心里又满满当当都是佩服，但说实话，就是让她说，她也不知道家里有多少钱，或者是有没有钱。王紫气家里的钱都在北花手上，那是个秘密，谁也不知道的秘密，有多少钱，都放在什么地方，谁也不知道，只是到了用的时候北花才会拿出来，钱都用红布条儿扎着。北花的奶奶对北花说过，钱财这东西要是不用就得用红布条扎着，不然就会自个儿跑掉，只有扎好了才不会跑。

砖厂里的那几个人在树底下打扑克，看见北花，有人告诉她刘继红洗澡去了，要找就去澡堂找，这会儿可能正在池子里泡得舒服呢。那几个人还说这时候你要是去了，叫他办什么事他肯定都得办，光腔男人最怕见女人了，只要你敢进男澡堂。砖厂的人嘴都很骚，北花笑着骂了一句，说我什么地方不敢去？谁还不知道你们身上长什么驴玩意儿。北花问，县城里好几个澡堂子，是哪个澡堂？那几个人说你不会看车？车在哪个澡堂门口停着就是哪个澡堂。北花突然有了新的想法。

北花马上回了一趟家，王紫气不在家，北花又马上去了一下地里，今年的玉米长得很好，几场雨下来，现在都高过人头了。北花知道王紫气就在地里，她站在地头上说："王紫气你就别在地里弄这几棵老玉米了，你现在就去城里洗澡。"王紫气在地里直起腰，张了张嘴，说："又不过年过节洗什么澡！"北花说："不过年过节就不洗澡了？让你去你就去！你还当老师呢！"北花突然又把声音放低，说："刘继红这会儿可正在澡堂子里呢。"王紫气说："他洗澡跟我有屌关系，我不去！"北花拨拉开玉米走进地里，三划拉四划拉来到王紫气跟前，一把拉住他，把自己的想法说了出来，说："洗澡是最好的机会，你去给他搓巴搓巴，一边搓一边就把姑娘考上大学的事顺便告诉他，就说咱们急等着钱用，问他能不能把三年的红先给了咱们。"北花又说："洗澡是个好机会，比在办公室好说话。洗完澡你再要壶茶，和他喝喝茶，你怎么说也是他儿子的老师，你给他儿子补课补得眼都快瞎了。"

王紫气还是那句话："不去！他那种人！"

北花眼睛瞪大了，但她又把肚子里的气调和了调和，说："王老师！"

北花这样改口说话就意味着事态比较严重了，王紫气最怕北花叫自己王老师。当年北花在学校后边的高粱地把自己完全彻底交给王紫气的时候就说了一句："王老师，你看着办！"王紫气的身份也就是从那时候彻底给变了过来，从北花的老师变成了北花的男人，而地位却一下子出溜了下来。家里每逢大事，或者是每逢北花不高兴，北花就会把对他的称谓适时地改一下，只要北花一开口叫王老师，王紫气就知道要有事了，要是不让北花闹事，他只有听北花的。

王紫气把头上的玉米花儿打打，连家都没回，直接去了县里。

时间过得很快，半下午的时候，王紫气才从外边回来，说："谁说刘继红在县里洗澡？害得我把县里的澡堂都找了个遍！"北花说："你没看到他的车？"王紫气说："我还能连他的车都不认识？"王紫气不再说话，他也累了，骑自行车跑了大半天。吃饭的时候，王紫气的气也顺了过来，他对北花说回村的时候他看见刘继红了，正抱着他那个宝贝小子在家门口坐着,他们逗你玩儿,你还真当他是去了县城洗澡。

"那你不会跟他说一声?"北花说。

"我不会,我真不会。"王紫气说,"你还不知道我,我真不会。"

北花领上小夏去了刘继红办公室。刘继红的办公室就在砖厂旁边的一间烂房子里。北花领着小夏进了门,刘继红一直板着个脸,刘继红只要一碰上有人跟他要工钱都是这样。北花明白接下来也许会有不好听的话被自己或刘继红说出来,她便又让小夏先回去,再说刘继红也看过了那个大红的入学通知书了。小夏也巴不得回去,小夏在这方面很像王紫气,很怕事。

小夏一走,刘继红就笑了起来。

"有什么事还让孩子回避。"刘继红看着北花。

北花说孩子马上就要上学了,家里实在是没钱,"你不管别人,还不管王老师的事?"

刘继红就笑了起来,说他可是你的老师。

北花就不好说话了,她本来想说王紫气也是你儿子的老师啊;你儿子现在在省城上大学和王老师能没关系吗?但北花说不出来,北花说不出来,刘继红可说得出来,刘继红说从小我就看得出你和别人不一样。刘继红这口气就像他是北花的长辈,其实刘继红比北花大不了几岁。

"其实啊,整个村子里数你的本事大。"刘继红笑着说,笑得很坏。

北花不应该,就不应该顺着刘继红的话说了这么一句:"我咋就有本事了,有本事还会在砖厂里受这苦?"

"你还没本事,没本事能把王老师给搞到手?"刘继红一下子就把这话给说了出来,这让北花来了个大红脸,这话北花早就听人们说过,但都是背着她说,再由别人传到她的耳朵里,没有人敢当她面对她这么说。再说王紫气在村子里人缘十分好,走出来走进去的孩子们和半大小子差不多都是王紫气教过的,当面就把这话说出来的恐怕也就只有刘继红,北花的脸一下子红了。

"说真的,你真有本事。"刘继红又说了一句,他笑眯眯地看着北花,在心里想自己今天也许真会把想了好久的事给做了,也许时候真到了。北花现在也还不难看,甚至是好看,换换衣服,好好梳洗梳洗,甚至是十分好看,北花上学的时候真不知有多少人喜欢她。刘继红站起来,好像要倒杯水给北花,但他发现暖瓶里没有水,他动了一下杯子,又坐下来了,笑眯眯看着北花。

"你太有本事了。"刘继红又听见自己说了一句。

北花坐不住了,她站起来,不知道该说什么了,忽然有一种羞辱感,但又让人说不出来。刘继红也站起来了,他从桌子这边站起来,北花是在桌子另一边。刘继红站起来把门推了一下,把门推上了,然后又坐下。

刘继红看着北花,说:"其实那时候我们也真想让你把我们搞到手。"

刘继红的这话一出口,北花的脸一下子更红了。

"钱好说。"刘继红笑着,看着北花,"虽然账上没几个,但刚刚打过来一笔。"

"你想做什么?"北花心里的火已经冒起来了,她看着刘继红。

"你还不知道我想做什么?"刘继红说。

"我是来要我的工钱的!"北花说。北花说这话的时候,要是王紫气在,王紫气就会知道北花不对劲了。

"我也没说不给呀。"刘继红觉得自己已经迈出了第一步,第二步、第三步就停不下来了,他笑嘻嘻地看着北花。

"那就给呀。"北花说。

"就这么给呀?"刘继红说。

"我的钱,我的工钱,你还要怎么给!"北花说。

"怎么给,你还不知道?"刘继红觉得自己应该站起来走过去,但他也知道北花的性格,他要看看北花接下来会有什么反应。

"我可是比王老师年轻多了。"刘继红又说了这么一句。

"你!"北花说。北花也是急了,说:"你儿子比你还年轻呢。"

刘继红就笑了起来,"我做出来的,当然比我年轻啊。"

刘继红站起来了,他觉得是时候了,刘继红凭自己的经验觉得是时候了,他站起来,走过去,他知道接下去自己应该做什么。刘继红的办公室里边还有一间屋子,刘继红是不慌不忙地过去,他要把外边这个门给插起来,但他想不到北花一下子抢先就把门给拉开了,"咣当"的一声。

刘继红看到了门外有两个人站着,是办树苗子的那两个人。那两个人也朝这边看,这边的动静很大,门撞在墙上发出很大的响声。

刘继红恼火极了,连想也不想一下子就把自己的右手的中指朝北花伸了出来,伸出来还不说,他还做了捅的动作,很用力,捅一下,再捅一下,再捅一下。

"操!还装什么装!"刘继红小声说,声音小到只有北花听到。

但刘继红在那一瞬间心里忽然软了一下,因为他看见了北花眼里突然有了眼泪,但刘继红还是又跟着说了一句:

"操性!"

刘继红也不知道自己是怎么了,他又朝北花把中指捅了两下,很用力,又捅了两下,他这个动作可太有力太下流了,是从下往上捅,这让他有一种说不出来的快感。北花一转身离开刘继红的时候,刘继红又把中指对着北花的后背捅了两下,这两下北花根本就没有看到,北花一边往外走一边猛地在自己的肚子上狠狠抓了一把,这一把抓得太用力了,北花忍不住叫了起来。

其实也就不到半个小时，北花又出现在刘继红的办公室里，这让刘继红有点意外，又有那么一点摸不着头脑，不知道北花会来做什么。但刘继红马上就又想到那件事上了，脸上不由得有了笑容，女人毕竟都是女人，但他想北花也真是北花，她要是真想通了来跟自己做那事，她的花样可就是要比别的女人多。刘继红看了一下里边屋，门开着，可以看到床上的花被子还摊着，刘继红中午习惯在这里睡午觉，但他就是没有叠被子的习惯。

刘继红是随口说的，不过他这话对许多女人都说过，说过之后便那个那个了，他会抱着女人那个那个，那个那个的左推右推就会倒在床上了，然后他会"噗"的一声细响，把自己的那一截儿该放进什么地方就放进什么地方里了。

刘继红对北花说：

"看看我那被子乱的，你帮我叠一叠。"

刘继红等着北花按着自己的话去办，他甚至都能感觉到自己的动静了。

刘继红根本就没看到北花是从什么地方掏出的那把剪子，刘继红都没来得及看北花在做什么，但刘继红马上就叫了起来，刘继红听到了"噗"的一声细响。有一截手指，滋着血掉在了地上，是北花右手的中指。

刘继红往后跳了一下，他没见过这种事。

地上的那截手指动了一下，又动了一下，像是也要跳起来。

地下眼

就这样,王三毛他们一家都到县城里来了,他们像扔什么破烂一样把村子里的那几块地和老掉牙的房子说扔就扔了,说扔好像又不是,是他们不管它们了,那几块分散在山坡上左一块右一块大大小小的地,要是在往年,早就会给种上玉米或者是土豆,然后等老天下雨,要是老天不肯给他们雨,到时候埋到土里的玉米种就还都是玉米种,只不过那些土豆却已经变成了土豆干,每年春天的时候,王三毛也许还会给地里种上豆子,豆子是好东西,来了客人炒几把就着喝茶水,没有不喜欢的,豆子还可以做成白嫩嫩的豆腐。但他们不管这些了,他们被金枝说动了,都一窝蜂扑到了县城里,去年下大雨滑坡被埋掉的那个村子就在他们旁边,这让他们害怕极了,谁也说不好下一次是不是会轮到自己。半夜"轰隆"一声就什么都不见了。他们也不管他们的房子了,再说那些房子也早就七斜八歪了。金枝说得好,房子又不是一头牛会自己跑掉,也不是一只鸡会被别人偷去杀了吃,上把铁疙瘩锁就行了,一把锁不行,就上他妈两把。金枝她娘说要是进了小偷呢?金枝的嘴是向来厉害,金枝问她娘说家里有什么?我在的时候也许还会有人贩子打打主意,我不在恐怕连小偷也不会来,就你们这老狗皮人家看都不会看。金枝她娘说,啧啧啧啧,看你就不老,世上人,谁没年轻过?金枝说这话的时候看定了她男人王三毛，王三毛也正在用眼睛看金枝，他手里是两个核桃，他要剥核桃给金枝吃，据说核桃对头发好。金枝说看什么看，咱们这是去县城里过好日子，又不是去逃荒，你看什么看？你又不是没在县城里待过，哪像在村里，一脚踏下去不是狗屎就是鸡屎。看你说的，王三毛说要是有那么多鸡屎、狗屎倒好了，就不用买化肥了。金枝说，难道你还会踩出一块金元宝？王三毛说反正我不是那么太想去，我现在在村里待惯了，他们也都不想去，王三毛说的他们就是金枝爹妈，还有金枝的弟弟。金枝已经想好了，她把眼睛横过来，说你是想吃鸡屎还是狗屎？看见王三毛用那种眼神看自己，金枝就"扑哧"笑了一下，说县城里起码地上没这么多鸡屎、狗屎。王三毛是倒登门女婿，他明白要是县城里就是满地鸡屎自己也肯定是去定了，他从来就没有不听金枝话的时候。王三毛从小就没个家，他爹是个杀猪匠，赌钱杀了人，他娘早就跑得没了人影。王三毛虽然摊上了这样的爹娘，但个子有个子，模样有模样，人人都说当倒登门女婿王三毛这样才算是好材料。王三毛听了这话竟也不气，还觉得很顺耳。有人如果说什么话让王三毛不高兴了，王三毛还会生气，说放你娘狗臭屁，你去来个倒登门，看看哪家的两扇大门会瞎了眼为你打开。王三毛本不姓王，他本来姓张，原来叫张三毛，倒登门过来，他一下子就随金枝姓了王，他还对别人说，我就爱姓王，姓张有什么好？嘴张开就要吃东西，鞋子张开就走不得路了，裤子张开鸡巴就会掉出来，我就喜欢姓王。金枝的老子听了这话对金枝说，你往后的日子怕是不好过，好男人的嘴不是这么说话。

  天下着雨，这个秋天老天总是不停地下雨，天一下雨，满地是烂泥。王三毛他们在县城里安顿下了，租房子没花几个钱，一共三间，虽说给雨水泡歪了一点，但还都蹲在原地没跑到别处去。三间房，东边那间王三毛和金枝住，到了晚上总会"吱吱呀呀、砰砰嘭嘭"响一气，这让金枝的弟弟二金很生气，就用脚使劲捣墙，捣墙，捣墙，捣墙。金枝在那边说了，说二金你别起哄，你还小哩，大了有你闲不住的时候。说完金枝就在那边笑个不住，床跟着又是不停地响，"吱呀吱呀，吱呀吱呀"。西边那间原说是金枝的爹娘和金枝弟弟住，金枝弟弟不高兴和爹娘住，说人老了管不住屁股，夜里总是不停放屁，他要自己住中间那间。中间那间放了满地烟叶和核桃，还有从村里弄过来的粮食，金枝弟弟就睡在粮食和烟叶中间。县城和村里毕竟不一样，才住下没几天，金枝的爹和娘就一声接着一声叹气。金枝的爹说，这是啥鬼地方，看不到鸡也看不到鸭，这很让他心里不踏实，而且在街边连头猪也看不到，他们是和鸡狗猪羊一起待惯了，只要一听到它们的声音心里才会安生。以前的县城可不是这样，金枝的娘说，路边都是猪，没有猪哪还像个县城？金枝说人一老就会糊涂个不像样，到处是猪屎人还走不动路。那鸡和鸭呢？金枝的娘说，什么也没有还叫什么世界？早上都听不到一声鸡叫。金枝此刻已经把嘴和眉眼细细画过，她要上班去了，家里的人都知道她是在一家公司做事，家里人还知道她在公司里做事已经不是一天两天的事了。金枝年年没少往家里捎钱，所以金枝都是天天很早出去回来却很晚，有时候嘴里还会有酒气。好在孩子有爹娘给看着，其实她让爹娘跟上过来也是这个意思。这时候，王三毛也已经出去了，他一到县城就去找他的那几个熟人，原想看看有什么好事可以做，没想到一下子就联系上了，那几个熟人原来还都在澡堂里做事，那边不但管吃管喝，一个月还会有一千多块。王三毛就去了，其实王三毛是喜欢在澡堂里做事，起码天天还可以洗澡，而且他要去的那个澡堂已经不单单是个让人们洗澡的地方，那地方也不叫澡堂而是叫"洗浴中心"，是个六层的大洗浴中心。王三毛原来在澡堂里的工作是倒茶、倒痰盂，而现在老板让他看监视器，躲在地下室屁股大的一间屋子里，小屋里一共七台监视器，看明白谁来谁去就行，主要是看会不会有警察突然出现。要是有警察出现，他就得按那个铃，那个铃就在桌子上。王三毛要待的那间地下室太隐蔽了,也太小了,人钻在里边,就像老鼠。领班说小怎么了?这是最重要的地方,这座大楼数这里重要了,这是这座大楼的眼,谁见过眼睛有菜盘那么大的?王三毛只好就待在这个眼里,好在里边还有个电风扇。王三毛知道什么是可以夸口的事,什么不是可以夸口的事。王三毛只对金枝说自己找的事是在一家大宾馆看车库,专门指挥客人停车。金枝转着眼珠说,你在哪个宾馆?有事我也好去找你。王三毛当然不希望金枝去找自己,只说自己在县城西边的那个叫宏安的宾馆,而其实王三毛是在城南,王三毛这么说,只想金枝不要去找自己,那地方,是老鼠待着也不会高兴的地方。后来王三毛才知道,洗浴中心的人都叫这地方叫"地下眼",把在地下眼工作的都叫作"老眼",姓王叫"王老眼",姓李叫"李老眼",还有一个姓苟的叫"苟老眼"。去他妈的,王三毛在心里说好在自己现在改姓王了,要不还不得被人家叫"张老眼",王三毛又在心里说叫张老眼怎么啦,风吹不着雨淋不着,不比你们在外面头上顶个大太阳好?王三毛算是安顿下来了,转眼就快一个月了。金枝的兄弟呢,进了县城,却有了脾气,动不动就和人生气,整天噘着个嘴巴,提了那袋子核桃,好像是谁捅了他一刀,满脸都是深仇大恨,他的裤袋里,有他姐金枝给的十元钱,要他饿了记着买面吃。他的一只手在裤袋里,捏着钱,一只手抓着肩上的那袋核桃,他只在街上转来转去,想起几个在县城里混的同学,觉得没什么大意思。金枝的弟弟叫二金,他知道集市就在不远的地方,但他偏不往那边走,走着走着走远了,却到了县城的另一边,是个工地,有大楼正在往起盖,从前年盖到今年忽然却又停了,二金先对着树撒了泡尿,然后坐在那里开始吃核桃。不一会儿就是一地核桃皮。二金现在对他爹有说不出的仇恨,他爹说哪个有钱人不是做买卖做出来的,他爹要他先去学着卖核桃,核桃卖完了卖烟叶,从家里出来的时候光核桃和烟叶就装了满满一车。想一想那些烟叶和核桃二金就头痛,他心里烦躁得很,手一扬,核桃就都滚到了地上,那些核桃个个让他看着都来气,他又跳起来把核桃一个一个往土里踩。刚下过雨,土是又黑又松又软,核桃就都给踩到了地里,后来他找了一根细棍,再把核桃从土里一个一个抠出来,偏偏留下一个又不往出抠,还用脚又用力往土里踩了踩,心想明年看它会不会长成一棵树。他在心里有些恨金枝,恨金枝把一家人拉到县城里,这边又没个金山没个银山,在这一点上,他和他姐夫王三毛一样。做完这些,二金觉得饿了,也快中午了,他决定先去吃面。二金一边走一边摸摸脖子后面,脖子后面有什么?有一大块黑,像谁不小心把墨水给他洒了一脖子。二金很想把这块黑给去掉,听人说姜能去掉这块黑他就用姜擦,后来又听说狗屎有毒,可以专门用来毒那个黑,二金就用狗屎,结果那黑还在,那脖子上的黑一天去不掉,二金就一天当不成兵。二金的理想是当兵,他想过了,只有当兵才能让他远远离开这个鬼地方。二金的屁股在小饭店里的板凳上坐下来了。这个小饭店,二金已经跟上他姐夫王三毛来过几次了,这地方离王三毛待的那个地方不远,这里的面汤和泡菜可以白吃,所以他们就懒得再去别家。二金坐下来,旁边那两个人吃面吃得真是响,真是让人生气。这是两个县城里的年轻人,二金心里发烦,朝那边看一眼,面端上来,二金把面吃得更响。但二金忽然不用那么大的声音吃面了,二金发现那两个人在看他,再扫一眼,果然是看他,不但看他还对他说,你那是什么东西,怎么会这样臭。二金说那是一袋核桃,核桃怎么会臭?我看你那不会是核桃,而是一袋子驴粪!那个人说。"哗啦"一声,二金已经跳起来,那袋子核桃马上就骨碌了满地,像是都忽然长了腿。二金又一屁股坐下,继续吃面,咬到什么,猛地往地上一吐,原来什么也没有。小面铺忽然很安静,那口煮面条的锅原本就开着,这时候却"吼吼"地大响起来,好像在下雨。看二金火气大,那两个人倒忽然没了火气,他们都不想打架。一个说:快看外边,狗日狗呢。外面果然是有两条狗,此刻已经连在了一起,看阵势一时半会儿休想分开,猛看好像是当街出了个两面各有一个头的怪物。这个怪物拖拖拉拉不知想往什么地方走。往东走走,又往西去了,分明已经日昏了头。这时就有两个后生从街对过嘻嘻哈哈笑着跑了过来,手里是条桃木扁担,两个后生发一声喊,把扁担从两条狗下边穿过,一下子把两条狗挑了起来,在一片狗叫声中早不知去了什么地方。

小饭店的老板"嘿嘿嘿嘿"笑了起来,说又是一星期的烤肉串。

"谁家的狗?就没个主?"那两个年轻人说。

"鬼才知道。"老板说。

门口这时黑了一下,有人从外面一步跨进来,是王三毛,眉头拧在一起。他先端起二金的那碗面汤猛喝了一口,说二金你马上跟我走。二金说,什么事?这么急,像猴屁股着火。

王三毛对二金说:"去晚了就怕你看不到。"

"看什么?"二金说,

"气死我了。"王三毛对二金说。

二金说:"谁气你了,你生气跟我有什么关系?"

"当然跟你有关系。"王三毛说,"就是不知道你看了会不会生气。"

"你吃个核桃就不气了。"二金说,"我要是一生气就吃个核桃,使劲咬,气就没了。"

"不吃!"王三毛说。

"那你喝碗面汤。"二金说。

"去晚了就看不成了,还喝面汤。"王三毛说。

王三毛很快就把二金领到了地方,这地方就是王三毛上班的那个洗浴中心,离那个面馆很近。院子里的花都谢了,树叶子也黄得不像个样子,风一吹,树叶子飞得像鸟。他们从后边院子进了那地方,后院停了好多车,王三毛领着二金下了十多个台阶就到了。打开那个小门,王三毛让二金坐在那把吱呀乱叫的椅子上,指着其中的一个电视屏幕说,二金,你就盯着这个看,你好好看,你给我好好看。二金看看王三毛,不知道姐夫让自己看什么,里边又没有电视剧,只有走廊,灰乎乎的,二金只看了一会儿就困了,这种地方又热又暗,让人直想睡觉。

"你看,你好好看,你闭上个眼睛咋屎看。"王三毛说。

二金就又把眼睛睁开,说这是什么鬼地方,这么多电视。

"你看就对了,要不你抽烟。"

二金就抽烟,两个人都一根一根接着,一会儿就把屋子抽得烟雾腾腾。

"看看看,看看看!"王三毛忽然叫了起来,用手指戳电视,再用劲,电视也许就给戳出个窟窿。他要二金快看,有一个人从屏幕里的一间房里出来了,是个长头发女人,先往外探了一下头,然后就出来了。二金一眼就看出那是金枝。

"咦,她在这儿做啥?"二金说。

"你说她做啥!"王三毛气得鼓鼓的。

"我咋能知道她做啥。"二金说。看着姐夫王三毛那张脸此刻好像歪了,下巴朝左边扯,他一生气就这样子。

"看看看!"王三毛又叫了起来。

这回是又有一个男人从那间屋里出来了,跟在金枝的身后,这个男的紧走几步,把金枝从后边一把抱住,两个人就那么亲亲热热抱着走。

"你看看,你看看。"王三毛的脸扯得更歪。

二金不说话了,这事他懂,他想安慰一下姐夫,但他不知道该说啥。

"真不要脸死了!"王三毛说。

"要不是我姐呢?"二金把要说的安慰话一下就收回去了。

"那还能是个谁!"王三毛一下就火了。

"你跟我火个啥?"二金跳起来,"你找那个男人火去。"

"那还能是个谁?"王三毛又说,摸屁股,好像屁股上有主意。

"要是不是我姐呢?"二金说。

"那能是个谁,那能是个鬼?"王三毛说。

"天底下长一样的人多得是。"二金说,他想应该给自己姐掩护一下。

"天底下的人跟你姐都长一样,那你想想你爹会是个啥东西!"王三毛说。

"你这是放屁。"二金说。

二金其实自己已经气得不得了了,便开始吃核桃,他给自己砸一个,想给王三毛也砸一个,但二金看了看姐夫王三毛,是越看越生气,二金心想自己该不该把这事告诉金枝。"这话咋说?"二金对自己说,"这话你咋说?"

但一句话又从二金嘴里出来了:"我看那根本就不是我姐。"

"你这才是放屁!"王三毛说。

二金不说话了,怎么说王三毛都是自己姐夫。

"这还不如在家里种豆子!"王三毛又说。

"要不,你吃颗核桃,你狠狠咬它一下。"二金说。

王三毛却突然用两只手捧着脸哭了起来。

二金一下就火了,跳起来说:"我看你就是个尿相!"

"我就是个尿相!怎么样?"王三毛捧着脸说。

"尿相!"二金说,拉开门一步迈出去,出门的时候在自己裤裆里抓了一下。

"我才不说呢。"二金对自己说。

"那你慌个啥哩?"二金站住了,心怦怦乱跳,问自己。

新的一天又来了,这天的太阳很好,照到哪里哪里就都是金子,县城里居然也会有这样的好太阳。金枝的爹就想把放在屋里的烟叶拿出来晒一晒,要不它就霉了,霉了的烟叶就不金黄金黄了,也不好抽了。他在院里头的地上铺了块布单子,烟叶可真他妈好闻,好闻得让他不停地打喷嚏。他把那些个烟叶从屋里倒腾出来,都码在了那里,烟叶可不真是受了潮,干烟叶是"哗啦哗啦"的,就像刚刚烙出的煎饼,可现在是蔫的。"不晒不行了,不晒不行了,操他个祖宗,不晒可真是不行了。"金枝的爹对金枝的娘说。金枝的娘说你先晒粮食,你怎么不先晒粮食?金枝的爹就不高兴了,他从来都不喜欢自己老婆对着自己指东道西。金枝爹说,你知道不知道烟叶就像是一百块钱的票子,粮食顶多像是十块钱、二十块钱的票子。金枝娘说,你要活你离不开粮食,你饿了烟叶也不顶饥,你给我吃口烟叶看看。你给我做熟我就吃,金枝的爹说,你给我把它做熟,你有本事把它给我做熟。金枝的娘看着金枝的爹,正在想自己应该说句啥,就看见有人从西头飞跑了过来,这个人跑得很快,跑近了,是王三毛,一头一脸的汗。

"你跑啥呢?"金枝娘说。

"爹你快跟我去看。"王三毛说。

"出啥事了?"金枝的爹和金枝的娘都吓了一跳。

"没出啥事,但你跟我去看看就明白了。"王三毛说。

"我抱着孩子我咋去。"金枝的娘说。

"也没人说要你去。"王三毛说。

"那咋就不让我去?"金枝的娘说。

"你把我那烟叶子看好就行。"金枝的爹说。

金枝的爹就跟着王三毛走,看一下天,又说:"肯定下不了雨。"

"下雨你就把叶子收了。"金枝的爹又掉过头对金枝娘说。

"我在家里看孩子,我管不了那么多!"金枝娘已经生气了。

两个男人一眨眼就已经走远了,他们都走得很快。金枝爹的心里很慌,不知出了什么事,是谁出了事,这个狗三毛就是不说。

"你跟上我去一看就知道。你跟上我去一看就知道。"王三毛说。

"是金枝还是二金?"金枝的爹问王三毛。

"你一看就知道。"王三毛说,王三毛很急,他拿捏着时间,要是走得慢,也许就赶不上了。

"爹,你就不能快点?"王三毛说。

"你跟我火什么火?你哪来的火!"金枝爹说,"再快我这脚就要走掉了。"

"脚还能走掉?!"王三毛说。

"火车轱辘还掉呢,那还是铁器。"金枝的爹说。

说话的时候,王三毛已经把金枝的爹领到地方了,脚下"哗啦哗啦",落在地下的树叶比金子还黄。下了那十来个台阶,下边走廊黑咕隆咚,"这是啥地方?"金枝的爹说。"管他是啥地方,你一看就明白了。"下了台阶,往右手一拐,王三毛已经把那扇门打开了,他要金枝的爹先进,他跟在后边,他让金枝的爹就坐在二金坐过的那把椅子上。

"你坐下看。"王三毛说,"你就坐下好好看,有好看的。"

"你让我看啥?"金枝的爹说。

"看这地方,一会儿就有正经人出来了。"王三毛用手指戳那个屏幕。

"这是电视,你让我跟上你跑过来看电视?"金枝的爹不高兴了。

"看吧,好看的东西在后边。"王三毛说。

"这有啥好看。"金枝的爹觉得这电视不好看,里边都是走廊,灰乎乎的,连个人影都没有。不但这个电视是这样子,其他那几个也都这样,里边也都是灰乎乎的走廊,有人出来了,有人出去了,有人站在那里不知做什么,也不知对谁在招手,又有一个人过来了,这是一个男的和一个女的,两个人忽然就抱在一起了。

"看看这像个啥样子,这还好看?"金枝的爹说。

"待会儿就有好看的。"王三毛气呼呼地说。

"这是啥地方?"金枝的爹问。

"这就是我上班的地方。"王三毛说。

"地方小得连个大屁股都放不下。"金枝的爹说。

"这是这地方的眼睛,专门看谁来了谁走了。"王三毛说。王三毛突然叫了起来:"快看快看,你看看那是个谁!"

"我咋知道那是个谁?!"金枝爹说。

有人从那间屋里出来了,却是个男的,金枝的爹说这有啥好看,一个男人么,还不就是一个男人么。王三毛说你再看,你往下看。王三毛这么说,但那屋里没了动静,那个男人已经从电视屏幕里消失了,就好像他知道有人在看他,躲起来了。怎么回事?王三毛说。你问我,你让我看什么?还问我怎么回事。金枝的爹说。但王三毛马上叫了起来,又有个人从那间屋里出来了,这回是个女人,披头散发,捂着个脸,像是在哭,是金枝。

"你看看这是个谁,这才是真正的角儿。"王三毛对金枝的爹说。

"我咋能知道这是个谁!"金枝爹说。

"你好好看,这角儿是不是金枝。"王三毛说。

"可不是金枝。"金枝的爹叫起来,"她钻到这鬼地方做啥?你说她做啥?"

这时那个走出屏幕的男人忽然又出现了,不知从什么地方一下子又跑了出来,直奔跟在后面的金枝,拳打脚踢起来。金枝往这边躲,那个男人就打到这边,金枝往那边躲,那个男人就打到那边。

"啊呀,啊呀,打人呢。"金枝的爹就叫起来。

"狗日的还打人呢!"王三毛跳起来就往外跑。

金枝的爹也马上跟出去,却看到王三毛已经蹲在那里,在喘粗气。

"那人打金枝呢,你还不赶紧去?"金枝的爹说。

"人家那是拍电影哩。"王三毛说。

"拍电影?"金枝的爹看着王三毛。

王三毛一下子跳起来,大声说:"拍电影就是拍电影,她还能做个啥啥啥!"

"她还能做个啥啥啥!"王三毛简直就要气疯了,王三毛又蹲下去,王三毛觉得自己还算聪明,要真跑过去算尿个啥?这日子还怎么往下过。

"她不拍电影这日子怎么个往下过?"王三毛又跳起来,对金枝的爹说。

"莫非拍电影就非得叫人打?"金枝的爹说。

"打还是小事哩,还要做别的呢。"王三毛说。

王三毛觉得自己就要说漏嘴了,这下子日子就要过得不像个日子了。王三毛把手朝地下一挥,说:"你给我快走!"

金枝的爹觉得自己这下子可真是给气坏了,他从来都没见过王三毛发这么大的火。金枝的爹也大声嚷起来:"我当然要回,我还有我的烟叶呢!你这叫啥地方,大屁股都放不下的鬼地方,让我待我还不待哩!"

王三毛把手又朝地下一挥:"你这就给我走!"

金枝的爹一边往外走一边大声说:"你还不知道你自己姓个啥!"

王三毛又把手朝地下一挥,这回他没说出个啥啥啥,却一头蹲在那里,"哈哈哈哈,哈哈哈哈"起来。被王三毛和金枝爹吵出来的人忙围过来问王三毛:"咦,你这是哭哩还是笑哩,哈哈哈哈,哈哈哈哈,要哭好好儿哭,要笑好好儿笑。"

"我这回就要姓他妈一回张!"王三毛一下子跳起来,大声说。

这可把那些人笑坏了,说王老眼今天筋不顺溜,大家散开,快别理他。

冬天下过第一场雪，王三毛和金枝还有金枝爹娘还有王三毛的两个娃都又回到了村子里。"天蓝蓝的，地黄黄的，还是咱村里好！"别人都不说话，王三毛一个人站在院子里大声说。二金呢，没跟上回来，留在了城里，在澡堂里倒痰盂和茶水，那地方缺一个人，王三毛一说就成了。"吃处有吃处，睡处有睡处，阎王爷也赶不上你舒服。"金枝呢，噘上个嘴，跟在王三毛后边总算也回来了。天还不算个冷。"天蓝蓝的，地黄黄的，还是咱村里好！"王三毛又仰着脸大声说，又朝天吐了口气，说："看看这吐口气也都白花花的有个模样！"

金枝的爹也不再生气，他甚至还有些欢喜，烟叶啊，麦子啊，棉花啊，秋橘啊，石头啊，瓦块啊，柿饼啊，核桃啊，一切他熟悉的东西又都在眼前了，鸡叫，狗叫，牛叫又都回到耳朵边上了，这才是个过日子的热闹劲，这才叫个过日子，县城那叫啥！县城那叫个啥！那叫个尿！他虽对县城有一百个不满，但现在已经都过去了。只有金枝，不知出了什么事，对王三毛倒像是怕了起来，话也像是不敢大声说，气也好像不敢大口出。金枝爹对金枝说："回来咋也比你在县城里拍电影好，还得让人追上打，你看看那叫个啥，又没犯王法，追上就打，咱又没犯王法。"

金枝爹本想劝劝金枝，金枝却黄河水决堤般哭泣起来。"你哭你的，我晒我的，我不说你也不管你，你还以为你真是金枝女，我事多着哩。"金枝的爹晒他的烟叶去了，他把烟叶在院子里铺了起来，一片金黄，一片的金黄，那才叫个金黄。

交界处

　　林加春在小猫的宿舍里一直待到第二天上午十点多才离开。他在小猫那里过夜总是这样，要不就早早离开，趁人们还没上班，要不就索性睡到很晚，小猫住的三楼一般不会有人来。林加春醒来了，给自己泡了碗方便面，后来他去了一趟厕所。昨晚他把父亲生病要马上住院的事对小猫讲了，但小猫一直没吭声。林加春在厕所里蹲着，这时候他的手机响了，是胡丽打过来的，胡丽在电话里问林加春是不是已经走了，是不是他的父亲真要做手术。

　　"你问这些干什么？"林加春对电话那头说。

　　"其实我知道你原来的名字叫'林家存'，你后来才改成现在这名字。"胡丽忽然在电话里笑了起来，好像很开心。

　　"这有什么好笑？"林加春看着对面的镜子，用手摸摸自己的脸。

　　"问题是，你改得很好，'家存'这两个字只不过是把根留住的意思。"胡丽又在电话里说了一句，"把根。"

　　林加春有点发愣，他摸着下巴，拔了一下。

　　"你要是急着需要钱你就来吧。"胡丽又说。

　　"我下午就回家了。"林加春说父亲明天就要做手术，手术大夫都已经定下了，看着对面的镜子，林加春又拔了一下。

"需要你就过来。"胡丽在电话里说。

"我要在医院里待最少一个星期。"林加春说。

"这么说,你还会回来?"胡丽说。

"当然,我还会回城里来。"林加春苦笑着说。

胡丽在电话里忽然笑了起来:"听你的话,好像要去农村?"

林加春明白自己说漏了嘴。

"农村比城里好多了。"林加春不知该说什么了,说:"农村的粮食和菜起码没那么多农药在里边。"

晚上,小猫也来了,穿了一件格子薄毛衣,下边还是一条黑色的裙子,身上照例是中药味儿。她和马克飞、贾红旗本来都很熟,所以大家都不必客气,坐下来就先吃烤串。小猫说她怕人们看到她,便背朝街道那边坐,这天他们喝酒喝到很晚。小猫好像有什么事很不开心,不停地看林加春。林加春脸红红的,他一喝酒就脸红。林加春喝到最后还是没把要借钱的事说出来。大学一毕业,林加春好像就不好意思张口借钱和向家里要钱,好像毕业是个界限,这个界限就是一毕业就要靠自己去挣钱,再向别人借钱怎么也说不下去。林加春只说是自己的父亲要动一个小手术,自己有可能要回家一趟。上大学四年,即使是一个宿舍的马克飞和贾红旗都不知道林加春的家里是农村的,整整四年,一提起家里的事,林加春就总是把话马上岔开,这让林加春也觉着自己太虚伪,虚伪到病态。直到现在,林加春的那些同学们还都认为林加春的父亲是在区里工作,是区里的干部。小猫还问过一次,林加春对她说什么?能说什么?他脸红红地说自己的父亲只不过是个区里的一般干部,到现在还在穿四个衣袋的中山装。这么说话的时候他心里好跳了一阵,被自己吓了一跳,他当时想如果自己真和小猫谈成了,将怎么把这谎话进行到底,将怎么领着小猫回村子里的家。也是从那时候起,林加春打定主意,即使找不到事做,也要死泡在城里,死泡在车站附近那间小平房里,他打定主意是一辈子也不再回到村子里。就像小猫打定主意在出嫁前要一直住在宿舍,她这么做是为了有时间多上上网,在家里她就没这个自由。让小猫父亲最担心的就是女儿会不会上黄色网站,小猫的父亲悄悄把人请到家里想把电脑的黄色网站都做一下处理,比如,再也收不到,这给邻居们留下了巨大的笑柄。邻居们打麻将的时候对小猫的父亲说:"管天管地你还能管了那种事,人这种动物每天要去多少地方,要做多少事,想做什么事都太容易了,又不是打麻将,十来分钟的事。"

林加春的酒量很好,但他和马克飞、贾红旗一般都不怎么喝白酒,他们这天晚上喝了不少雪花啤酒。是秋天了,晚上已经能让人感觉到袭人的凉意。尤其是到了半夜就更冷。林加春看见几个出租车司机停了车,在小饭店旁边的羊肉串摊子边吃羊肉串,一边张望着是不是有客人。卖羊肉串的在烤串的床子上给自己烤着一串馒头,好像是他也该吃晚饭了,果真他过了一会儿就开始吃那些烤好的馒头,一只手馒头,一只手是羊肉串。林加春和马克飞、贾红旗喝酒喝到很晚,他们总是这样,一开始喝得很快,到后来便会慢下来,一点点酒慢慢喝很长时间,这样可以多说些话。因为脑子里都有了酒,不是肚子里,是脑子里,脑子里一旦有了酒,时间观念跟着就变得淡薄了。喝到后来,林加春他们执意要带小猫去看看他们要租下来开公司的房子,他们步行。这时的街道说静也不静,街道上的落叶在风里"哗哗哗哗"飞起落下。他们从西门外朝北走下去,路上碰到了几个年轻的小姐和几个学生模样的人在一起兴致勃勃地走着,是青春的种种欲望给他们加了油,所以他们走得兴致勃勃。林加春他们走过了操场城街然后朝东拐过去,路边的小饭店还没有关门,洗头房那边更是灯火闪烁,林加春他们想租的那个铺面在一家小宾馆旁边。看过了那个铺面,其实也只是在那个铺面前站了一小会儿,他们就又散了。林加春一直把小猫送回书店的宿舍里,书店院子的大铁栅门关了，林加春托着小猫从铁栅门上轻轻跳了进去，小猫不想让门房老头儿知道她回得这么晚。林加春这天夜里又不想走了，不想回到他火车站附近的那个小房子里去，他说他要上一晚上网，他说他白天已经睡够了。

　　这天晚上，林加春就一直在小猫的宿舍里上网，电视屏幕把他的脸照得一闪一闪，外边的风这时忽然大了起来，"轰隆"一声，好像有什么倒了下来，想一想，听一听，原来还是风，是窗外的那株老杨树。不知为什么，林加春忽然掉过脸来，看看窗子那边，窗上是十分生动的摇动的树影，再远处，是电影院那边的灯光，再远处，还有一个霓虹灯，是一家浴城的，浴字坏掉了三点水，现在远远看过去是"谷城"，林加春忍不住笑了一下。想到父亲的病，他忽然没心思再笑，回头看了一下小猫，黑暗中，小猫的脸显得那么小，好像只有巴掌那么大。林加春忍不住用手摸了摸自己的脸。

　　林加春放下电话，站在那里愣了好一会儿。
　　电话又是家里打来的，说他的父亲从昨天晚上就开始发高烧。
　　林加春去后台换衣服，好在衣服都编了号不至于弄错，天已经不算热了，但林加春还是忙出一身汗来。前台音乐吵得很厉害，说是前台，其实就是西门外大商场门前的那块儿空地，只不过用紫色帷幕临时遮了一下，紫色帷幕上这时有晃来晃去的黑影，是台上的模特在表演。他们这些后台的模特儿就几乎是赤裸裸地站在后边挤挤挨挨换衣服，男的和女的都混在一起。林加春已经不是第一次在这种场合又是脱衣服又是穿衣服，但在学校模特队的时候就没这种事，男模和女模总是分开换衣服，在这种地方，林加春一开始还有些害羞，后来他发现那些女模都不在乎男模在场不在场，好像对方只不过是萝卜白菜，有时候还会你摸我一把我摸你一把。这些，他很快就习惯了，只是在换泳裤时他还是很不好意思，他也只能和另外几个男模挤着把浑身脱光了，背对着那些女模。这样的一场商业性模特表演下来，林加春他们可以拿到二百块。阳光模特队的女头儿胡丽说如果一天赶三场就是六百了，你们怎么还嫌少？就这个金鱼眼胡丽，特别喜欢说话，而且是一开口就滔滔不绝，像是在发一场洪水。林加春最不喜欢的就是这种女人，但胡丽还总是爱主动和林加春打招呼说话。胡丽说她现在是在干一件前人从没干过的事业，这让林加春在心里觉得十分好笑。如果这种商业性质的模特表演也算是事业的话，那么小姐出台也应该是事业了。自从胡丽知道了林加春是大学毕业生后，就更加爱没事找林加春说话。让她感兴趣的是一个大学毕业生怎么会来做临时性质的模特。林加春只说自己是爱好，在大学上学的时候就爱模特这一码子事，所以出来玩玩儿，对这样的解释，当然谁也不会有什么意见。好几次，林加春听见胡丽对着电话那边说她的阳光模特表演队里边有好几个大学生，所以，她的这个阳光模特队从气质到文化可以说与其他模特队有很大的不同。可能是对方对胡丽的这句话产生了误会，在电话里笑嘻嘻地问了一声有没有像样的女模特。胡丽便对那边说："我想让你欣赏的是男模特，我们这里的名模林加春肌肉和气质特别的好，所以你们不要总是打女模特的主意，男模更有吸引力。"胡丽打电话的时候从不避讳林加春在不在跟前，也不避讳她身边的其他模特，她认为模特们都是她的下属，她认为她是在给这些模特们一碗饭吃。但她对林加春就比较客气，是另眼看待。

"他们？"胡丽对林加春说其他那些男模特不过是靠肉体吃饭。

"我们可都是男人！"林加春对胡丽的这句话很反感。

"靠身上的线条还不是靠肉体。"胡丽用手指在林加春身上轻轻划了一下。

"我以为只有小姐才靠肉体吃饭，只有你们女人。"林加春说。

胡丽的口气忽然生硬起来,说现在男女都一样,人活在世,有三种人你不可小瞧,有钱的,有权的,有名的。

"当然还有你们大学生。"胡丽停停又说。

"别提这个。"林加春说,"现在大学生算什么。"

"那倒是,钱最重要,起码在这个社会,现在。"胡丽点点头说。

这时候林加春正把一件很紧的衣服从身上剥下来,他听到背后绽线的声音。

"你猜猜我有多大?"胡丽忽然小声说,看着林加春,她今天心情很好。

"十二三吧?"林加春愣了愣。

胡丽几乎是马上就尖叫起来:"拿我开玩笑!"

"这个。"胡丽用手指在林加春胳膊上划了一下。

"这个。"胡丽又在林加春身上划了一下,这次是在胸口上。

"不要,不要,"林加春小声说。

"这个。"胡丽又划了一下,这一次是在林加春的嘴唇上。

"我们之间是有界线的。"林加春又说。

"那你就从界线那边过来。"胡丽愣了一下,又划了一下。

这时候有人进来了,探一下头,又把门关上。

林加春给马克飞和贾红旗打了电话,晚上约他们到小饭店见面,林加春想让他们帮他想想办法。林加春又约了他的女朋友小猫,林加春无论去什么地方都愿意带着小猫,从上学起,林加春总是在从小猫那里拿钱,五块十块或者是几十块钱。电话里,小猫哑着嗓子问他最近还游不游泳。小猫就是这么个嗓子,好像永远没有好过,好像永远没有停止过吃下火药,比如牛黄上清丸之类,所以身上总是有股子浓郁的中药味,不清楚的人以为她在中药铺工作。林加春对小猫说最近天气总是一会儿热一会儿冷，身体有些不舒服，所以有一个多星期没去游泳了。林加春一直和小猫在公园游泳，已经坚持了两年，他们都是冬泳爱好者。小猫一直因为林加春做业余模特而不高兴，她说一个人的身体怎么能给别人随便看。

小猫在电话里说他们书店进了一批电脑方面的书，要不要看，要看她就可以给他拿回来看，看完再还回去，书店的人一般都是这样看书，或者是用这种办法跟别人交朋友。小猫还有一个想法就是想自己开一个书店，在学校的门口那一带，她想自己的书店干脆就叫作文曲星书店。

林加春笑了一下，想说这一辈子也不想再读任何电脑方面的书了，不是因为读得太多了，是因为读了也没用、到这时候还得靠身体吃饭，林加春心里这样想，话还没出口，忽然想起了昨天电视里播过的两起南方雷击事件，其中一起是室外天线引起的。小猫家的屋顶就安了好大一个锅底形天线，上边经常落一些黑色的鸟，所以上边都是鸟粪，白乎乎的。

"我想起你家的天线了，打雷的时候你千万要把天线插销拔掉。"林加春说。

"安个开关就行，下雨的时候就关掉。"小猫在电话里说。

"好像不行吧。"林加春说最好是把插销拔掉。

"哪有那么巧，天上的雷正好就在你头上。"小猫在电话里笑了起来。

"如果真把雷电给引到家里，你想一想，屋子里能剩下什么？"林加春说。

"别吓我好不好。"小猫在电话里说安个锅底就是好，可以看到好多外国电视节目，但数印度台的节目最难看，总是有肥女人在那里跳舞，印度女人身上怎么会有那么多的肥肉，印度电影怎么总是在那里唱歌，她们怎么不去练瑜伽。

林加春想在电话里暗示一下,再向小猫借点钱,这种事不能直说,只能暗示,以前他就是这么办的,每暗示一回,小猫就会把钱借给他并在那个小本子上给他记一下,又总是不让他急着还,总是说有了工作一下子还就是了,就等于她是在储蓄,只不过是没有利息的储蓄。林加春认识小猫已经整整四年了,林加春那一阵子很爱转书店,穿一身白色运动衣,运动衣已经很旧了,颜色近乎灰色,穷学生们都买不起书,他们都是泡在书店里看书,问题是学校图书馆里的书总是让人觉得陈旧,许多新书,书店里上架好长时间了,学校图书馆里才会有的借。也就是那时候林加春认识的小猫,小猫白白的,偏瘦,后来好长时间林加春才知道小猫的父亲是电厂里的总工。林加春还跟着小猫去铁路那边她的家里玩儿,看到了小猫家的那两只纯黑的猫,因为阉过,那两只猫都很肥,想跳到沙发上去都很困难,这两只猫中午吃的是猪肺子,晚上是鸡肝,除了鸡肝不吃别的,晚上还要喝牛奶,小猫的家里总是弥漫着一股子猫骚味儿。小猫的家住在护国寺那一带,是独门独户,院门朝东开,院子不大却种了不少花花草草,小猫的父亲喜欢牡丹,院子里种了两株。林加春去菏泽,还特意给小猫的父亲捎回来一株"菏泽红"。小猫的父亲有一回对小猫说,小林这小伙子真会过日子,这么好的牡丹只买一株!小猫的那个小本子上还记着林加春给她父亲买"菏泽红"的事,她总是在那个小本子上记下林加春给她买过的每一种东西,比如一根冰棍儿,比如请她看一次电影,比如请她吃过几次云南米线。这些小数字都一点一点加过,过一段时间她还会用她借给林加春的那个总数减一下这个数字。她好像很热衷于这种加减乘除。

林加春家里的电话又打了过来,说他的父亲好不容易已经住到医院里去了,医生正在给他用吊瓶退烧。但马上就要做手术了,钱的事?家里人说现在最急的就是钱的事,没钱医院根本就不会给做这个手术。林加春知道父亲的胆囊炎这几天越来越厉害了,里边的结石有三颗,大小有鸽子蛋那么大,其中两颗已经阻塞了胆管儿,所以一旦发作起来就总是痛得死去活来。林加春手里拿着电话,就像是一下子托了千万斤的重物。电话里,林加春的母亲问他可以不可以给家里弄些钱,哪怕是先找人借一些。林加春的家在乡下,就在这个城市的东边,过了城东的那条密芬河,一直往东。北方的农村,进入10月就要把地里的庄稼全都收回来,林加春想好了,自己拼命挣钱就是为了和马克飞、贾红旗三个人开一家电脑公司,既然碰到了这种事,就先把这两个多月拼命挣的钱挪过来用,也只能如此,这真是计划赶不上变化。"谁让他是我父亲。"林加春很不高兴地对电话那边的母亲说这是他父亲第五次破坏他的计划了。林加春和马克飞、贾红旗合计了好长时间了,在年前把钱凑够了把那个铺面租下来。他们现在的情况是个个有的是精力但他们就是个个都没有钱,马克飞和贾红旗现在给电脑公司打工,每个月也挣不了多少。他们已经看了几乎一百次城北糕点厂前边的一个铺面,是二层,下边一间,是狭长的,门前有一棵很老的槐树,上边还有一间,和下边一样也是狭长的,一年要四万租金。林加春和马克飞、贾红旗合计好了,凑够了钱就先把铺面弄下来,先简单装一下,要搞公司,怎么说也要先有个办公和吃方便面的地方,从过年以来,林加春他们三个一直在忙着开公司的事,但他们都没有钱。接过家里的电话,林加春愣了老半天,他决定了,把自己挣的那点点钱拿给父亲看病,顺便回去找人把地里的庄稼先收了。他在心里算了算,在胡丽这个模特队,从8月到10月,他一共演了差不多有十多场,算下来,能从胡丽手里拿到两千多块,但相对父亲的手术费用而言,两千多块钱又能做什么用?毕业离开学校的时候,为了让家里放心,林加春对家里说谎说他在城里找到了一份事做,是在一家挺不错的电脑公司,其实,像所有学电脑的学生一样,从学校出来想找一份事做太难,前几年人们都认为电脑大有出路,结果是都学电脑，学的人多，用人的单位毕竟有限，所以林加春一直找不到一份事做，他跑了好几家电脑公司，都没找到事做。为了不让家里的人着急，他只好说谎，说自己已经找到了事做，这样家里人可以安心一些，家里人怎么会想到他在做商业模特，而且是最最低级的街头商业模特。林加春的父亲还不算老，才五十刚刚出头，但毕竟是父亲，毕竟是要开刀。林加春又是家里唯一的儿子，林加春这几天一直在想有什么法子一下子能多挣一些钱，或者是父亲来一个奇迹，是医院那边检查错了。

父亲的岁数还不算大，怎么会一下子这样？林加春心里想。

林加春去找胡丽，进胡丽办公室的时候，他的脸忽然红了，不是一天两天了，他知道胡丽需要什么，他总是能感觉到胡丽的手指在自己身上这里那里划过。林加春推开胡丽办公室的门进去了，他还是把要说的话说了出来，他要胡丽把钱提前结给他。胡丽坐在办公室的那把椅子里，腰板儿挺得很直，她正在做一种办公室操，也就是挺直了腰板把身子朝左朝右地转几转，教材上讲只要坚持做这种体操，久而久之会把腰部的肥肉减掉。

"不是说好了一个季度一清？"胡丽说。

林加春不想把父亲要做手术的事告诉胡丽。

"你是不是不准备做了？"胡丽的眼睛原先就有些金鱼眼，这时就睁得更大。好一会儿，林加春才明白胡丽是在看自己背后的镜子，看她自己转的角度够不够。林加春也回过头去看了一眼。

"我父亲病了。"林加春说，镜子里是一片光影，是窗外的树在摇。林加春觉着自己根本就没有必要对胡丽说谎。

"我还准备让你当队长。"胡丽说这件事她已经认真想了好久了。

林加春忍不住笑了出来。

"你别笑，我可以再给你加工资，除了出场费。"胡丽说。

林加春说他必须要走，因为父亲有病，做儿子的不能不管。

"我要是不让你走呢？"胡丽说。

"那还不是非法拘留？"林加春笑着说。

"我要是不给你身份证呢？还有抵押金。"胡丽说。

"不可能吧。"林加春看着胡丽的眼睛。

"要是有这种可能呢？"胡丽说。

"那我就到你家吃饭，吃什么都行，中餐西餐都可以。"林加春开玩笑说，"可以的话我还愿意住在你那里，吃住一套，但只要你不怕脚臭，我的脚特别臭。"林加春看了一下自己的鞋子，林加春穿了一双很好看的登山鞋，灰色的，鞋头是黑色的，鞋带却是红的。

胡丽看了一下林加春的鞋子。

胡丽停止了她的办公室操，两眼看着林加春，对林加春开始说她对钱的理解。胡丽说下一步什么最挣钱，就是影视最挣钱，影视又是武打片最受欢迎，那些斯斯文文的大演员哪个又能真枪真刀地干，所以就需要大量的替身演员。眼下学校里最最让人头疼的就是那些对学习没有一点点兴趣的学生，这些学生也让他们的父母头疼，头疼的结果是什么，是想让他们找个地方有事做就行，所以这些学生不是出国就是在国内上私立的包吃包住的那种学校，这是有钱人对子女和社会最不负责的做法。

"办影视替身演员培训你想想会不会受欢迎？"胡丽说她已经想了好久了。

林加春说自己最好还是吃专业饭，别的什么也不懂。

"我知道你有专业，可惜现在学电脑的人太多了，多得像臭虫。"胡丽说。

"哪有那么多臭虫。"林加春说。

"那就多得像蚂蚁。"胡丽说。

"多不怕，各是各的运气。"林加春心里很不高兴。

"你真不回来了?"胡丽说她注意过了,只要是他一出台,观众的眼睛都会变成骚骚的一条线,更何况,在模特队待着还可以天天洗澡,现在在别处洗一个澡没十块钱就不行。

林加春苦笑了一下。说不能这么待下去了,一个人毕竟不能把这种事情当职业,再说在街头表演也不会有那种机会,国际性模特表演离咱们表演队也太远,让观众骚也不是件好事,会影响社会安定,把观众骚坏了怎么办?

胡丽弯下身子把钱拿给林加春时显得有些激动,她说以林加春的身材和线条不干模特这一行实在是太可惜,做人要珍惜自己,不要浪费自己。取了钱,她又用手又拉了拉桌子下边保险柜的柜门。

"我也只不过是玩玩儿。"林加春说,"一个大男人,谁会一辈子干这些,玩一玩,锻炼锻炼身体,让身体出出线条而已,是一举两得的事。"

"放好,钱别放后边。"胡丽迟疑了一下,站起来,又说,如果急着要钱的话你过来就行。

林加春的脸马上有那么一点点红,他看了一眼胡丽,停顿了一下。胡丽的眼睛有时候看上去像儿童的眼睛,很亮。胡丽已经站了起来,走到了林加春身边,林加春感觉胡丽的手指又在自己身上划了一下,在他的胳膊上,又在他的下巴上划了一下。

"说实话你线条真好。"胡丽说。

"不做这一行你算是亏了。"胡丽说。

林加春的脸更红了,他觉得自己胸口那地方有点憋。

"你是个不开窍的男人。"胡丽又说。

"我从小不开窍。"林加春说。

"你女朋友不教你?"胡丽说。

"我没有女朋友。"林加春听见自己说。

"需要钱，你过来就行。"胡丽说。

"差不多了。"林加春说，但他知道刚刚拿到的这点点钱根本就不够。

"你以后还来不来？你也不亲我一下？"胡丽说。

林加春好像还没反应过来，胡丽抱了一下林加春。

"需要钱，你过来就行。"胡丽小声说。

林加春的心"怦怦"乱跳起来。

"晚上去我家也行。"胡丽又说，小声说。

从胡丽的办公室跌跌撞撞出来，林加春又把手里的钱数了又数，然后一屁股坐了下来。旁边，有人在遛狗，狗忽然不走了，跷起一条腿开始撒尿。林加春又把手里的钱数了数，他听到了自己的手机在响，但他没接。

这天晚上，林加春是一个人喝的酒，他给自己要了一瓶半斤装的白酒，又要了水煮花生米，还有拍黄瓜。林加春几乎从来不喝白酒，但他心里很清楚，他觉得自己像是在一点点一点点地沉下去，但他不知道自己要沉到什么地方去。那瓶半斤装的白酒快喝完的时候他给小猫打了个电话，"我有可能，我有可能，我有可能。"林加春口齿有点不清，对电话那头的小猫说。

"我有可能要跨过交界线了。"林加春对那面说。

小猫的手机已经关了。

林加春敲胡丽的家门时，里边很快就有了动静。

门开了，林加春有点摇晃，但他还是一下子抱住了胡丽。

"医院那边还差五千。"林加春对胡丽说

"医院那边还差五千。"林加春又说。

"五千。"林加春说。

王祥夫

作家,以小说、散文创作为主。作品多见于重点文学刊物,如《中国作家》《当代》《十月》《人民文学》《上海文学》《新华文摘》《收获》《小说选刊》《小说月报》《中篇小说选刊》《山西文学》《黄河》《北京文学》《芙蓉》《江南》等。文学作品曾获第三届"鲁迅文学奖"、《上海文学》奖、《小说月报》百花奖、"赵树理文学奖"、"林斤澜短篇小说奖·杰出作家奖"、"紫金·雨花文学奖"等。出版有长篇小说中短篇小说集、散文随笔集五十余部。

代表作品

中篇小说
一粒微尘
花样年华
高兴镇
穿在一起不离分
西北有高楼
驶向北斗东路

短篇小说
等待父亲
杀死姨妈
狼尾头
生死契阔
滑着滑板去太原
电影院轶事
天堂唢呐
我爱这蓝色的海洋

天堂唢呐

出 品 人 ｜ 郭文礼	选题策划 ｜ 陈　洋	责任责编 ｜ 关志英
助理编辑 ｜ 刘思华	复　　审 ｜ 陈　洋	终　　审 ｜ 郭文礼
书籍设计 ｜ 张永文	印装监制 ｜ 郭　勇	

项目运营 ｜ 有度文化·刘文飞工作室

投稿邮箱 ｜ liuwenfei0223@163.com

微　　博 ｜ http://weibo.com/liuwenfei0223　　微信公众号 ｜ YOUDU_CULTURE